# EL FIN DEL CREADOR

## LA SAGA HACIA EL CIELO
### LIBRO 4

## A.R. KNIGHT

# SIN TÍTULO

El Fin del Creador

# CAPÍTULO 1

# REGRESO A CASA

LA TIERRA. Hogar. La pálida esfera azul se alza frente a nosotros, dominando la vista y, al mismo tiempo, desgarrando mi corazón.

Este debería haber sido un momento de triunfo. De felicidad. En su lugar, todo lo que puedo ver son las largas líneas, las manchas contra las nubes blancas y los océanos zafiro que muestran la presencia de los Sevora. Que muestran quién ha venido a arrebatarme mi hogar.

—Vamos a entrar —doy la orden porque alguien debe hacerlo.

Somos tres en esta nave y, de nosotros, yo soy la única etiquetada como Emperatriz. La única a quien se le ha dado una responsabilidad divina directa sobre un pueblo que había dejado atrás.

Ya no más.

—Sabes que hay un montón de enemigos entre nosotros y donde quieres ir —responde T'Oli.

El Ooblot tiene su ser blanco, similar a un líquido, extendido entre varios terminales y controles en la parte delantera de la nave. Congelando y descongelando rápidamente partes de sí mismo, T'Oli pilota la nave en un arco perezoso hacia la Tierra, tratando de alejarse de las naves Sevora, de encontrar un camino a través de la atmósfera que no implique una carrera suicida.

—Ya hemos sobrevivido a un planeta lleno de ellos —me acerco, me pongo junto a T'Oli—. Puedes llevarnos a través.

No tengo idea si eso es cierto, pero lo digo de todos modos. Porque tengo esperanza, y a veces es todo lo que tengo.

—Entonces querrás sentarte —dice T'Oli—. Porque una vez que se den cuenta de que no somos amistosos, las cosas se van a poner muy emocionantes.

A medida que nos acercamos, queda claro que frente a nosotros no hay solo una colección variopinta de naves espaciales —no es que yo sepa lo que estoy mirando cuando se trata de estas cosas—, sino una formación. Los Sevora han dispuesto sus naves en una cuadrícula que se mueve junto con la Tierra misma.

—Órbita —dice T'Oli cuando lo menciono—. Han igualado la velocidad de tu pequeño planeta, así que pueden permanecer sobre el mismo punto mientras hacen lo que sea que estén haciendo.

Dejo de lado mi momentánea confusión mental —¿la Tierra tiene una velocidad? ¿Por qué gira?— en favor de asuntos más importantes como, —¿Qué están haciendo *exactamente*?

—Probablemente convirtiéndonos a todos en esclavos —dice Viera.

La Lunare está recostada en su red, con los brazos cruzados y una mirada que reduciría a la mayoría de las personas a disculpas balbuceantes si la dirigiera hacia ellas.

Sé por qué está mirando así, pero estoy tratando de no pensar en ello. Principalmente porque si recuerdo a Malo ahora, si recuerdo cómo lo dejé allí tendido en una caverna que se desmoronaba infestada por el enemigo, me desmoronaré. Lo cual es algo que no puedo hacer ahora mismo.

Más tarde, sin embargo. Más tarde le daré a Malo el duelo que merece.

Hay un crujido, luego una voz extraña, gomosa como la de un Whelk, sale burbujeando de los altavoces: —Lanzadera que se aproxima, identifíquese.

—Y eso no es lo que quieres oír —dice T'Oli—. Ya están adivinando que somos extranjeros. No debemos estar transmitiendo los códigos correctos para esto.

No tengo idea de lo que T'Oli está hablando, pero le hago un gesto al Ooblot para que me deje hablar de todos modos, y ante un doble parpadeo de los dos tallos oculares de T'Oli, que se elevan de su cuerpo gris como juncos de un banco de río fangoso, comienzo.

—Sevora, soy Kaishi, Emperatriz del pueblo Charre. Exijo que detengan su incursión en mi territorio. Exijo que abandonen mi hogar y nunca regresen. —Estoy más segura de lo que pensaba que estaría, y mi voz suena fuerte.

Me gano el silencio.

Luego, puntos brillantes comienzan a aparecer a través de la cuadrícula de naves Sevora, cada uno apareciendo como una astilla deforme contra el telón de fondo de la Tierra.

—¿Qué es eso? —pregunta Viera mientras la misma pregunta se forma en mi boca.

—Tu respuesta —dice T'Oli—. Nos están apuntando ahora, y van a seguir con armas de energía en un momento. Piensa en mineros, pero más grandes. Si eso falla, enviarán cazas más pequeños para asarnos de cerca. Estamos muertos, básicamente.

Señalo detrás de mí, hacia la cubierta inferior de la lanzadera. Donde entramos y, si estoy en lo cierto, por donde saldremos.

—Hay otra forma de salir de esta nave, ¿verdad? ¿Para emergencias? —Recuerdo que la lanzadera Oratus tenía una, y la estación espacial *Cobalt* tenía cosas llamadas módulos de vacío.

—Es una bola indefensa, pero sí, técnicamente —responde T'Oli—. Buena si no tienes otras opciones.

—¿Tenemos otras opciones?

—Viendo que estaremos al alcance de sus cañones en unos cinco minutos, después de lo cual seremos reducidos a algo cercano a bits moleculares por un frenesí de fuego láser, y ya has dicho que no a huir...

—Lo entendemos —interrumpe Viera, sacudiéndose para salir de las redes—. Pero incluso si saltamos de la nave en el módulo de escape, ¿qué les impide derribar también eso del cielo?

—Un señuelo —digo—. Algo grande y brillante para distraerlos. ¿T'Oli?

—La lanzadera solo explotará si golpean las partes correctas —T'Oli, creo, hace el equivalente Ooblot de un encogimiento de hombros—. Si fallan, solo harán agujeros en todo y nuestra nave se desintegrará cuando golpee la atmósfera de la Tierra.

—¿La qué de la Tierra? —pregunta Viera.

—¿Puedes hacer que explote? —mi pregunta supera la de Viera.

T'Oli gira un tallo ocular hacia Viera y otro hacia mí. —Supongo que podría empujar toda la energía que tenemos a los motores. Hará que esta lanzadera vaya demasiado rápido, pero si las baterías se sobrecalientan, podría encender el oxígeno que tenemos...

—Hazlo —ordeno—. Luego encuéntranos en el módulo.

—De acuerdo —dice T'Oli.

Viera parpadea y luego me sigue a la cubierta inferior de la lanzadera. Un segundo después, T'Oli aplica su arreglo y nos lanzamos hacia adelante como si de repente hubiéramos caído de un acantilado. Entonces empezamos a flotar, nuestros pies se elevan del suelo y mi pelo se esponja a mi alrededor.

—Olvidé mencionar que esto quita energía de todo lo demás —anuncia T'Oli mientras fluye para encontrarnos, su cuerpo endurecido parece leche—. Mejor entren antes de que los paneles se oscurezcan también.

—¿Hay algo que te perturbe alguna vez? —dice Viera mientras el Ooblot se acerca a un panel frente a una pequeña puerta arqueada.

—No —T'Oli envía parte de sí mismo por la pared, sobre el panel de control, y luego lo endurece.

Una luz sobre el panel parpadea en verde y la puerta se abre a un espacio estrecho con dos largos bancos de metal gris. Bancos demasiado bajos para la altura humana, pero que, si nos agachamos y nos encogemos, podemos usar. T'Oli, por su parte, fluye detrás de nosotros mientras las luces de la lanzadera se apagan.

El módulo no hace ningún sonido al separarse de la lanzadera. Un conjunto de luces alrededor de la escotilla parpadea de verde a rojo, y la ventana de observación en la parte trasera gira mientras el módulo se orienta hacia la Tierra, algo que T'Oli dice que hace automáticamente.

—Así que hay algo más —dice T'Oli mientras nos acomodamos, lo que implica que Viera y yo nos doblamos uno alrededor del otro y T'Oli se acumula debajo de la ventana de observación.

—¿Algo más? —dice Viera—. ¿Aparte de la lanzadera que explota y el hecho de que ahora estamos cayendo hacia la Tierra en una pequeña cápsula?

—Nos dirigimos al otro lado de vuestro planeta —dice T'Oli.

—¿El otro lado? ¿Por qué? —Nunca he estado en el otro lado de la Tierra. No sé qué hay allí, pero sí sé que mi gente no estará.

—Porque si hubiéramos seguido con la lanzadera, habríamos chocado directamente con las naves Sevora —responde T'Oli—. Parecía que queríais vivir, así que cambié la trayectoria. Con nuestro ángulo, será difícil que nos vean con la explosión, y aún más difícil que nos disparen.

Miro fijamente al Ooblot. La confusión se está derritiendo en ira. —La Tierra no es como Vimelia, T'Oli. No hay tubos para transportar a la gente. No hay forma de llegar rápidamente de un lado al otro.

—Oh —dice T'Oli—. Bueno, entonces será una larga caminata.

Planeamos alrededor de la Tierra durante lo que parece mucho tiempo. T'Oli pasa el viaje educando a Viera sobre los puntos más finos de la astronavegación y yo los ignoro a ambos. Tomo el interior estrecho y aburrido del módulo de escape y desaparezco dentro de mi propia mente.

Todos habíamos estado allí, en Vimelia, al borde de nuestra escapada. Ignos había aparecido, con un nuevo huésped —¿por qué me molesta eso?— y aunque Viera los había derribado con una impresionante demostración de precisión minera, los Sevora habían decidido estrellar su propia nave en nuestra ruta para evitar que escapáramos.

¿Por qué, sigo preguntándome, valemos tanto para ellos? ¿Por qué comprometer tantas fuerzas para detenernos?

¿Por qué matar a Malo, cuando no teníamos las armas ni el número para amenazarlos?

Muchos de mi tribu habían desaparecido durante mi infancia: cazadores que partían en incursiones para no regresar nunca. Otros muriendo de enfermedades o heridas de animales. Es parte de la vida en la selva: aprecia el tiempo que tienes porque podría acabarse en cualquier momento.

Malo, me doy cuenta, es el primer humano en morir fuera de la Tierra. Probablemente se reiría ante la idea, antes de comentar que caer al servicio de los suyos o algo así hace que el sacrificio valga la pena.

No para mí.

Solo hay una forma en la que puedo pensar para llenar el vacío donde solía estar la presencia de Malo, y es tomando lo que tenemos, reuniendo a mi gente, a la gente de Viera, a todos ellos para enfrentarnos a las criaturas que se llevaron a Malo. Que nos llevarán a todos si se lo permitimos.

No lo haremos.

Al llegar a Vimelia, estaba en la cabina con una voz Sevora tranquila en mi cabeza explicándome todo mientras sucedía. Explicando lo que estaba pasando, qué valía la pena preocuparse y qué, crucialmente, no.

Mientras el módulo de vacío comienza su brusco giro hacia la Tierra, mientras nuestra ventana de observación se convierte en un resplandor cegador de fuego naranja-rojo, mis únicas opciones de consuelo son una Viera pálida con los puños apretados y T'Oli, un alien cuyo modo principal de ser es el desconcierto obtuso.

—Estamos alcanzando la presión atmosférica ahora —

anuncia T'Oli mientras el fuego se intensifica—. Tenéis una atmósfera gruesa en este planeta. Felicidades.

Mis ojos se sienten tan abiertos que parece que van a salirse de mi cráneo. Las novas que estallan alrededor de la cápsula son increíbles, aunque estoy menos emocionada por el calor que se filtra a través de las paredes del módulo de escape. Mi espalda está caliente: incluso mis pies, cubiertos por botas Flaum que me quedan mal, se sienten como si estuviera pisando arena del desierto. Recuerdo respirar solo cuando empiezan a aparecer manchas frente a mis ojos.

—Querrán usar los mangos —dice T'Oli—. Se va a poner movido por un rato.

El módulo retumba con fuerza, sacudiéndonos y agitándonos. Logro agarrarme al borde del asiento mientras Viera sostiene el mango de la puerta de la escotilla, apartando la cara de la ventana de observación. Ella ha cerrado los ojos ahora, pero yo obligo a los míos a permanecer abiertos. Porque el fuego está empezando a desaparecer ahora y lo que veo transforma mi mente.

Desde el espacio, había reconocido mi rincón del planeta. Los marrones y verdes, incluso interrumpidos por naves Sevora, que marcaban mi tierra natal. Aunque no sabía exactamente dónde estaba Damantum, los colores y la disposición encajaban. Sin embargo, lo que veo aquí es una franja serpenteante de negros y azules. Una masa de zarcillos contra los enormes océanos, y la mayor parte de esa tierra es del color de la ceniza, con parches de marrones, verdes y un gran óvalo naranja hacia el centro.

—Esto no es la Tierra —digo.

El módulo se ha estabilizado lo suficiente como para que mi miedo a la muerte no sea suficiente para vencer mi curiosidad, mi asombro por lo que ha sucedido en el otro lado de mi planeta.

—Definitivamente lo es —responde T'Oli—. Aunque admito que las diferencias entre las mitades de vuestro planeta son sorprendentes. No es lo que esperaba.

Continuamos nuestro descenso precipitado, y las cosas cambian drásticamente en temperatura, de caliente a frío a cálido de nuevo mientras la extensión negra se acerca cada vez más a nosotros. Me doy cuenta también, ahora, de que T'Oli sigue manipulando los controles en la parte delantera del módulo, haciendo cambios sutiles en la dirección de nuestro descenso.

—¿Hacia dónde nos estás dirigiendo? —pregunto.

—Hacia uno de esos parches verdes —responde T'Oli—. Estadísticamente, es el lugar más probable para tener las cosas que necesitamos. Comida, agua, falta de restos mortales.

—¿Restos mortales? —pregunta Viera.

—Lo que estamos viendo —dice T'Oli—, supongo, es una ruina. Algo ha salido mal aquí. Queremos mantenernos tan lejos como podamos.

—Pero estamos aterrizando en medio de ello —la respuesta de Viera tiene un tinte de resignación: por supuesto que vamos a terminar justo en medio de un nuevo problema.

—No —digo—. Parece que, si vamos hacia el oeste, la tierra continúa alrededor del horizonte. Tal vez podamos volver a casa por ese camino.

—Tal vez —dice T'Oli—. Vamos a necesitar mucha suerte de cualquier manera.

Viera lanza al Ooblot una mirada asesina. —Si sigues hablando así, te mataré antes de que pase mucho tiempo.

—Si no os colocáis en posición de impacto —responde T'Oli—, no tendrás la oportunidad.

Ya no puedo ver los océanos, ni el lago naranja. La

ventanilla solo muestra roca gris y negra, y se acerca a nosotros rápidamente, demasiado rápido. Empiezo a gritar cuando el mod da un tirón, se estremece mientras aparecen llamas alrededor de los bordes de la ventanilla y nuestra velocidad de caída disminuye.

Y nos posamos en el mundo desconocido al que llamo hogar.

CRIMINAL. Rebelde. Luchador.

Traidor.

Palabras inútiles. Incapaces de capturar la profundidad de los sentimientos que invaden a Sax mientras permanece de pie, junto a Bas, en el puente del *Mobius*. Plake está en los controles, su piel solo visible en la cabeza, con todo lo demás cubierto por plumas de colores del arcoíris. Está orientando el *Mobius* ahora, apuntándolo hacia un planeta amarillo mostaza cuya superficie se arremolina con tormentas pasajeras.

—¿Esta es tu idea de un lugar para esconderse? —pregunta Bas mientras el planeta aparece a la vista—. ¿Rathfall?

—¿Cuándo fue la última vez que oíste que los Vincere vinieran aquí? —responde Plake, con ese burbujeo suyo que le hace cosquillas en los oídos a Sax.

Los vyphen siempre suenan como si estuvieran bajo el agua.

—Rathfall no tendrá lo que necesitamos —Sax flexiona sus garras. Todavía no se mueven perfectamente, y le preocupa que el fuerte aturdimiento pueda haber causado algún daño permanente—. Evva no estará aquí, y no podremos encontrar un pasaje al Coro tan lejos en los bordes exteriores.

—¿El Coro? —Plake se ríe, luego se gira hacia la criatura roja con forma de babosa en la parte trasera del puente, el eternamente armado Agra-Red—. ¿Los oyes? ¡Son traidores y quieren ir al Coro!

—Creo que es cierto que los Oratus sin los Vincere solo quieren morir —dice el Whelk.

—Eso es... —Sax no puede terminar las palabras antes de que una alarma zumbante lo interrumpa.

El sonido es el mismo sin importar la nave. Una señal para encontrar tu red de choque y acomodarte, porque estás a punto de entrar en la atmósfera y pasar de cero aire a mucho aire hace que el viaje sea turbulento. Ninguno de ellos tiene que moverse mucho; los paneles en el techo sobre ellos se abren y las tiras negras y acolchadas caen para conectarse con los bucles magnéticos en el suelo. Ponerse a salvo es tan fácil como caer hacia atrás y ser atrapado.

Sax no se molesta en reiniciar la conversación, porque ya es demasiado tarde. La vista exterior es ahora completamente de remolinos amarillos, y el *Mobius* ya está temblando en su descenso. Plake no cambiaría el rumbo a esta profundidad. Después de aterrizar, Sax y Bas tendrán que encontrar otra forma de salir del planeta, de vuelta a donde necesitan estar.

Entrar en la atmósfera de Rathfall es un espectáculo visual, una vez que Sax decide que el *Mobius* está lo suficientemente bien construido para manejar la turbulencia. El planeta es producto de plantas hiper-polinizadoras y los gigantescos insectos sin mente que enjambran de flor en flor, esparciendo tanto polen que el planeta está cubierto de ello. Normalmente, el sombreado de la luz estelar habría resultado en una atmósfera superenfriada, pero las plantas se ocuparon de su propio problema, excavando profundamente en el suelo y la roca de Rathfall para liberar calor del núcleo del planeta.

La práctica de las plantas fue rápidamente cooptada y refinada por aquellos que encontraron en la cobertura natural de Rathfall una oportunidad perfecta para negocios que los Amigga no querían a la vista. Con orientación, las plantas ahora mantienen la temperatura de Rathfall equilibrada, y con ese equilibrio, el comercio florece.

Afuera, el polen se dispersa y estalla mientras el *Mobius* atraviesa bolsas. Parte se pega al parabrisas por un segundo, explotando contra la presión en patrones granulados amarillos. Aparecen llamas cuando la nave golpea las partes más duras de la atmósfera, parpadeando en blancos y azules a lo largo de los bordes del cristal. Sax cree poder distinguir sombras más grandes revoloteando en la distancia: los insectos en su trabajo.

Cuando pasan por debajo de la nube superior de polen, en el bolsillo de presión que divide el dosel de Rathfall con su suelo, es como si el *Mobius* estuviera suspendido por un momento entre mundos. Sax puede ver claramente a la izquierda y a la derecha, con los zarcillos ventosos de polen arriba y la masa más espesa y agitada de polen abajo.

Plake saca al *Mobius* de su picada y se asienta en una estela sobre la superficie, dirigiéndose hacia, Sax no tiene duda, una de las Agujas.

—¿Qué harás? —pregunta Bas ahora que la parte más turbulenta de la entrada ha terminado—. ¿Nos dejarás y huirás?

—Me prometiste una forma de vengarme de los Amigga

—responde Plake sin dudar—. Vamos a llevarlo a cabo. Quiero ver esas cosas feas derribadas tanto como ustedes.

—Entonces confías en nosotros.

—Confío en lo que puedo ver —responde Plake—. Los Vincere os quieren muertos, lo que significa que debe haber una razón. Vosotros dos no sois lo suficientemente inteligentes para ser ladrones, así que mi suposición es que sois una amenaza.

—Siempre somos una amenaza —dice Sax.

—Sí, sí —Plake levanta un brazo emplumado, apartando las palabras de Sax sin mirarlo—. Lo entiendo. La postureo. Los Oratus siempre tienen que ser los más mortíferos en la habitación.

—Incluso cuando no lo son —dice Agra-Red desde atrás.

En el borde del horizonte, aparece un poste oscuro, sobresaliendo de las nubes de abajo y su parte superior ancha y plana deteniéndose muy por debajo del dosel superior.

Sax aparta los tentadores pensamientos de cortar a Agra-Red en finos trozos de gelatina y en su lugar se centra en Plake.

—¿Entonces no nos llevarás al Coro, ni siquiera para dañar a los Amigga? —pregunta Sax.

—Demuéstrame que eso es lo que necesitamos hacer y lo pensaré —responde Plake—. Tal como están las cosas, estamos escasos de efectivo y todavía tengo todos estos suministros. Fallaste estrepitosamente en ese aspecto, Sax.

—No fue nuestra culpa —responde Bas.

—Adivina a quién no le importa —Plake eriza sus plumas, luego su larga lengua sale de su boca y cepilla algunas que no volvieron a su lugar—. Aquí está el plan. Hurgaremos un poco en la Aguja de Astre, a ver si podemos encontrar algo sobre tu comandante desaparecida. Agra-

Red venderá los suministros y Engee puede asegurarse de que esta nave no se va a desmoronar después de los golpes que recibimos al escapar de la *Estación Scrapper*.

—No somos muy buenos excavando —dice Sax—. No es, como dices, para lo que están hechos los Oratus.

—Oh, lo sé —responde Plake—. Por eso os quedaréis a bordo. Vigilad la nave, para que cuando Coorvin y yo averigüemos adónde ir, aún esté aquí.

—¿Vigilarla de qué?

*Scrapper Station* era lo suficientemente anárquica. Cómo todos estos lugares siguen existiendo por sí mismos, sin que los Vincere impongan reglas básicas, no tiene sentido para Sax. Aunque, si vigilar la nave significa que puede pasar el tiempo amenazando a especies más pequeñas y patéticas, al menos se entretendrá.

—¿Cómo voy a saberlo? —Plake presiona una mano en el terminal a su derecha y, de inmediato, el parabrisas cubre el área visible alrededor de la creciente Aguja con diagramas, estadísticas y noticias—. Informaos todos, porque en diez minutos más, este será nuestro nuevo hogar.

Aterrizar en la Aguja de Astre significa hacer algunas maniobras ligeras alrededor del desorden de drones de carga que van y vienen, transportando materias primas a naves mucho más grandes que se desintegrarían si intentaran entrar en la atmósfera. Plake no parece preocupada en lo más mínimo mientras serpentea entre los bloques y sus grandes motores, y asienta el *Mobius* junto a media docena de otras naves de pasajeros. Casi inmediatamente después, la capitana y su tripulación desembarcan, dejando a Sax y Bas solos con Engee, la Teven que prefiere sus interminables experimentos y su laboratorio a interactuar con los dos Oratus.

Al principio, es molesto quedarse atrás. Sax arde en

deseos de moverse, de ponerse en marcha después de haber estado atrapado durante tanto tiempo. Después de una hora viendo naves ir y venir, y ahuyentando a los ocasionales robots que preguntan si tienen carga para vender, Sax se encuentra acomodándose, se encuentra inmerso en una larga conversación con Bas mientras los dos están de pie en la base de la rampa de entrada del *Mobius*. Es la primera vez en mucho tiempo que han podido estar juntos durante horas, y el tiempo comienza a pasar volando mientras recorren sus recuerdos.

Sin embargo, incluso cuando Rathfall atraviesa su noche profunda, con la Aguja de Astre iluminándose con un resplandor azul brillante para ser más visible contra la bruma amarilla, no hay señales de Plake, ni de Agra-Red o Silver y Black, los dos Flaum que desaparecieron con ellos.

—¿Vamos tras ellos? —pregunta Sax mientras Rathfall se acerca a la luz del día, y su propio agotamiento pesa sobre sus ojos. Le entristece hacer la pregunta, ya que señala el fin de lo que han tenido, un regreso a las realidades más duras del presente.

—Plake dijo que podría llevar un tiempo —responde Bas —. Y esta es una Aguja grande. No ha habido noticias de una pelea, un secuestro o alguien intentando tomar una nave cuyo capitán haya tenido un final repentino. Esperemos otro día, luego buscaremos.

Esperan una ronda más de turnos, otra noche bajo las luces de halo en la bahía mientras los cielos de Rathfall se oscurecen. Por la mañana, sin embargo, hay una sensación de que definitivamente algo no está bien. Ni un alma ha regresado a la nave, y nadie ha intentado bajar la rampa o gritar pidiendo ayuda.

—No tiene sentido que paguen por habitaciones en la

Aguja —dice Bas lo que Sax está pensando—. No cuando sus aposentos están aquí.

—¿Pero que todos desaparezcan a la vez? —responde Sax—. Eso significaría un esfuerzo concertado. ¿A quién le importaría tanto unos pocos transportistas sin valor?

Bas presiona el botón para bajar la rampa del *Mobius*. —Puede que no sean Plake y su tripulación el objetivo.

Los dos Oratus descienden por la rampa, con las garras fuera y listas, los mineros sujetos a fundas ajustadas diseñadas para cuerpos más pequeños. Sax desearía que tuvieran máscaras funcionales, pero tales cosas son difíciles de conseguir sin una operación Vincere detrás. Tal como están, tendrán que confiar en sus escamas y en un disparo más rápido que cualquiera que los persiga.

Afuera, la Aguja de Astre continúa a su ritmo. Las naves van y vienen y varias especies deambulan de un lado a otro por la bahía de atraque. Nadie lanza una mirada sospechosa al *Mobius*.

—¿Tal vez están todos de vacaciones repentinas? ¿Celebrando una venta exitosa en algún lugar? —se pregunta Bas después de que no se presente ninguna amenaza—. ¿Demasiado para llevar, y decidieron quedarse en la Aguja?

—¿Te imaginas a Coorvin haciendo eso?

El Flaum, que había pasado mucho tiempo en un servicio paralizante para un Amigga, era viejo y cuidadoso, no de los que toman su conciencia y la arrojan a un contenedor de basura por diversión. Incluso si Plake y Agra-Red quisieran difuminar su estrés por una noche, Coorvin los habría traído de vuelta a salvo.

Hay un ruido de arrastre detrás de ellos, y ambos Oratus se dan la vuelta, con las garras listas.

—¡Vaya, eh! —Engee, la pequeña Teven, está en la parte superior de la rampa.

Su caparazón está cubierto de pequeños ganchos, de los que cuelga una cascada de herramientas y dispositivos. La propia Engee asoma los ojos por un par de agujeros cerca de la parte superior, mientras que sus pies acolchados emergen en la parte inferior. Aparentemente está nerviosa, ya que sus brazos permanecen protegidos dentro del caparazón.

—Quiero decir que había un mensaje esperándonos esta mañana. ¡Suena bastante extraño! ¿Queréis escucharlo? —Engee prácticamente salta al terminar la frase—. ¡Las firmas vocales tampoco coinciden con los registros, así que es una nueva especie o alguien quiere mantenerse en secreto!

Sax mira a Bas, luego ambos suben pesadamente por la rampa, cerrándola detrás de ellos —no hay razón para dar a los polizones o ladrones un acceso fácil— y se dirigen a la cabina. Allí, parpadeando en una gran terminal, está el indicador amarillo que dice que algo les está esperando.

—Engee —comienza el mensaje, y es una voz sintetizada, mecánica y distorsionada—. Es lamentable que no hayas entrado en la Aguja. Sé que todavía tienes lo que necesito, y me lo darás. He esperado lo suficiente. Ven al Wildfire y cumple tu promesa, o nunca saldrás de este lugar.

Los dos Oratus miran a la Teven. —Esa fue la amenaza más directa y aburrida que he escuchado jamás —dice finalmente Bas—. ¿Quiénes son y qué quieren?

—¡No lo sé! —pía Engee—. ¡Estoy tan confundida como vosotros! ¡No conozco a nadie que me amenazaría!

Sax parpadea. —Entonces, ¿de qué podrían estar hablando?

Los brazos de Engee salen y se retuercen juntos. —No lo sé, Sax. ¿Tal vez quieren algo en la nave? ¿Algo que tengo?

Sax mira el mensaje. Lo reproduce de nuevo. Escucha

atentamente buscando inflexiones, ruidos de fondo y no obtiene ninguno. Quienquiera que lo haya dejado está teniendo cuidado de no delatarse.

—Probablemente sea una trampa —dice Sax—. Si saben dónde estás y que tienes lo que quieren, entonces vendrían aquí y lo tomarían.

—El *Mobius* tiene algunas defensas —responde Bas—. Tal vez tengan miedo.

—Independientemente, nos dieron una opción —sisea Sax—. O respondemos y vamos a este lugar, o nos quedamos aquí y esperamos a que cumplan su amenaza.

—Engee, la voz te habló a ti. Es tu elección —dice Bas.

La Teven no parece querer decidir. Se mueve un poco de un lado a otro por la cabina, luego se detiene. Se vuelve hacia ellos.

—Iré yo. Pero alguien debería quedarse a vigilar la nave, en caso de que esto sea un truco para alejarnos.

—Tú vigilaste la nave en *Cobalt* —le dice Sax a Bas—. Yo me encargaré de la guardia aquí.

Bas toca la cola de Sax con la suya en señal de agradecimiento. Ninguno de los dos quiere quedarse aquí, y ambos lo saben.

—¡Perfecto! ¡Bas y yo! —anuncia Engee—. Aunque antes de irnos, deberíamos conseguir algo de equipo. ¡No pienso quedarme desprevenida como en Scrapper!

En aquella estación, la Teven se había encontrado acosada y sin defensas. Sax había intervenido, pero antes de que tuviera que usar sus garras, Agra-Red había aniquilado a un matón con una fuerte explosión del minero de Whelk. Innecesario, desordenado y algo que Sax había disfrutado bastante.

Llevar máscaras, que cubren la piel de Sax como una tela ligera, es algo natural. Llevar lo que Engee le da, que equivale a un chaleco con cuatro agujeros cortados para sus brazos, se siente pesado y extraño. El chaleco está hecho de fibras de crisálida tejidas, un producto de insectos no muy raro de Dellis, y es de un color azul plateado que sería hermoso si no estuviera estropeado por mil pequeños artilugios.

Sax puede estar exagerando, pero eso es lo que piensa cuando lo mira. Cada nodo que salpica el chaleco está conectado a un sensor específico, vinculado por agujas minúsculas a los nervios de Sax, y cada uno de esos sensores está conectado al *Mobius*. Engee describe el chaleco como una conexión con la nave misma: si Sax se asusta o se pone nervioso, la nave activará varias defensas y usará la mente de Sax para apuntar a las amenazas. Para eliminarlas.

El problema, según lo ve Sax, es que él no se pone nervioso. No tiene miedo.

Bas se ríe de esto. —Puede que no lo digas, mi pareja, pero lo sientes. Todos lo sentimos.

Sax no se digna a responder, y después de un rápido roce de colas y garras, la Teven y Bas parten hacia la Aguja, dejando a Sax solo con el *Mobius*.

Esto da inicio a un ejercicio aún más aburrido de observar cómo van y vienen las naves. Sax reproduce el mensaje de Engee varias veces y no escucha nada nuevo. Luego desvía su atención a escanear las noticias, buscando señales de Evva. Hay noticias de importantes movimientos militares de Sevora, pero no se dirigen hacia el Coro ni hacia ningún mundo conocido, así que los Vincere no están tratando de detenerlos.

Un Flaum en una antigua estación espacial activó accidentalmente los protocolos de autodestrucción y provocó una evacuación. Una fuga de gas venenoso en una nave requirió un aterrizaje de emergencia. Los Amigga están introduciendo una nueva versión del Fassoth, que dicen es más confiable y menos agresiva.

Todas historias comunes. Todas aburridas.

Esta no es la vida que Sax quiere para sí mismo. Debería estar en la primera línea de combate, en peleas perpetuas y repartiendo muerte con sus garras. O, en su defecto, en algún lugar como Nova, disfrutando de la belleza con Bas. No aquí en esta aburrida cabina, observando cómo los pequeños cargueros representan una monotonía interminable.

El sueño no se anuncia, pero cuando Sax está recostado en la red de choque sin que ocurra nada, con la rampa de abordaje cerrada y las alarmas activadas, no hay mucha razón para permanecer despierto, así que Sax se deja llevar mirando fijamente el cielo amarillo de Rathfall.

Y despierta más tarde con otro parpadeo del terminal de mensajes. Afuera todo está oscuro. Ha dormido demasiado, luego recuerda que lo único que está haciendo es esperar. Extiende una garra, presiona el botón para el mensaje, esperando algún tipo de actualización de estado de Bas.

La voz filtrada vuelve a sonar.

—Engee, te perdiste nuestra reunión. Ya no estoy jugando. No otra vez. Esto termina esta noche.

El mensaje se corta ahí, dejando a Sax mirando el terminal en blanco. ¿No otra vez? ¿Te perdiste nuestra reunión? Si Bas y Engee ni siquiera llegaron al Wildfire, ¿entonces qué está pasando?

Sax se incorpora de golpe de la red, la retrae hacia el techo, cuando el *Mobius* estalla en un ruido estridente. Las luces de alarma en el techo parpadean en naranja, y los terminales frente a Sax cambian a transmisiones de cámaras alrededor de la nave.

Mirando las imágenes en escala de grises, Sax espera

ciertos tipos de intrusos. Las especies comunes para allanamientos y amenazas. No espera esto.

Dispersos alrededor de la nave hay robots de carga, con trineos acoplados para ayudar a mover grandes mercancías. Su revestimiento magnético les permite flotar sobre la superficie, y ahora están sentados afuera del *Mobius* como fantasmas metálicos, rodeando silenciosamente la nave.

El intercomunicador junto a Sax crepita, trayendo la misma voz filtrada a la cabina.

—Engee, ¿estás dentro? Espero que sí, por el bien de tu nave, por el bien de tu propia vida —anuncia la voz filtrada, y en lugar de ira, Sax oye tristeza, frustración—. He enviado algunos robots para recoger lo que me debes, y espero que lo entregues. O haré que los guardias de la Aguja lo tomen por la fuerza. Tienes treinta segundos para responder.

¿Qué podría tener Engee que requeriría una docena de robots de carga para moverlo? Sax no recuerda haber visto nada de ese tamaño aquí. No le importaría una pelea, pero iniciar una lucha contra una fuerza de guardias de la Aguja, que podrían decidir simplemente volar el *Mobius* en pedazos desde lejos, no parece una gran idea.

Así que Sax presiona el botón para responder.

—Engee no está aquí. Fue a reunirse contigo en el Wildfire. Solo estoy vigilando la nave, y no sé lo que estás buscando.

Directo. Pacífico. Bas estaría orgullosa.

Hay un momento de espera antes de que el intercomunicador vuelva a crepitar.

—No más juegos, quienquiera que seas. Sé que la Teven aterrizó con esta nave, y sé que nunca apareció en el Wildfire. Así que tomaré lo que es mío. Lo que se me debe.

—¿Qué es entonces? —intenta Sax—. Ni siquiera sé lo que estás buscando.

—Engee me prometió una docena de cajas de Cristales de Ceres. Deben estar en algún lugar de tu nave. Encuéntralas. Ahora.

¿Cristales de Ceres? Sax nunca había oído hablar de ellos antes, pero claro, los Oratus no necesitan estar versados en productos sin aplicación militar. Si los Vincere no lo necesitan, Sax no necesita saber sobre ello.

Hasta que, por supuesto, sí lo necesita.

EL MÓDULO de escape se asienta de lado y Viera, ante una señal de T'Oli, presiona contra la manija y la gira para abrirla con un chirrido sordo. La puerta se abre de golpe, y respiro el aire de mi hogar por primera vez en lo que parece una eternidad.

Y es terrible. Se siente y sabe como si estuviera inhalando rocas y astillas de madera. El aire raspa mi garganta, haciéndome toser incluso antes de haber salido. Mis ojos lagrimean mientras arden, y cuando miro a Viera para ver si está experimentando lo mismo, sus ojos están inyectados en sangre, su nariz está goteando y parece que está a punto de vomitar.

Incluso T'Oli, normalmente de un blanco cremoso, tiene manchas por todo su cuerpo. Manchas amarillas y azul-negras salpican su forma. Los tallos oculares del Ooblot se encogen y casi se cierran.

—Este es un ambiente bastante hostil —dice T'Oli, antes de escabullirse de vuelta al módulo de evacuación.

—Este no es nuestro hogar —logro decir—. Al menos, no como debería ser.

Estoy tratando de cubrirme la cara con las manos, y sostengo tela sobre mi boca deseando tener aún la máscara. Después de la pelea escapando de Vimelia, nuestras máscaras quedaron fracturadas y rotas, y las dejamos en la lanzadera. Tal como está, tropiezo contra el módulo de escape, intento hundir mi cara en mis túnicas sueltas e improvisadas, y sé que nunca sobreviviremos a ningún tipo de viaje en este aire.

—Aquí —anuncia T'Oli, saliendo de nuevo—. Hay filtros en el módulo. Son adaptables.

El Ooblot sostiene —en agarres endurecidos de sí mismo— un par de lo que parecen telarañas translúcidas. Viera y yo no dudamos. Incluso si estas cosas están destinadas a matarnos, respirar este aire parece una forma más terrible de morir que cualquier cosa que estos filtros pudieran hacer.

Al principio están fríos al tacto, y ligeramente húmedos, como si agarrara una cuerda mojada. Lo sostengo frente a mi cara mientras T'Oli dice que pertenecen sobre donde respiramos. Como si sintiera mi intención, el filtro se retuerce en mi mano, se estira y agarra mis mejillas, mi barbilla y mi frente. Se adhiere a mí, luego se aplana contra mi rostro.

No puedo ver lo que está haciendo, así que miro a Viera, y sobre donde ella respira —su nariz y boca— el filtro brilla de un blanco intenso por un momento, y cuando el brillo retrocede, hay un revestimiento sólido como de perla. El filtro se siente como si llevara pintura, pero funciona; estoy inhalando y exhalando y no hay rasguño, ni peso asfixiante de decadencia y ceniza.

El filtro también cubre mis ojos, al principio haciendo que todo parezca solo un tono más claro de lo que era: la ceniza negra ahora parece gris, y T'Oli está más cerca de la nieve que he visto en las cimas de montañas lejanas que de la leche que solía ser.

—¿Cómo estás manejando esto? —le pregunto al Ooblot.

—Respiramos a través de poros en nuestra piel —dice T'Oli—. Se trata de calibrarme para atrapar las partículas que necesito y expulsar las otras.

Ya esas manchas amarillas se están encogiendo mientras T'Oli hace lo que necesita hacer. Supongo que si un Ooblot puede endurecerse, podría hacerlo a un nivel tan fino como para bloquear las mismas cosas que los filtros hacen por nosotros.

Resulta que los Ooblots son criaturas resistentes.

Ahora que no estamos muriendo mientras respiramos, realmente echo un vistazo alrededor de donde aterrizamos. La ceniza brumosa hace difícil ver lejos, pero lo que hay parece las secuelas de un incendio. Una vasta llanura cubierta de esa cosa escamosa.

Durante los veranos secos, había visto incendios arrasar las llanuras al oeste de las selvas —sus devastadores recorridos delatados por las enormes columnas de humo— y mi padre me había llevado una vez a ver lo que dejaban atrás. Esta escena coincide con esos recuerdos de infancia, pero lo que me confunde es que la vida regresa después de un incendio.

Ignos se renueva, después de todo.

Aquí, sin embargo, no hay señales de eso. No hay plantas asomándose a través de la gravilla, ni malezas tratando de comenzar. Es como si la vida aquí se hubiera rendido.

—¿Qué pasó? —pregunta Viera al aire y, hasta donde puedo oír, no recibe respuesta.

—Vayamos al oeste —anuncio—. Ese es el camino hacia nuestro hogar, aunque nos tome mucho, mucho tiempo.

—Hay raciones en el módulo de escape —dice T'Oli—. Aunque no sé cuánto durarán para los humanos.

Más papilla nutritiva, y los paquetes vienen en una variedad de sabores con nombres que no entiendo. No hemos comido desde Vimelia, desde que dejamos el escondite de Clarity's Dawn en lo profundo de esos tubos, así que Viera y yo nos tomamos un momento para devorar paquetes de lodo gredoso.

Los filtros, como si sintieran los movimientos de nuestras bocas, despegan sus capas mientras succionamos el gel. T'Oli, por su parte, unta un paquete en su piel y, como agua desapareciendo en una tela, el Ooblot absorbe la comida.

—Eres realmente extraño —le dice Viera a T'Oli.

—Me lo dicen mucho.

—¿Eres, eh, típico para tu especie?

—No lo sé —responde T'Oli, sus tallos oculares torciéndose en un ángulo—. Nunca he conocido a otro Ooblot antes. Creo que era el único en Vimelia.

—¿No creciste con ninguno? —No puedo evitar preguntar.

—¿Crecer? —T'Oli hace esa risa extraña de Ooblot, con su piel golpeándose contra sí misma—. Fui creado, Kaishi. Hecho allí mismo en Vimelia a partir de muestras de Sevora. Intentaron hospedarme, pero simplemente me derretía en cualquier abertura. Así que luego me desecharon.

—Eso es horrible —Es todo lo que se me ocurre decir—. No es de extrañar que quisieras venganza.

—¿Venganza? —T'Oli se ríe de nuevo—. Solo quería un propósito. Algo que hacer, algo con significado. Después de deslizarme por los tubos durante mucho tiempo, encontré

Clarity's Dawn y me ofrecieron un trabajo. Eso es todo lo que quería: sentirme útil. No necesito más que eso.

Trepamos hacia el oeste a través de las cenizas durante horas. No vemos gran cosa, aparte de algunos postes negros de dos y tres metros. Se alzan como vigilantes silenciosos, y aunque al principio pienso que son árboles —muertos hace mucho, pero aún en pie—, cuando pasamos cerca de uno, lo examino más de cerca y limpio la gruesa capa de suciedad que lo cubre.

—Metal.

T'Oli, que se ha vuelto gris oscuro por las cenizas adheridas a su forma fluida, solo parpadea ante el descubrimiento. Viera, sin embargo, entiende lo que estoy pensando.

—Aquí vivió gente alguna vez —dice.

—Algo vivió, al menos —respondo.

Pero no hay más respuestas esperando en ese único poste, así que seguimos adelante. Continuamos hasta que el terreno se hunde y las cenizas, si es posible, se vuelven aún más espesas. Me llegan ya hasta las pantorrillas, y noto que no son solo copos suaves. Hay trozos más grandes rozando mis piernas, y de vez en cuando resbalo cuando mi pie aterriza sobre algo que no está del todo desintegrado, como pisar un tronco oculto por hojas del bosque.

Después del poste, Viera mantiene su minero desenfundado, con la cabeza en constante movimiento a nuestro alrededor. Cuando le pregunto por qué, dice que la hace sentir mejor.

A mí también me hace sentir mejor.

Especialmente cuando vemos la sombra frente a nosotros. Más que nada es un remolino de cenizas perturbadas, la distante nube marca una línea adelante, un rastro donde algo ha pasado.

—Podría ser una pequeña brisa —dice T'Oli.

—Ninguna brisa es tan pequeña. —Empiezo a moverme hacia el rastro—. Vamos, si hay algo ahí fuera, prefiero encontrarlo mientras aún haya luz.

Viera está de acuerdo y las dos nos lanzamos a una carrera tambaleante, persiguiendo la línea de cenizas que caen. Espero que T'Oli nos siga, pero el Ooblot no hace mucho ruido, y es tan lento que ni siquiera intento esperarle.

De todos modos, estamos levantando tantos copos grises que T'Oli no debería tener problemas para seguirnos.

El rastro nos lleva a un hoyo. O un cráter. Es lo suficientemente grande, en cualquier caso, para que los bordes más lejanos desaparezcan tras las brumas oscurecedoras de la niebla. Pero podemos ver bastante de lo que hay abajo.

—Bueno, ahí tienes tu prueba —dice Viera, y nos quedamos mirando por un largo momento la estructura alienígena anidada en las cenizas.

Por lo que puedo ver, el edificio se extiende de forma redondeada. Una parte frontal se inclina hacia nosotros, con suficientes cenizas excavadas para proporcionar una especie de escalera desde el borde del hoyo hasta lo que alguna vez pudo haber sido una puerta, pero que ahora es un portal oxidado que lleva quién sabe a dónde.

Más allá de esa abertura, el edificio se hincha, acercándose y desapareciendo en los bordes del cráter, aunque las cenizas cubren tanto de la estructura que es difícil saber cuánto de ella son simplemente montículos de tierra.

En pocas palabras, creo que es enorme. Más grande que el Vaos. Más alto también. Y claramente había sido el objetivo de la ira de alguien.

Las paredes y el techo que podemos ver están picados de óxido, con trozos volados o que faltan por completo, como si hubieran sido mordidos por dientes afilados. O quemados por un minero.

—¿Quién crees que hizo esto? —pregunto.

—Siendo una experta en todas las cosas alienígenas —dice Viera—, no tengo ni idea.

Me agacho, dando un respiro a mis piernas después de la carrera. No tenemos raciones ilimitadas. Tomarnos el tiempo para explorar el edificio nos pondría en mayor riesgo de no llegar a ningún lugar habitable antes de morir de hambre.

—Bueno, eso es ciertamente inesperado —dice T'Oli mientras el Ooblot fluye detrás de nosotros—. Cada vez más misterios. Tengo que decir que todo esto es mucho más interesante que las alcantarillas de Sevora.

—T'Oli. —Descarto las palabras divagantes del Ooblot como si fueran una mosca—. ¿Cuánto tiempo crees que nos llevaría llegar a la mitad de un planeta del tamaño de la Tierra?

—¿A la velocidad que vamos? —T'Oli parpadea con sus tallos oculares—. Estaremos muertos mucho antes de acercarnos a donde están los Sevora.

Asiento. Eso es lo que necesitaba saber.

—Entonces vamos a entrar ahí. Podría haber algo que podamos usar.

—También podría matarnos. —Viera se encoge de hombros—. Aunque, de nuevo, he estado esperando mi repentina muerte durante tanto tiempo que ya ni siquiera da miedo.

—Le pasó a Malo —respondo sin pensar.

Viera solo asiente ante eso. Cierro los ojos por un segundo. Tomo un respiro lento.

No es el momento.

—Vamos.

Así que salto del borde, aterrizando en la pendiente de cenizas y saltando, mis pies recordando lo que es encontrar apoyos y perderlos de nuevo en un instante. Hay cierta alegría en moverme rápido por mi propio poder y ha pasado demasiado tiempo. Incluso aquí, en esta desolación gris, logro esbozar una sonrisa y olvidar todo lo terrible que queda atrás y por delante.

Solo por un momento.

Viera me grita que tenga cuidado, pero estoy en mi carrera y llego a la puerta antes de que ella haya comenzado su descenso. Miro hacia atrás, le dedico una sonrisa, y luego les hago señas para que bajen. Nada ha saltado de la puerta para asustarme todavía, y adentro solo hay oscuridad profunda, así que obviamente es seguro.

O tal vez, a estas alturas, simplemente no me importa. T'Oli dice que moriremos de hambre mucho antes de llegar a casa, y todo a mi alrededor son ruinas, así que decido que voy a pasar mis últimos días sonriendo, riendo, tratando de desenterrar la alegría que pueda.

Malo querría eso, creo.

T'Oli sigue a Viera, usando los surcos hechos por los pies de esta última como charcos para guiar su carrera de limo hacia mí. Finalmente, los tres nos reagrupamos fuera de la puerta, una cosa oxidada y doblada que ha perdido cualquier elemento de seguridad que alguna vez proporcionó a este lugar.

—¿Qué tal si la próxima vez vamos juntos? —dice Viera—. Podría haber habido algo esperando aquí.

—Entonces me habría encargado de ello —respondo, levantando mis manos—. Sé cómo pelear.

Viera da una palmadita a su minero. —Créeme cuando te digo que disparar es mucho más efectivo.

Me encojo de hombros. —Como Emperatriz, declaro que mi opinión es correcta.

Viera pone los ojos en blanco, pero no discute el punto.

A veces, la autoridad tiene sus beneficios.

—¿Alguien tiene una luz? —pregunto, mirando hacia la profunda entrada—. No creo que Ignos vaya a llegar mucho más allá de esa puerta.

El gran dios no está manteniendo este lado del mundo muy brillante de todos modos; la niebla gris cubre la mayoría de las cosas, y ha estado oscureciendo constantemente a medida que avanza el día. Ninguno de nosotros se hace ilusiones de que pasaremos la noche en algún lugar de esta tierra devastada, y todos —posiblemente T'Oli exceptuado porque las mentes de los Ooblot son, bueno, diferentes— esperamos que haya algún lugar en este edificio que podamos usar como refugio.

Pero nadie está ansioso por embarcarse en una persecución a oscuras tras una criatura desconocida.

—Yo iré delante —dice T'Oli—. No podré ver mejor que ustedes, pero soy muy difícil de matar.

Viera resopla, pero damos el visto bueno al plan de T'Oli y el Ooblot no dice nada más al respecto, y se desliza por la puerta.

Mientras se mueve, T'Oli describe los alrededores, comentando sobre el frío suelo plano, el constante vidrio roto, las cenizas arrastradas, y evidencia de dispositivos muertos hace mucho tiempo que ahora ocupan sus lugares en descomposición a los lados.

Viera y yo —con yo en último lugar— avanzamos lentamente detrás del Ooblot, siguiendo sus indicaciones mientras nuestra visión disminuye gradualmente hasta que lo único que me queda es un agarre con la mano derecha en la de Viera para guiarme.

La absoluta oscuridad me hace rememorar los momentos antes de que Ignos entrara en mi mente por primera vez, y casi me río de las contradicciones. Allí, entonces, esperaba encontrarme con un dios o su regalo, hallar una manera de salvar a mi gente o traerles prosperidad. Aquí, marcho con una determinación fatal, avanzando porque quedarse quieto significa una muerte lenta y sin sentido.

—¿Esto te recuerda a casa? —le pregunto a Viera, recordando que los Lunare provenían de debajo de las montañas.

—Nuestros túneles no son oscuros —responde Viera, y su voz suena fuerte en el silencioso pasillo—. Plantamos gusanos luminosos y los alimentamos. La forma en que su luz se refleja en las rocas y los charcos de agua es hermosa, fascinante. Lo echo de menos.

Como si respondiera al recuerdo de Viera, doblamos una esquina y notamos destellos de luz frente a nosotros. Espirales azules que salen de una puerta redonda no muy lejos, que perfilan los dos tallos oculares de T'Oli y hacen parecer que caminamos hacia algún portal hacia una oscuridad más allá.

Una persona se encuentra en el centro de la sala abovedada. Es la fuente del resplandor, o más bien, lo es una luz zafiro debajo de ella. Es un hombre, que lleva lo que parece ser una serie de bandas rayadas por todo su cuerpo. Como todo está en ese esquema de color azul, no puedo decir si el atuendo del hombre se supone que es una exhibición de arcoíris o un asunto en blanco y negro.

Lo cual es bueno, porque hay otras cosas en las que debería estar centrándome. A saber, por qué el ojo derecho del hombre parece haberse deslizado por su cara, de modo que descansa justo encima de su mejilla. Solo tiene una oreja —la izquierda— aunque no veo ninguna evidencia de cicatriz. Un cabello espeso cubre su cabeza, inmóvil ante la sutil brisa que se cuela por el lugar.

—Si no eres el hombre más feo que he visto jamás —anuncia Viera mientras entramos en la habitación.

Ya ha sacado su minero, apuntado y dirigido hacia el hombre. Creo que está feliz de que nos enfrentemos, por una vez, a otro humano. Un enemigo que conoce.

—Hola —dice el hombre, hablando en el mismo idioma universal que todos los demás—. Bienvenidos a mi hogar.

Al parecer, la jerga Charre de Malo no llegó a este lado del mundo.

Por lo demás, la voz del hombre es uniforme, aunque se difumina en los bordes, como si alguien hubiera pasado los finales de sus palabras por un río torrentoso.

—Tu hogar podría necesitar una limpieza —digo, entrando en la habitación alrededor de Viera, quien me lanza una mirada de 'quédate atrás' que ignoro.

El hombre no parece tener armas, no luce agresivo con sus pequeñas manos a los costados. Y con Viera cubriéndolo, no puedo imaginar nada que pudiera hacer que no terminara con su cadáver humeante en el suelo.

Hasta que noto que sus pies no están en él. En el suelo, quiero decir. El hombre flota un poco por encima del piso. Reviso sus zapatos, pero sus pies solo están envueltos en esas mismas bandas. Nada de las botas voladoras magnéticas usadas por los Flaum en Vimelia.

—Es una imagen —dice T'Oli—. Esta cosa no está realmente aquí. Lo cual, considerando todo, parece una decisión inteligente.

La cabeza del hombre gira hacia el Ooblot, y su rostro se transforma en una sonrisa triste, aunque perturbadora. —No he estado realmente aquí en mucho tiempo.

Detrás del hombre, espaciados alrededor de la habitación, hay montones de equipos rotos. Vidrios destrozados y metal doblado y quemado se combinan con profundos surcos en el suelo de piedra para contar una historia de desastre. El filtro me impide saber cómo huele aquí abajo, por lo cual estoy agradecida. Los restos como estos generalmente significan muerte, y los cuerpos dejados para pudrirse suelen ser hallazgos desagradables.

Sin embargo, hay otras dos puertas que se abren hacia partes desconocidas.

—¿Parece que estás aquí ahora mismo? —pregunta Viera.

—Es como Nasiya —digo—. Solo una imagen. La verdadera pregunta es, ¿dónde estás?

—Muerto —dice el hombre—. He estado muerto por mucho más tiempo del que tú has estado viva.

Hay un breve segundo de silencio, antes de que yo suelte un largo suspiro. —Por supuesto, después de todo lo que hemos visto, ¿por qué no un fantasma también?

Ignos, mi dios, supuestamente proyecta reflejos a veces, envía de vuelta a parientes pasados para vislumbrar el presente, para reunirse con su familia elegida y transmitir sabiduría. No es algo que yo haya experimentado nunca, pero viendo que los sacerdotes afirmaban que Ignos enviaba estas visiones en tiempos de necesidad, tener un fantasma para mí ahora tendría sentido.

—¿Un fantasma? —el hombre niega con la cabeza—. No. Simplemente una grabación. Para cualquiera que haya sobrevivido a la cancelación.

—Estás lanzando términos sin mucho contexto —digo.

—¿No lo saben? —El hombre no pone ninguna sorpresa en su voz, pero deduzco que lo haría si pudiera—. ¿No son supervivientes?

—Lo somos —dice Viera—. Y nos gustaría seguir siéndolo.

—Entonces deberían saber que este lugar no es seguro —responde el hombre—. Están en riesgo aquí. Y deberían irse.

Señalo las otras puertas que conducen más adentro. —Necesitamos suministros. Una forma de llegar al otro lado del mundo. ¿Tienes eso?

—Mis datos han sido corrompidos, superviviente —dice el hombre—. No tengo inventario que ofrecerles. Sin embargo, si me ayudaran, tal vez podría encontrarles un camino.

Que una criatura brillante, distorsionada y errónea nos diga que nuestra supervivencia depende, quizás, de ayudarla no está en la lista de cosas que quiero escuchar. Soy yo, no, somos nosotros los que necesitamos ayuda, no algún avatar que admite libremente que está muerto.

Pero, ¿qué opción tenemos? ¿Decir que no? ¿Aventurarnos de vuelta a las tierras de ceniza y morir lentamente en el gris asfixiante?

—¿Qué necesitamos hacer? —pregunto, T'Oli y Viera aparentemente cediendo ante mí por una vez.

El fantasma se gira y hace un gesto con su mano derecha, y de ella salta una serie de pequeñas estrellas que se extienden hacia la más cercana de las dos puertas. La línea flota a la altura de mis ojos, sus chispas azules son motas de fuego centelleantes.

—Síganlas —dice el hombre—. Encuentren el núcleo y abran las compuertas.

—Bueno, si eso no aclara las cosas —murmura Viera, y nos ponemos en marcha.

La línea azul se desvanece en el borde de la habitación, sin siquiera durar hasta pasar la puerta. Miro hacia atrás al hombre, preguntándome si el fantasma se da cuenta de que su guía es bastante deficiente, pero todo lo que obtengo es una mirada en blanco.

—Supongo que esto es lo que tenemos —digo y bajamos, una vez más hacia la oscuridad.

T'Oli asume de nuevo su papel de liderazgo, descendiendo valientemente por una rampa ancha y plana que se curva, de vez en cuando, sobre sí misma mientras se adentra más y más. Viera comenta que las escaleras ocuparían menos espacio, y estoy inclinada a estar de acuerdo.

—No todas las especies pueden dar pasos —T'Oli hace la observación con el mismo tono cortante de siempre, como si no fuera consciente de lo que está diciendo.

Sin embargo, el comentario de T'Oli descifra cierto código. No había pensado en otra especie alienígena llegando a la Tierra hasta ese momento. Que una pudiera haber estado aquí mucho antes, que pudiera haber construido toda esta estructura, responde y genera preguntas a un ritmo que amenaza con abrumarme.

Así que considero recurrir al Cache, ese brazalete omnisciente que me dio un Sevora cuando se estrelló por primera vez cerca de mi aldea, y froto su superficie fría y dura. Quiero verificar, ver si sabe algo sobre lo que ha ocurrido aquí, si la participación de la Tierra en el caos galáctico es anterior a mi propio coqueteo con parásitos dominantes.

El Cache, sin embargo, es como entrar en un sueño. Requiere toda mi concentración, y mientras leo sus líneas, seré inútil para Viera y T'Oli. En un lugar como este, con quién sabe qué a la vuelta de la esquina, lanzar mi mente al purgatorio no es una movida segura.

Hay otras formas de aprender cosas, sin embargo.

—¿Qué crees que usaría una rampa como esta, T'Oli? —

le pregunto al Ooblot mientras continuamos a través de la oscuridad.

A ambos lados, puedo sentir que las paredes se estrechan, y extiendo la mano para tocarlas de vez en cuando. Metal frío, generalmente, aunque a menudo picado y rayado. T'Oli nos ha estado avisando cada vez que encuentra escombros que tenemos que escalar a ciegas, y algunas veces ha notado otras puertas, pero supongo que el fantasma nos habría dicho si el camino se bifurcara en algún punto hacia nuestro destino.

—¿Como esta? —reflexiona T'Oli—. A Whelk ciertamente no le molestaría, pero es demasiado ancha para ellos. O para otros Ooblots, aunque hay otras señales de que esto no es obra nuestra.

—¿Entonces de quién?

—Oh, realmente solo hay una especie que haría un lugar como este —dice T'Oli, y puedo sentir a Viera conteniendo un suspiro—. Amigga.

# CAPÍTULO 4

# EL INCENDIO
# DESCONTROLADO

SAX MIRA FIJAMENTE EL INTERCOMUNICADOR. Luego sale, salta a la bahía de carga y presiona el botón que baja la rampa de abordaje. Mientras lo hace, uno de los robots de carga se mueve frente a la rampa, y el pequeño intercomunicador en el cuerpo cuadrado del aparato cobra vida con un chisporroteo.

—¿Dónde están los cristales? —exige la voz filtrada a través del robot—. No veo ninguno.

—Registra la nave si los quieres —sisea Sax, esquivando al robot.

El robot gira, como si fuera a seguir a Sax—. ¿Adónde vas?

—Engee no se presentó. Mi pareja estaba con ella —responde Sax, mirando con furia al trineo metálico flotante—. Voy a buscarlas.

Sin embargo, mientras Sax se aleja, su chaleco parpadea en rojo. La rampa del *Mobius* se retrae de repente, cerrando la bahía de carga y dejando a los doce robots sin nada que hacer. Lo cual no molesta a Sax en lo más mínimo. Está siguiendo los rastros de globos de luz hacia el centro de la

Espira, hacia una de las muchas puertas que conducen al interior.

Está casi allí cuando las entradas —cosas rectangulares y anchas con varias capas— se abren para revelar una esclusa de aire sucia, cubierta de polen amarillo. Dentro, de pie con dos pequeños mineros en sus manos, hay un Teven alto.

A diferencia del caparazón desnudo que llevan tantos de la especie, este está revestido de acero azul, y un par de cascos albergan los ojos de la criatura a través de agujeros en sus lados. Sus brazos, o piernas —Sax no está seguro de qué es qué cuando se trata de Teven— salen por la parte superior del caparazón, dos sosteniendo a los mineros, uno libre, y el cuarto agarrando lo que parece ser un cuchillo de energía.

Lo que es más fascinante, sin embargo, es lo que el Teven ha hecho con su base; en lugar de dejarla abierta para las piernas de la criatura, este ha ido y se ha acoplado un círculo magnético, permitiéndole flotar sobre el suelo. Útil si vives en una construcción metálica, quizás, pero totalmente inútil en la naturaleza.

Cuando Sax empieza a entrar en la esclusa abierta, el Teven se inclina hacia atrás y, con su imán, se desliza lejos de Sax hacia la parte trasera del espacio.

—Quédate justo ahí, Oratus —dice el Teven.

—¿Por qué? —responde Sax, y sigue avanzando—. ¿Crees que puedes hacerme daño antes de que te haga pedazos?

—¡Apuntaría a tus ojos!

Sax abre la boca, mostrando los dientes. Respira profundamente a través de sus conductos y exhala con un fuerte silbido—. No los necesito para acabar contigo.

—Pero te ayudarían si quieres encontrar a tu pareja, ¿no?

Y ahí está la pista que Sax necesita. Esta es la voz filtrada. Lo que significa que no va a perder más tiempo. Sax clava sus garras y salta alto, por encima del Teven, y mientras lo hace, Sax azota su cola hacia abajo, golpeando a los mineros de las manos de la criatura. Tan pronto como el Oratus toca el suelo, Sax clava sus garras, cambia de dirección y embiste al Teven, derribando al alienígena gritón al suelo.

Las puertas de la esclusa se cierran detrás de ellos mientras Sax se cierne sobre su víctima.

—Dime dónde están —dice el Oratus, asegurándose de abrir bien la boca para que el Teven pueda usar todo el poder de su imaginación con esos dientes afilados.

—No lo sé —la voz del Teven es débil, indignada—. Nunca llegaron al Incendio Descontrolado.

—Entonces tienes un problema —dice Sax—. Porque estaban tratando de llegar a ti, y si algo le ha pasado a Bas, tú eres a quien voy a culpar.

El Teven se retuerce mientras los sellos interiores de la esclusa se abren, conduciendo al interior de la Espira de Astre. Aquí en la cima, las paredes están cubiertas de varias terminales y máquinas expendedoras de papilla nutritiva, agua y varios tipos de licencias y pases para envíos de carga. El centro del espacio es una serie de ascensores entrelazados, con grandes para carga y más pequeños para pasajeros.

Sax se pone de pie y engancha una garra media alrededor del caparazón del Teven, levantando a la ligera criatura y llevándola fuera de la esclusa.

—No lo entiendes —se lamenta el Teven—. ¡No le haría daño a ella! ¡Ni a sus amigos!

—No suena como tu mensaje —dice Sax, mirando alrededor—. Hiciste una clara amenaza.

No hay muchas otras especies en este nivel a esta hora

de la noche. Algunas están instaladas alrededor de un bar expendedor, donde las bebidas y otras sustancias se proporcionan puramente por medios mecánicos. Una gran terminal desplaza fuentes de noticias y reproduce vídeo sin sonido. Cuatro Flaum están tirando de un trineo de carga fuera de uno de los ascensores hacia otra esclusa.

Nadie les presta atención.

—Lo sé, lo sé, pero necesito esos cristales, y a Engee también —dice el Teven.

Hay un temblor en las palabras del Teven que capta la atención de Sax. Ha escuchado ese tono antes, de Bas, de sí mismo.

—¿Tú y Engee están juntos? —pregunta Sax.

No está seguro de cómo se aparean los Teven, si es que se aparean. Sax no está seguro si ponen huevos, si se replican, o si hay algún ritual complejo involucrado.

—Bueno, no —dice el Teven—. Todavía no, de todos modos. ¡Por eso necesito los cristales! ¡Para ganarme su amor!

—¿Estás amenazando a Engee para conseguir cosas de ella... para ganarte su amor?

—No esperaría que un Oratus lo entendiera. —El Teven se retuerce con fuerza, patea esa base magnética suya y sale disparado de la mano de Sax.

El Oratus deja ir al Teven. Sax puede atraparlo de nuevo si lo necesita, y sin sus mineros, el Teven no es exactamente una amenaza.

—No me importa realmente —dice Sax al Teven—. Solo dime cómo encontrarlos.

—¡Ya te lo dije! No sé dónde están —El Teven busca y ve dónde yacen sus mineros en el suelo, justo después de la puerta de la esclusa cerrada.

Sax salta primero hacia ellos, desliza las pequeñas armas

en las múltiples fundas de su cintura. Los principios Vincere exigen dejar espacio extra en caso de hallazgos útiles, y aunque Sax ya no sea parte del ejército, no significa que vaya a abandonar los buenos hábitos.

—Entonces me vas a ayudar a encontrarlos —dice Sax mientras el Teven mira fijamente sus armas robadas—. ¿Cuál es tu nombre, Teven?

—Nobaa —responde el Teven—. ¿Y tú, Oratus? ¿Debería llamarte Garra Mortal?

—Sax está bien.

Él, Nobaa le cuenta a Sax mientras esperan un ascensor, es un ingeniero. Conoció a Engee cuando ambos estaban en la escuela y, como ella, ha estado fascinado con la autoaumentación desde entonces. Después de obtener sus títulos, ambos vinieron aquí, hasta que Engee declaró que los nocivos amarillos de Rathfall eran una especie de asesino creativo y se fue cuando Plake le ofreció un trabajo.

—Estoy de acuerdo —dice Sax en esta parte, mientras un ascensor suena frente a ellos y entran en sus confines llenos de anuncios; imágenes cambiantes con Flaum promocionando varios restaurantes, hoteles y otros productos en la Aguja de Astre.

Sax espera una parada de un solo botón, directamente a Wildfire, pero Nobaa usa el terminal para seleccionar más de una docena de puntos.

—¿Con qué estás de acuerdo? —dice Nobaa, inclinando un ojo en su casco azul oscuro hacia Sax.

—Con irse de aquí. Es un planeta terrible —Sax entrecierra los ojos al Teven—. ¿Por qué elegiste tantas paradas?

—¡Tú no sabes dónde están, yo no sé dónde están, así que podrían estar en cualquier parte! —Si Nobaa espera que Sax haga algo con esta declaración, el Teven se lleva una amarga decepción. Pero no por mucho tiempo—. Engee y yo trabajamos en la Aguja de Astre por un tiempo... ¡también podría darte un recorrido, y tal vez nos topemos con ellos!

—No estoy aquí para un recorrido.

—Oh, lo sé. ¡Yo tampoco! —El ascensor suena en su primera parada mientras Nobaa habla, y las puertas se abren para revelar un espacio oscuro y húmedo.

No hay paredes que Sax pueda ver, y la única luz proviene de motas flotantes, probablemente vinculadas a robots, que flotan a la distancia. Por la iluminación que se derrama desde las puertas del ascensor, Sax ve gruesas frondas verdes colándose a la vista. El aire está cargado con olores de flores y fertilizantes.

—Cada Aguja necesita un invernadero —dice Nobaa mientras las puertas del ascensor se cierran—. Nos aseguramos de que Astre tenga comida fresca, ¡y que nadie se muera de hambre por algo natural!

—Basta —Sax da un largo paso hacia el panel, empuja al Teven a un lado y presiona el botón de parada de emergencia—. Me vas a decir qué estás haciendo. Ahora.

El ascensor se detiene bruscamente. Sax mira fijamente a Nobaa, cuyas cuatro manos retuercen sus dedos juntos. Los ojos del Teven se desvían más allá de Sax hacia el terminal, algo a lo que el Teven no se va a acercar de nuevo.

—¡Es verdad, lo juro! ¡Todo!

—Habla claro —responde Sax—. Dime dónde están, o te cortaré en pedazos aquí mismo y me arriesgaré.

—No sé, eh, exactamente dónde están —responde Nobaa—. ¡Y no soy la razón por la que se han ido! Quería encontrarme con ellos en Wildfire, ¡honestamente!

—No estás ayudando.

—Cierto —el Teven da un paso atrás, pero el ascensor no es grande. Ningún movimiento le va a comprar a Nobaa más de medio segundo de tiempo antes de que Sax tome lo que le corresponde—. Mira. Hay mucho dinero sobre sus cabezas, ¿sabes? No solo tú, sino toda la tripulación del *Mobius*. Solo quería mis cristales antes de que todos terminen muertos.

Sax asimila esto como lo hace con todo lo demás: con resignada indiferencia. La galaxia nunca le ha puesto las cosas fáciles, ¿por qué empezar ahora?

—¿Entonces lo de Engee era una mentira?

Aquí Nobaa parece realmente angustiado. —No, no, ¡todo eso es verdad! Sí, quiero los cristales, pero Engee es una amiga. Esperaba que viniera a Wildfire, y luego encontraría una manera de mantenerla fuera de esto. Con los cristales, por supuesto.

—Qué romántico —Sax añade un veneno extra al siseo —. Esta Aguja no está tan poblada. ¿Quién aquí va a arriesgarse a luchar contra nosotros?

El Teven asiente hacia el panel del ascensor. —¿Podemos irnos? Tengo un lugar. No es grande, pero es más seguro que aquí. La gente podría estar escuchando.

—Si estás tratando de tenderme una trampa, Teven, debes saber que te mataré primero.

Entregado ese hecho, Sax se hace a un lado y deja que Nobaa ajuste los destinos del ascensor. Lleva a Sax más profundo en la Aguja, a uno de los niveles residenciales. Si Sax está calculando correctamente, está justo en medio de la espesa nube inferior, lo que significa que Nobaa no está entre los jugadores poderosos de la Aguja.

Si el Teven no tiene recursos, entonces Nobaa mejor que tenga información, porque sin ella, está desperdiciando el tiempo de Sax.

Y Sax no es una persona paciente.

El apartamento de Nobaa es poco más que una habitación individual con un dispensador de alimentos y un terminal de información donde estaría la ventana, si hubiera algo que ver además del flujo de gas amarillo mostaza.

—No es mucho, pero tampoco necesito mucho —dice Nobaa, señalando con uno de sus pequeños brazos la caja suave en el medio del piso.

Llena de lo que parece arena, es donde el Teven dormiría. La arenilla mantiene el caparazón del Teven centrado y recto, mientras proporciona un espacio cómodo para entrelazar las extremidades si Nobaa quiere.

En general, todo el espacio no está lejos de lo que Sax tendría en una nave Vincere.

—No me importa —sisea Sax—. Dime lo que sabes. Ahora.

—Claro —dice Nobaa, flotando hacia la caja suave—. Aquí está la cosa. Todos ustedes son buscados por los Vincere y el Coro por una cantidad que es, francamente, obscena. Solo que no hay muchos en la Aguja que lean esas alertas y menos aún que puedan actuar sobre ellas.

—Ve al grano. —Sax cruza sus cuatro brazos y deja que su cola se enrosque alrededor de sus piernas.

—Como ingeniero, hice algunos trabajos para el grupo que creo que se llevó a Engee, y probablemente al resto de tus amigos. Un Vyphen, conocido por el nombre de Fraykt.

—¿Él dirige los envíos por aquí?

—Esa es la cosa rara —responde Nobaa—. Fraykt no dirige nada, hasta donde puedo ver. Su nombre no está en ninguna compañía, no aparece en grandes ceremonias, y nadie habla de él. La única forma en que supe que esta tienda que estaba diseñando estaba conectada con él fue porque pasó una vez y se podía notar, oh, se podía notar; no había nadie en ese lugar que no dejara de hacer lo que estaba haciendo y esperara a que él dijera algo.

—¿Entonces crees que este Fraykt está haciendo esto por dinero?

—No... no estoy seguro —dice Nobaa—. No creo que Fraykt necesite el dinero. Yo diría que lo está haciendo por otra cosa. ¿Un favor, tal vez? ¿Para que los Vincere o el Coro permitan algo?

—¿Como qué?

—¡No tengo idea! No soy detective, Sax. ¡Soy ingeniero! ¡Yo construyo cosas!

—Claro —dice Sax—. ¿Cómo encuentro al Vyphen?

—Ni idea. Podrías intentar en el lugar donde trabajé, ¿no? ¿El que yo diseñé? —Nobaa espera un segundo—. ¿Adivina cómo se llama?

—¿El Wildfire?

—¡Vaya! Eres bueno. Eres realmente bueno. Ya veo por qué los Vincere son todos de tu especie ahora, aterradores *e* inteligentes.

Sax aguanta al Teven lo suficiente para obtener la ubicación del Wildfire, luego abandona a Nobaa en el apartamento con la advertencia de no tocar el *Mobius*. El Oratus regresa al ascensor, quitándose el chaleco de Engee en el camino y arrojándolo a un cubo de basura. Es molesto llevarlo, y Sax no volverá a la nave sin su pareja, sin la tripulación que ha sido capturada.

El Wildfire está en el nivel cincuenta desde la parte superior de la Aguja, en el corazón de la serie de restaurantes. Sax sale del ascensor hacia una multitud cambiante de trasnochadores. Es bastante después de la cena y los que deambulan por el anillo, entrando y saliendo de esos pocos lugares que aún están abiertos, han dejado atrás el sentido y la sensatez hace mucho. Apenas miran al arsenal ambulante que es Sax, y los que lo hacen lo consideran como si fuera un sueño.

A Sax no le importa. Se está enfocando en el luminoso cartel rojo con una fuente irregular que grita su destino. El letrero se encuentra sobre una amplia abertura flanqueada por llamas ondulantes, no reales, ya que el fuego en ambientes sellados puede causar... problemas. De todos modos, hay un mostrador vacío para que los visitantes se registren y vean los lugares disponibles, innecesario dada la hora tardía, y más allá, una amplia variedad de mesas y áreas de asientos bordeadas por pasillos marcados con pintura metálica rojo-naranja.

La iluminación del lugar también evoca el fuego, alcanzando las mismas notas de color que el suelo y haciéndolo con hebras de cable láser colgando del techo, como si este también estuviera en llamas.

Hay un solo robot camarero de muchos brazos y sin ojos atendiendo a media docena de especies alrededor de un bar central circular. Sax se acerca a él, le hace una señal al robot para pedir un vaso de agua y un paquete de papilla nutritiva. Difícilmente un pedido exótico, pero cuando un Whelk grasiento y trabajador desliza su ojo tambaleante para burlarse de Sax, la criatura se da cuenta de a quién está a punto de insultar y rápidamente se retira.

Sax no puede ver a nadie más en el restaurante, y no hay signos visibles de lucha. Así que o bien Engee y Bas no llegaron aquí en absoluto, o alguien los convenció de irse.

—¿Quién es el gerente? —pregunta Sax mientras el camarero entrega el pedido.

—¿Actualmente? —responde el robot—. ¿O durante el día?

—Ahora. Quiero hablar con él.

El camarero se gira y presiona algo debajo de la barra. —Saldrá en breve.

Mientras espera, Sax mira hacia la pantalla. Hay una

serie de resultados deportivos de juegos que Sax no conoce ni le importan. Algún Flaum parlanchín habla por un momento, antes de que, por fin, las cosas cambien a una actualización galáctica.

—El Coro está respondiendo a la creciente inquietud liderada por un par de Oratus rebeldes, Evva y Avan, cuyo paradero es buscado por los Vincere. Después de que surgieran acusaciones de que el Coro podría estar involucrado en la manipulación masiva de razas civilizadas, la Primera Silla denunció las afirmaciones y expuso una larga serie de puntos que pretenden mostrar cómo la galaxia ha mejorado bajo el control del Coro y los Amigga. —El Flaum gris-negro se vuelve hacia su compañera, una Flaum más pequeña de cabello dorado—. ¿Crees que eso será suficiente?

—Es ridículo ir en contra del Coro —dice la dorada—. Han hecho demasiado bien, y aunque no estés de acuerdo, controlan a los Vincere. Cualquiera que se oponga seriamente a ellos va a terminar muerto, así que ¿cuál es el punto?

—¿Cuál es el punto? En efecto. Inspirador como siempre —responde el Flaum negro.

Sax aparta la mirada de la pantalla al oír el sonido de ruedas acercándose. El gerente ha llegado.

Un Belloch. Grueso, amarillento y con ocho brazos delgados de longitudes variables envolviendo su cuerpo curvado como un arco, la criatura se sienta en una silla cóncava atada a un par de orugas que ruedan por el suelo. En el extremo superior de su cuerpo, el Belloch tiene un grupo de ojos bulbosos, rojo profundo y oscuro, y una hendidura que, Sax sabe, puede abrirse para revelar su probóscide succionadora de papilla.

Sax retrocede, sin embargo, presionándose contra la

barra con su paquete de nutrientes en una garra delantera y su vaso de agua en la otra. Los Belloch son errores, fallos de los Amigga hace tiempo detenidos, pero con suficiente esperanza de vida para seguir adelante. Hay rumores de que la especie ha encontrado una manera de reproducirse, pero Sax no ha visto evidencia.

Espera no verla nunca.

—No eres lo que esperaba —dice el Belloch, con voz nasal y llena de mucosidad—. Usualmente, una solicitud para hablar con el gerente es una queja esperando suceder. Tú, sin embargo, no pareces ese tipo.

—Quiero información.

—Sí. ¿Quién no? Tal vez pueda ayudarte, tal vez no. La pregunta realmente se convierte, entonces, en ¿por qué?

Es por esto que Sax odia a los Belloch. Por lo que, piensa, los Amigga se rindieron con ellos. Su razonamiento es siempre circular, siempre buscando una ventaja. Sobre todo, las cosas hablan demasiado.

—Te mataré si no lo haces —dice Sax—. Le haré un favor a la galaxia.

—Oh sí, otra amenaza. No tengo elección sobre lo que soy, Oratus. Considera eso antes de chasquear tu boca contra mí.

—Considera mis amenazas como misericordia, entonces —dice Sax—. Estoy buscando a un Teven con otro Oratus. Uno rosa. ¿Se suponía que estarían aquí?

Las voces en la pantalla se callan, y Sax es consciente de que los otros clientes del bar los están mirando, siguiendo su conversación. En cuanto a escuchas a escondidas, no están tratando de ocultarlo. Así que Sax comienza a planear su ataque.

—¿Dos Oratus en una noche? —el Belloch junta sus ocho brazos frente a él, cada mano de ocho dedos entrelazándose con otra—. Eso habría sido verdaderamente memorable. Así que lamento decir que tal evento nunca ha ocurrido aquí. Eres el único de tu especie que ha honrado el Wildfire esta noche.

Sax da un último sorbo a la papilla nutritiva y la coloca en la barra, donde el robot la recoge inmediatamente. Se desliza de la silla, manteniendo sus garras listas, y agita su larga cola por el suelo. Tiene que asegurarse de que todos aquí sepan que un Oratus no es fácil de matar, que ni siquiera vale la pena intentarlo.

—¿Sabes qué les pasó o no? —sisea Sax.

—¿Que si lo sé? ¿Por qué lo sabría? Soy solo un simple gerente de un simple restaurante que atiende a almas refinadas como tú.

—Pero debes tener grabaciones —dice Sax—. Eso demostraría que lo que dices es cierto, ¿no? Si es así, me iré.

—Lamentablemente, mi seguridad está averiada en este momento. Es por eso que retuve a estos serviciales amigos para mantener las cosas en orden. Puede ser peligroso por aquí, como seguramente sabes.

El Belloch no parece preocupado en lo más mínimo, pero Sax percibe bastantes aromas nerviosos provenientes de los que están detrás de él. Es difícil determinar si los nervios provienen de que su jefe esté mintiendo o simplemente de tener a un Oratus en posición de combate.

Es hora de averiguarlo.

Sax se gira bruscamente alejándose del Belloch y apunta con una garra delantera hacia el Whelk que, momentos antes, estaba tan nervioso por la presencia de Sax. —¿Qué opinas tú, Whelk? ¿Está diciendo la verdad el Belloch?

El alienígena ni siquiera puede hablar. El Whelk balbucea algo ininteligible, se detiene y aspira profundamente los polvos colocados en pequeños cuencos frente a él. El color de la criatura cambia de un verde lima a un azul suave, y el cuerpo gelatinoso del Whelk tiembla.

—Ahora que has recuperado el valor —sisea Sax—, inténtalo de nuevo.

—Sí —suelta el Whelk—. Sí, estuvieron aquí. Pero ya no, ya no. ¡Juro que no fui yo!

Se escucha un suspiro agudo del Belloch. —Whelks. Siempre propensos al fracaso.

El Belloch actúa primero; pone su silla de orugas en reversa y se aleja rápidamente de Sax mientras los taburetes se vuelcan y los matones del Belloch hacen su movimiento. El Whelk azul imita a su empleador mientras Sax evalúa a la oposición, escabulléndose lejos del Oratus y dejando que un trío de Flaum, junto con un par de Vyphen desaliñados a los que les faltan la mayoría de las plumas, tomen el centro del escenario.

—¿En serio? —sisea Sax al grupo. No ve armas, mientras que él mismo tiene un par de mineros y muchas garras listas para trabajar—. ¿Queréis morir por ese?

—Acton paga —dice el Flaum del centro, moteado de marrón y blanco.

Los cinco intentan rodear a Sax, quien mantiene la barra a su espalda. Sus ojos se mueven entre el Oratus y entre ellos, y es obvio que están esperando una señal.

Sax decide dársela.

Salta hacia su izquierda, hacia un Flaum gris-negro cuyas garras levantadas significan que no lo ha pillado completamente por sorpresa. No es que importe. Sax atrapa las manos del Flaum con sus garras delanteras, luego usa sus garras medias para agarrar la ropa del Flaum y estrellarlo contra la barra. Una, dos veces y luego deja caer al alienígena inerte al suelo.

Se escuchan un par de chasquidos cuando el Flaum marrón se acerca, pero un latigazo de la cola de Sax envía a ese volando hacia una mesa, abollando el mueble metálico. Sax gira justo a tiempo para ver la fuerte lengua del primer Vyphen que se extiende, se agarra a la pierna izquierda de Sax y barre las garras del Oratus por debajo de él.

Otra especie podría tener problemas con eso, pero Sax amortigua su caída con la cola y se impulsa hacia adelante, apoyándose en sus garras y cerrando la boca sobre la lengua que se retrae del Vyphen. Sax muerde lo suficiente para detenerse, no lo suficiente para arrancarla; comer de un mordisco la lengua de un Vyphen probablemente significaría la muerte para la criatura, y Sax no quiere matar.

Aún no.

El último Flaum y el otro Vyphen ven el punto muerto y dudan. La primera decisión inteligente que han tomado, y una señal de que Sax todavía puede hacer un trato con ellos. Un empleador que paga no significa mucho si estás muerto.

Sax piensa que el Belloch ha huido, por lo que es una sorpresa cuando el rayo azul ardiente de un minero golpea a Sax con fuerza en el torso. Su mandíbula se adormece, se afloja, y el Vyphen cautivo devuelve su lengua a casa. Es un aturdimiento poderoso, lo que significa que no proviene de un minero pequeño de mano. Sax se desploma de costado, logra ver al Belloch, sosteniendo un gran minero de asalto y rodando de vuelta entre sus matones.

—Siempre hay que tener uno a mano —se burla el Belloch—. Nadie revisa nunca la silla. Es notable, en realidad. Gracias por no arruinar a mi amigo aquí. Por eso, te dejaré saber un pequeño secreto.

Sax intenta moverse, pero es como si hubiera un bloque de piedra entre su mente y su cuerpo. Sin conexión. Sin forma de atravesarlo.

—Tú y tu pareja solo saldréis de esta Aguja de una manera, Oratus —continúa el Belloch—. En un prisma de prisión.

El Belloch levanta el minero por segunda vez, dispara, y en una oleada de azul, Sax deja de pensar.

# 5 NO ESTOY SOLA

ENCUENTRO una pared en la que apoyarme en la oscura escalera porque, por el momento, quiero tener la oportunidad de respirar sin preguntarme si mi próximo paso me hará caer en algún abismo infernal.

Amigga. Por supuesto que todo vuelve a ellos. A pesar de todas las afirmaciones sobre lo malvados que son los Sevora, las pesadillas que sigo teniendo giran en torno a las pruebas en el *Cobalt*. El carrusel de terrores al que me sometió Dalachite bajo el pretexto de "estudio". Como si yo, y por extensión, toda nuestra especie fuéramos un experimento cuyos resultados aún no están claros.

Gracias a Sax y a un minero, al menos se lo dejamos claro a ese Amigga.

—No importa —dice Viera—. Lo que les preocupe a los Amigga no es nuestro problema ahora mismo. Está muy oscuro aquí, tengo frío y seguimos en el lento camino hacia la inanición, así que sigamos moviéndonos.

Cierto. Concéntrate.

T'Oli, como de costumbre, avanza con apatía despreocupada, deslizándose por la rampa y señalando los obstáculos a medida que aparecen. Finalmente, el camino se endereza y, como mis brazos ya no chocan contra el metal duro cuando los extiendo, sé que estamos en el fondo y en un espacio amplio.

—Esperad aquí —dice T'Oli—. Voy a explorar los alrededores.

Viera y yo nos sentamos al final de la rampa, aunque solo puedo saber que está cerca por el sonido de su respiración.

—Este no era el regreso a casa que quería —dice Viera después de un segundo—. Pensé que, tal vez, llegaría realmente a casa.

—Fue tonto por nuestra parte tener esperanza —respondo—. Nada de lo que he planeado ha salido bien desde hace mucho tiempo.

—Logramos salir de Vimelia, ¿no?

—Algunos de nosotros.

—Así es como Malo lo habría querido —dice Viera—. Siempre buscaba formas de sacrificarse por ti.

—Nunca pedí eso.

—Eso es lo que significa la lealtad: no tienes que pedirlo.

Parpadeo para contener una lágrima que amenaza con escapar. Malo era leal. Hasta la exageración, en realidad. Habíamos dejado la jerarquía de Damantum, nos habíamos adentrado en una sociedad alienígena donde el coraje, la fuerza y saber pelear parecían ser el principal vínculo entre la vida y la muerte. Ahí es donde deberían haberme dejado de lado: Malo, el guerrero, debería estar sentado aquí ahora, listo para volver y liderar a nuestra gente en una batalla desesperada contra los Sevora.

—¿Crees que si logramos regresar, la humanidad sobrevivirá? —pregunto.

—Ni siquiera me preocupo por eso —responde Viera—.

Nos conoces. Somos como cucarachas: nos las arreglaremos y encontraremos alguna manera. Tal vez no todos, tal vez ni siquiera la mayoría, pero alguien va a salir del otro lado de todo esto.

—Apuesto a que tú lo harás.

—¿Porque soy tan buena con un minero?

Me río. —No, porque estás dispuesta a hacer lo que sea necesario para ganar.

—No se trata de ganar, sino de vivir para ver qué pasa después. Estoy demasiado adicta a la vida como para dejarla.

Se oye un ruido en el extremo opuesto de la sala, seguido de un estallido de color naranja.

La luz se filtra desde la pared del fondo de la cámara, en el centro. Si hubiera corrido en línea recta desde la rampa a través del espacio, habría chocado con el lugar donde esas líneas naranjas están trepando por la pared, hacia donde ahora se extienden como arañas por los lados y suben hasta el techo.

T'Oli, ensombrecido por el resplandor, ha adoptado su forma habitual de bola y tallo junto a lo que parece ser una palanca muy oxidada.

—Conductos —anuncia T'Oli mientras lo miramos—. Algo simple. Habría esperado más de los Amigga, pero si quieres capturar y lanzar calor, esto funciona.

Viera y yo nos miramos, y luego volvemos a mirar las líneas de energía. Ahora se mueven más despacio mientras se extienden hacia la rampa. Hacia nosotras. A medida que las líneas se acercan, queda claro que no son de un naranja puro, sino un conjunto arremolinado de rojos, naranjas y amarillos profundos que se arremolinan y se repliegan sobre sí mismos.

Como el fuego.

Las líneas, sin embargo, se detienen mucho antes de llegar a nosotras. Se desvanecen, con lenguas que ocasionalmente se extienden más allá antes de retroceder.

—La cosa de arriba dijo que teníamos que abrir todos los conductos —digo, poniéndome de pie y, ahora que mis pupilas se han adaptado al impacto de tener luz real, siguiendo el resto muerto de las líneas a lo largo del techo.

Siguen fluyendo hacia la rampa y luego suben por las paredes a su lado, donde desaparecen en la oscuridad más arriba.

—Si nos permite ver, entonces estoy de acuerdo con el monstruo —dice Viera, y luego asiente hacia la puerta circular que hay detrás de T'Oli—. ¿Supongo que hay más de estos?

—Si tuviera que adivinar, lo cual, como no lo sé, tengo que hacerlo —reflexiona T'Oli, girando sus tallos oculares a lo largo de las líneas—, lo que estamos recibiendo ahora es solo una fracción de lo que un lugar como este necesitaría para funcionar. Clarity's Dawn, allá abajo en esa alcantarilla oxidada, tomaba mucha más energía de los Sevora que la que este conducto está dando aquí.

—¿Entonces vamos? —Viera me mira.

—Vamos —respondo.

Antes de salir de la habitación, sin embargo, me acerco a un montón de metal doblado y roto. A diferencia de la mayoría de los escombros que hemos visto, esto no parece quemado sino destrozado. Alguien golpeó deliberadamente lo que fuera esto hasta hacerlo pedazos, pero como sus esfuerzos me proporcionan un buen palo de metal duro y astillado de un metro de largo para blandir, no me enfado por ello.

Tanto T'Oli como Viera me están mirando cuando me doy la vuelta, con el corto bastón en mis manos.

—¿Qué?

—Nada. —Viera sonríe—. Me alegro de ver que podrás defenderte sola.

—Solo estoy llevando esto para golpearte cuando seas molesta —agito el palo hacia ella—. Como ahora.

—Los humanos son una especie extraña —burbujea T'Oli desde su rincón.

—Mira quién habla —lanzo el bastón hacia el Ooblot—. Guíanos, bola de baba.

T'Oli se desliza hacia adelante, aunque un ojo se vuelve hacia mí, y su mitad trasera ondula otra respuesta:

—Ojalá pudiera. Los mejores Ooblots pueden volverse completamente líquidos.

—Por supuesto que pueden —murmura Viera mientras seguimos bajo las líneas naranjas—. ¿Por qué no podrían?

Espero otra rampa, pero en su lugar nos encontramos con pasillos. Muchos pasillos. Ya no es una línea recta; hemos llegado a una madriguera subterránea. Por grande que pareciera el edificio desde arriba, al borde del pozo de cenizas, ahora se siente más grande mientras seguimos a T'Oli a través de un giro tras otro.

Viera y yo solo sabemos que estamos cambiando de dirección porque T'Oli nos lo dice, con breves "derechas" e "izquierdas" cuando llega un giro, ya que esas líneas naranjas desaparecen a pocos pasos más allá de la habitación, devolviéndonos a la oscuridad. Dejo que el vagabundeo continúe un poco antes de pedirle a T'Oli que se detenga.

—¿Cómo estás eligiendo por dónde ir? —pregunto—. Y me voy a enojar si dices "al azar".

—La energía que estamos liberando viene de abajo —responde T'Oli, aunque hay algo diferente en su voz, está fuera de lugar, aunque no puedo descifrar por qué—. Los conductos controlan el acceso a las líneas que canalizan esta energía, y está caliente. Mantengan sus manos en las líneas y sentirán un poco más de calor en la dirección correcta, de donde viene la energía.

—Pero las líneas están sobre nosotros.

—Al principio no es cómodo, pero un Ooblot puede llegar casi a cualquier parte, incluso arriba.

Ahora entiendo qué es lo diferente. T'Oli nos está hablando desde el techo, donde de alguna manera se ha adherido.

—Recuérdame no subestimar a los Ooblots —digo.

—Lo haré.

Nuestro rastreo de líneas continúa un poco más hasta que llegamos a otra habitación, identificada como tal porque T'Oli lo anuncia. Viera y yo nos apoyamos en las paredes de la entrada mientras esperamos que T'Oli encuentre el conducto. Pero en lugar del movimiento de una palanca, lo siguiente que escuchamos es una serie de clics rápidos en el suelo detrás de nosotros. Clics que reconozco.

—Garras —decimos Viera y yo al mismo tiempo.

Oigo a mi amiga sacar su minero, aunque estoy segura de que no puede ver nada a lo que disparar. Las garras hacen clic de nuevo, más cerca, y trato de recordar cuántos giros nos trajeron aquí. Cuántas formas posibles tiene un monstruo de encontrarnos.

—¿T'Oli? ¿El conducto? —Me enorgullece decir que mi voz solo sube un poco.

—¡Trabajando en ello! —la respuesta del Ooblot es irritantemente alegre.

Como si estuviera alentando al Ooblot, Viera dispara su minero. El rayo es brillante, azul, y me ciega por un segundo antes de enterrarse en una pared. El pasillo por el que vinimos, sin embargo, está vacío.

—¿Cuántos disparos te quedan?

—Ni idea —dice Viera—. Nunca aprendí realmente a leer estas cosas.

—¿Rackt no te enseñó?

El luchador Vyphen en Vimelia le había dado ese minero a Viera, le había enseñado a disparar.

—Hay un montón de opciones diferentes, Kaishi. Si necesitamos matar a alguien, lo resolveré. —Viera deja de hablar por un segundo y me pregunto por qué, hasta que vuelvo a escuchar los clics.

Están cerca. En la habitación.

Doy un giro y lanzo el pedazo de metal detrás de mí. No golpeo nada, pero estoy tan alterada en este punto que sigo girando y golpeo la barra contra la pared a mi derecha. El ruido metálico hace eco en la habitación, hago una mueca, y entonces T'Oli encuentra el conducto.

El naranja estalla en el lado lejano de la habitación y obtenemos nuestra primera mirada a lo que nos está siguiendo, lo que viene hacia mí en un torbellino de garras.

—¡Oratus! —grita Viera, y por un lado, obviamente tiene razón.

Por otro lado, no creo que Sax llamara a esta cosa uno de los suyos. La misma luz naranja intermitente que me permite ver al Oratus solo tiene tres brazos restantes —el cuarto, su garra delantera izquierda, no es más que un muñón en el hombro— y menos de la mitad de una cola, lo que hace que el Oratus se detenga y gire bruscamente la cabeza hacia T'Oli.

Viera dispara de nuevo.

No falla.

El rayo azul se estrella contra el pecho del Oratus mientras la criatura registra que T'Oli es un Ooblot y, por la forma en que mantiene sus garras hacia nosotros, decide que la bola de baba no es una amenaza. El disparo de Viera provoca un siseo, un ligero tropiezo, pero el Oratus no cae.

Así que pruebo con mi palo.

El Oratus es más alto que yo, así que mi golpe va dirigido a la cintura de la cosa. Lo nota, sus ojos amarillos inyectados en sangre me miran fijamente mientras sus garras intermedias atrapan mi barra de metal, me la arrancan de las manos y la rompen.

—El próximo disparo mata, Oratus —dice Viera—. No te muevas.

El Oratus la mira. Se detiene con mi barra en sus garras. Abre la boca con un largo y furioso siseo:

—No deberíais estar vivas.

Estamos mirando al Oratus y él nos está mirando a Viera y a mí, con las garras extendidas y listas, aunque parece menos sediento de sangre que antes. Tal vez eso es lo que sucede cuando tienes un minero apuntando a tu cara, tal vez eso es lo que sucede cuando las cosas que crees que están muertas hace mucho tiempo de repente aparecen frente a ti.

—Estáis mejor de lo que estabais —sisea el Oratus—. Más perfectas. Más como ellos pretendían.

—Sí, sigue hablando en acertijos así y nos llevaremos muy bien —dice Viera—. ¿Qué tal si explicas por qué te escondes aquí en la oscuridad?

Aunque, pienso, ya no está oscuro. El naranja agitado está por toda la habitación ahora también, y las líneas arden brillantes por el camino por el que vinimos. Toda esa red de pasillos por la que tropezamos probablemente esté toda iluminada ahora, lo que me hace preguntarme qué podríamos habernos perdido.

No. No estamos aquí para explorar. Estamos aquí para volver a casa.

—Ha pasado tanto tiempo —dice el Oratus, luego se mira a sí mismo y sacude la cabeza—. Era joven entonces. Mi primera misión, venir aquí y supervisar la eliminación de un proyecto.

—¿Qué tal si empezamos con tu nombre, y luego podemos entrar en los detalles complicados? —ofrezco.

T'Oli, mientras tanto, se ha vuelto a adherir al techo y ha llegado por encima del Oratus. Al principio no entiendo por qué, pero cuando el Ooblot transforma la mayor parte de sí mismo en una roca dura, tiene sentido: un ataque sorpresa, una bomba de caída pesada.

Pero Vee, que insiste en que su nombre es solo una letra, decide que no está interesado en pelear en ese momento y en su lugar, con una voz ronca y nebulosa, suelta una revelación tras otra.

Los humanos son, dice Vee, simplemente un experimento más que salió mal. La Tierra, una zona habitable elegida porque apoyaría el tipo de vida que los Amigga querían cultivar. De hecho, la Tierra ya tenía la mayoría de sus propias formas de vida, plantas y animales, por lo que los Amigga no tuvieron que sembrar mucho para que funcionara.

Varios Amigga comenzaron el proyecto, que llevó a lo que vimos arriba, una muestra de una creación anterior. Vee dice que no sabe mucho sobre lo que pasó después de que se desarrollaran los primeros humanos, pero las cosas salieron mal poco después de que los Amigga nos dieran conciencia.

—Sois demasiado difíciles de controlar —dice Vee—. Querían algo maleable. Algo más capaz que Flaum, pero menos peligroso que nosotros. Lo que acabaron obteniendo tenía demasiada libertad.

La humanidad se rebeló. Luchó contra sus creadores por la oportunidad de forjar su propio destino. Fue entonces cuando llegó Vee, junto con otras fuerzas Vincere. Les dijeron que los Sevora se habían apoderado de una especie, que la humanidad se había perdido y necesitaba ser erradicada.

—Los Vincere probablemente piensan que tuvieron éxito —dice Vee—. Aterricé con otros cinco Oratus. Todo el enfrentamiento se mantuvo en secreto, para evitar que otras especies descubrieran lo que pasó aquí. —Vee resopla, riéndose de esto—. Nos dijeron que era para mantener a raya el miedo a los Sevora; si el enemigo destruía una especie, podría destruir otras. Pero la verdadera razón era mantener ocultos los objetivos de los Amigga del resto de la galaxia.

Por eso, cuando cinco Oratus resultaron incapaces de aniquilar a los humanos, los Vincere procedieron a obliterar toda la base desde la órbita. Frieron todo en kilómetros a la redonda, quemaron la tierra para enterrar a una especie, para ocultar el fracaso de los Amigga.

—Por eso me sorprende verte ahí de pie —dice Vee—. No deberías existir.

—Siento decepcionarte —espeta Viera. Todavía no ha bajado su minero, y no voy a decirle que lo haga.

—Parece que tienes dos opciones, Vee —digo—. O demuestras de alguna manera que no vas a intentar matarnos, o Viera te rostiza aquí mismo.

El Oratus mantiene sus ojos dirigidos hacia mí, su media cola barriendo el suelo. —¿Sabes lo que se siente cuando tu propia gente te dispara? ¿Que te den por muerto y quemen los cielos a tu alrededor?

—Eso es un rotundo no —respondo.

Vee se ríe, pero es algo quebrado. Nada que ver con la alegría maníaca de Sax cuando se reía de sus matanzas.

—No ayuda mucho a la lealtad —responde Vee, y luego se señala a sí mismo—. Soy viejo, me estoy desmoronando.

Nada más que cazar ratas en la oscuridad y hablar con esa proyección de arriba durante demasiado tiempo. Me estáis ofreciendo una nueva vida. Potencial.

Algo aquí, sin embargo, no cuadra. ¿Qué hace un Oratus sentado aquí en la oscuridad cuando todo lo que tiene que hacer es accionar estos conductos?

Hago la pregunta. Vee parpadea.

—¿Conductos? No sé nada de ningún conducto —dice Vee.

—¿No te lo dijo la proyección?

—Intercambiamos insultos. Le cuento historias y escucha. —Vee inclina la cabeza—. Tú, sin embargo, eres algo distinto. Un humano. Quizás confía más en ti que en la criatura enviada para destruir su civilización.

—Vee tiene un buen punto —dice Viera—. ¿Por qué *deberíamos* confiar en un Oratus?

—Creo que puedo ayudar con eso —dice T'Oli—. Si te quedas quieto, Vee, puedo darte la oportunidad de demostrarlo.

El Oratus se sobresalta, mira hacia arriba, justo cuando T'Oli cae del techo. El Ooblot salpica sobre Vee y fluye alrededor de la cabeza de la criatura, su columna vertebral y sus garras, convirtiéndose en una túnica, aunque con un par de tallos oculares sobresaliendo por la parte superior, por encima de la cabeza de Vee.

En un instante, el Ooblot se endurece, inmovilizando las garras de Vee. Endureciendo un agarre en el cuello del Oratus.

—Ya está —dice T'Oli—. Ahora, si intentas hacer algo, ¡puedo romperte todos los brazos y el cuello en un momento! Bastante ingenioso, ¿verdad?

Vee hace un ruido ahogado y T'Oli hace vibrar la sección alrededor del cuello de Vee.

—¿Un poco apretado? —pregunta T'Oli, y Vee intenta asentir—. Lo siento. Tendremos que seguir ajustando hasta que encontremos el equilibrio perfecto entre mortal y flexible.

Vee parece más que un poco molesto por la situación, sus conductos se ensanchan, pero cuando se da cuenta de que Viera todavía no ha bajado su minero, cuando intenta flexionar sus garras y descubre que el Ooblot realmente tiene un fuerte agarre sobre él, Vee suspira y me lanza una mirada resignada.

—¿Crees que podemos trabajar con esto, Viera? —digo.

—No voy a bajar mi minero.

—Me parece bien. —Señalo hacia el fondo de la sala, hacia otra puerta que se adentra más—. Supongo que el tercer conducto está por ahí. Vee, ¿podrías liderar el camino?

El Oratus no pelea esta vez y, con Viera detrás de él y yo cerrando la marcha, nos dirigimos hacia el tercer conducto.

Lo que Vee está diciendo, sobre que los humanos son un experimento fallido de los Amigga, lo relego a un rincón de mi mente. Incluso si es cierto, no hay nada que pueda hacer al respecto. Y hay algo profundamente satisfactorio en saber que somos un experimento que los Amigga no lograron destruir.

A diferencia de los dos primeros, el tercer conducto no requiere una escalera de caracol o un laberinto de pasillos para llegar. Es solo un trayecto recto a lo largo de un amplio corredor, uno gris con gruesas puertas espaciadas uniformemente a ambos lados. Cada puerta tiene un panel de control muerto junto a ella, y una serie de números chapados en bronce deslustre en la superficie.

—¿Qué son estas? —le pregunto a Vee mientras avanzamos.

—No lo sé —dice Vee—. Para cuando nuestra fuerza llegó, ya habían sellado la mayor parte de esta base.

—¿Los humanos?

—Los Amigga que supervisaban el experimento, el que todos decían que era la causa de los problemas. Lo cerró todo. Lo único que encontramos aquí fueron trampas —sisea Vee—. Casi todos nos perdimos cuando entramos. Habitaciones que se sellaban a nuestro alrededor. Gases y fuego.

—¿Cómo sobreviviste? —dice Viera.

—Corrí. Nos dimos cuenta de lo que estaba pasando, y mi trabajo era cortar la energía. No fui lo suficientemente rápido.

Miro más de cerca la placa de una puerta junto a mí. 50-75, dice. Trazo los números con mi dedo. Las ranuras no son precisas. Fueron grabadas a mano, no por una máquina.

—Antes, la mayor parte de la base estaba por encima de este lugar —continúa Vee—. Estaba tan profundo que mi máscara no podía enviar ninguna comunicación. Una vez que se perdió el resto del equipo, los Vincere decidieron que no querían arriesgar más.

—¿Así que te escondiste aquí abajo mientras todo ardía? —pregunta Viera.

Vee agita el muñón de su cola. No responde y sigue moviéndose.

El tercer conducto, al otro lado del corredor, está rodeado de terminales oscuras. Algún tipo de centro de control del sótano. Vee, siguiendo las suaves instrucciones de T'Oli, levanta el conducto y envía el naranja subiendo por las líneas a lo largo del techo.

A nuestro alrededor, todas esas mismas terminales cobran vida. Al principio, las pantallas muestran azules, rojos, furiosos torrentes de texto volando que no puedo leer antes de que desaparezcan. Luego se desvanecen en un solo logotipo, uno que reconozco porque me han enseñado a conocerlo toda mi vida. Enseñado a reverenciarlo.

Una estrella circular, con un halo, negra contra un fondo blanco, aunque estoy acostumbrada a verla en piedra.

Ignos.

Viera también ve el icono y adivina su significado. T'Oli y Vee, sin embargo, nos miran como si hubiéramos perdido la cabeza.

—¿Algo interesante? —pregunta T'Oli.

—El icono —digo—. Ahí en el medio. ¿Qué es?

—Ni idea —dice T'Oli—. ¿Vee? Ya puedes hablar.

Le echo una mirada de reojo a la combinación de Ooblot y Oratus mientras T'Oli, con un destello alrededor del cuello de Vee, afloja su agarre sobre el Oratus.

—Creo que es mejor mantener a los rehenes nerviosos —dice T'Oli ante mi mirada—. Una garganta apretada significa que este Oratus no olvidará que puedo aplastarle el cuello cuando quiera.

—No lo olvidaré —susurra Vee, su silbido aún más ronco ahora—. En cuanto a tu pregunta, no lo sé. Estos diseños pueden significar cualquier cosa.

Una parte de mí quiere sumergirse en el Cache ahí mismo. Me doy cuenta de que nunca he buscado a Ignos en el brazalete, nunca he intentado encontrar nada sobre el dios en el que toda mi tribu ha creído. Cuando ni Sax ni la Sevora que vivía en mi mente lo mencionaron, supuse que simplemente no se seguía a Ignos en la galaxia en general.

Y sin embargo, aquí está. Sé que es el mismo diseño que el tallado en la cima del Nivel de mi tribu. Quiero rastrear la conexión, pensar en...

—Oye —interrumpe Viera mis pensamientos mientras se aparta de la única puerta de salida—. Algo está pasando.

Vee-T'Oli se asoma a mirar, luego se vuelve hacia mí. —Las puertas están abiertas.

Pero eso no es todo. Estoy escuchando un ruido, uno que comienza bajo y crece, rebota en las paredes y nos envuelve. Un sonido inconfundible y asombroso.

Humanos. Gritando.

—Vamos —digo después de un momento—. ¡Encontrémoslos!

Con Vee-T'Oli a la cabeza, los tres salimos de la habitación, tomamos el primer giro a la izquierda hacia una puerta abierta, entrando en una caverna iluminada de naranja donde, apilados unos sobre otros como las cajas llenas de barras nutritivas en una lanzadera, hay docenas y docenas de tubos.

Justo dentro de la puerta, hay una rampa que conduce a la base de la caverna, donde los tubos se elevan en tres niveles, cada uno casi el doble de mi altura. Están llenos de un líquido negro, y todos tienen luces rojas parpadeando en la parte superior. Y algunos, de los que provienen los gritos, están abiertos.

—No —digo, porque no se me ocurre otra palabra para describir las cosas que cuelgan de esos tubos, sus arneses manteniéndolas suspendidas en el aire.

No son humanos, no realmente. Como el proyecto en el nivel superior, estas cosas están malformadas. Las extremidades están en los lugares equivocados, o tienen un número incorrecto. Demasiados dedos, muy pocos brazos. Como si algún niño estuviera construyendo figuras de arcilla y no le importara si colocaba mal las piezas.

—Quizás tu gente tenía razón al bombardear este lugar —le dice Viera a Vee—. Esto, esto es aterrador.

El suelo en la base está cubierto de líquido negro derramado, un charco que crece a medida que más tubos comienzan a sisear y abrirse. Más aullidos, gritos y extraños alaridos se unen al coro creciente mientras cosas que deberían haber quedado muertas se encuentran vivas.

—Vámonos —digo—. No me gusta este lugar.

—¿Y dejarlos? —me dice Viera—. Están sufriendo.

—¿Tienes energía para dispararles a todos? —respondo, señalando hacia los tubos—. ¿O vas a trepar a cada tubo y apuñalar lo que hay dentro?

—Apuesto a que podríamos liberarlos —dice T'Oli—. Imagino que esas consolas de atrás tienen una forma. Así es como suelen funcionar estas cosas.

¿Liberarlos? Miro desde nuestra puerta hacia el tubo más cercano, a una cosa con tres ojos, sin nariz y una boca ancha abierta en un grito permanente. Siente mi mirada y me encuentra, y en esos tres ojos veo seis pupilas azul profundo.

—Yo... —tengo que luchar contra una repentina oleada de náuseas.

—Humana —sisea Vee, y aunque nunca he visto a un Oratus parecer triste, puedo decir que esto es—. Ahora lo ves.

Lo que sí veo es que necesitamos salir de aquí.

—Vamos —guío el camino fuera de la cámara de tubos, de vuelta al pasillo.

Los demás, afortunadamente, me siguen. No estoy segura de que hubiera podido volver por ellos si no lo hubieran hecho.

Mientras avanzamos por el pasillo, echo un vistazo a todas las otras habitaciones, ahora abiertas, al pasar. También están iluminadas de naranja, también llenas de tubos y los llantos de los que están dentro. Empiezo a correr. Cualquier cosa para alejarme de esos gritos.

Pasamos por la segunda sala de ventilación, luego más allá hacia el laberinto de corredores. Solo que ahora, con las líneas naranjas brillando a lo largo del techo, no es tan difícil seguirlas y encontrar nuestro camino a través de la sala más pequeña con la primera ventilación, y el camino hacia las escaleras.

Con la luz, sin embargo, los pasillos oscuros se convierten en libros de cuentos, historias de terror, sus paredes llenas de arañazos, marcas de explosiones causadas por mineros y manchas rojas inconfundibles. Chatarra metálica se mezcla con trozos que parecen huesos, garras u otras partes.

Finalmente, cuando llegamos a esa escalera lisa que sube, me detengo y respiro con dificultad. Luego me vuelvo hacia Vee.

—¿Qué pasó aquí? —pregunto—. Esto, esto... No lo entiendo.

—Esto no fuimos nosotros —responde Vee después de que T'Oli afloja su agarre—. Te lo dije, hubo una pelea. Una resistencia contra los experimentos aquí, antes de que llamaran a los Vincere. La guerra deja cicatrices, humana, en todo lo que toca.

—Puedes dejar la filosofía —respondo—. Si viniste después de la pelea, ¿qué encontraste? ¿Qué había aquí?

—Como dije. Trampas.

—¿Pero nadie contraatacando?

El Oratus sacude la cabeza. —Aparte de esas cosas, esos experimentos fallidos, nada. Solo la proyección.

Me apoyo contra la pared. Vee dijo que había múltiples Amigga aquí. Y, aparentemente, muchos humanos, al menos de un tipo u otro. Si hubo una pelea, y si nadie quedó aquí, entonces ¿qué pasó con los ganadores?

—Kaishi —dice Viera—. Por mucho que me gustaría

descansar, creo que tenemos que irnos, lo más rápido posible.

Tiene razón. Pero no podemos simplemente correr. Moriremos en las tierras de ceniza también.

—La proyección nos dijo que nos ayudaría si abríamos las ventilaciones —digo.

—Si puedes confiar en ella —responde Viera.

—No tenemos otra opción.

# CAPÍTULO 6

# ATRAPADO

ATURDIDO. Otra vez. Sax está harto de esto. Primero Gar en la *Estación Desguace*, y ahora el Belloch, cuyo nombre ni siquiera conoce. Es descuidado, inexcusable, y una marca más en la larga lista de personas a las que Sax debe venganza.

Pero ahora está en un prisma de prisión, rodeado por tres láminas brillantes de pura energía desintegradora sobre un suelo mojado. El agua lame sus escamas, sus garras. Se mueve, y en una dirección, lo que hace que Sax se pregunte por un momento si lo han arrojado a un río.

Entonces logra orientarse. Ve la cruda realidad. Está en una cuenca de aguas residuales, y lo que viene hacia él son todos los desechos que la Aguja de Astre no utiliza. El olor es más industrial que natural, lo que significa que no pusieron a Sax en el alcantarillado, sino donde corren todos los productos químicos de los pisos de la fábrica de la Aguja.

El prisma en sí consta de cuatro diodos, tres en la parte inferior y uno arriba, cada uno separado por unos tres metros. Están conectados por delgadas barras plateadas que Sax podría romper en un instante si el acto de hacerlo no iniciara una cadena de combustión inestable en todo su cuerpo.

Más de un prisionero ha sido desintegrado de esa manera.

Mirando más allá de su jaula mortal, Sax ve que el canal en el que está es bastante pequeño y, por los sonidos, hay otros cerca de él, cada uno con su propia tubería de aguas residuales que envía líquido hacia el purificador. Arriba, hay pequeñas luces que emiten un blanco plácido, apenas suficiente para ver los bordes de su jaula.

Levantarse requiere esfuerzo, lleva tiempo. Es un rompecabezas volver a ensamblar sus nervios, aunque cada conexión realizada es una oleada de sensaciones que vuelven en línea. Cuando Sax finalmente se agacha sobre sus garras, cuando el limo gotea de él para unirse al resto en su carrera corriente abajo, el Oratus expulsa el aire por la boca y los conductos con un rugido sibilante.

El sonido resuena por la cámara —Sax no tiene idea de cuán grande es— y, un momento después, es seguido por un segundo silbido, este más ligero, sorprendido. Instantáneamente identificable.

—¿Bas? —pregunta Sax.

—Estoy aquí —responde su pareja desde unos canales más allá.

—¡Yo también! —anuncia Engee—. Te atraparon, ¿eh?

Sax espera que Plake, Coorvin y los demás también estén aquí, pero no hay otras respuestas. Después de un momento, Engee comienza a dar los detalles de su captura. Cómo ella y Bas fueron al Wildfire como prometieron, cómo estaba absolutamente abarrotado, y cómo, después de hacer fila para una mesa, un Whelk verde se les acercó y les ofreció un lugar especial en la parte de atrás.

—Yo me opuse —aclara Bas en este punto—. El Whelk parecía demasiado nervioso.

—Pero ¿quién no quiere un servicio especial? —dice Engee—. Aunque, tal vez fue sospechoso. Nos dispararon poco después de sentarnos, luego despertamos aquí.

—El Belloch que dirigía el lugar sabía que yo vendría —dice Sax—. ¿Cómo?

—Oh, preguntaron dónde estaba la pareja de Bas. Les dije que estabas en la nave —gorjea Engee—. Quiero decir, ¿estuvo mal?

Teven. Hay una razón por la que el Vincere no los deja cerca del frente.

—No vale la pena preocuparse por eso —dice Bas después de un segundo—. Necesitamos encontrar una manera de salir de estos prismas.

Sax está a punto de decir que tiene una idea cuando una puerta se abre sobre ellos, cegadoramente iluminada, y varias siluetas entran.

—¿Encontrar una manera? No, no, no hay necesidad —dice una nueva voz, acuosa y espesa—. Quédense aquí, estén cómodos. Son mucho más valiosos así. Sí, sí que lo son.

Sax sondea el aire con sus conductos, capta un aroma bajo los productos químicos. Plumas recién mudadas, el olor acre de la capa mucosa de un Vyphen.

—¿Frayk? —pregunta Sax a la sombra, que se gira hacia una de las otras.

—¿Cómo sabe mi nombre? No debería, no debería saberlo —dice el Vyphen—. No quiero que hable. Para nada, para nada.

Hay otro destello, entonces. Brillante y abrumador.

Sax despierta mientras cae. Es un segundo pánico ciego: sus músculos aún aturdidos y lo único que lo rodea es oscuridad y ¡bam!, Sax golpea una pared. Rueda mientras los productos químicos acuosos lo inundan, lo empujan. Sax no puede sentir sus garras lo suficiente como para intentar agarrarse.

El Oratus se dispara alrededor de otra curva antes de que su estómago se caiga mientras se precipita largos segundos en la oscuridad, sin saber si va a vivir o morir o qué cuando ¡splash! Sax se hunde bajo la superficie aceitosa, y está recomponiendo sus nervios mientras avanza, consigue un golpe de cola, un par de empujones con las garras y Sax casi está fuera cuando es succionado de nuevo.

Es una lucha mantener su pecho sobre el agua, para aspirar el aire rancio y salobre a través de sus conductos. Esos momentos vienen en destellos mientras Sax se agita a través de las tuberías.

Hasta que, de repente, todo termina.

Sax alcanza a ver un destello de amarillo denso y luego la tubería termina, lanzándolo al aire. El Oratus se estrella, salpicando en un lago profundo y, cuando logra sacar la cabeza a la superficie, pequeño.

El espeso gas amarillo-verdoso oscurece mucho, pero Sax aún puede ver que el lago en sí es una mezcla burbujeante de productos químicos, y ha despejado una zona de roca alrededor de las orillas. Sin embargo, más allá de esos pocos metros, comienzan los verdaderos gobernantes de Rathfall.

Raíces arqueadas y zarcillos frondosos se entrelazan y bailan en un apretado laberinto, con las puntas de los pétalos, más grandes que el *Mobius*, asomándose como las aspas de un ventilador gigantesco.

Sax se gira y nada de vuelta hacia la tubería y la orilla bajo ella. Espera que la Aguja esté justo ahí, que pueda escalarla o encontrar un ascensor, pero no hay nada más que la larga y gruesa tubería que se dispara hacia la maleza y desaparece de la vista.

Una vez que Sax llega a tierra, tiene que lidiar con el aire. Es denso y áspero, como respirar humo, solo que el olor no es de ceniza, sino de polen, pesado y sofocante. El aire de Rathfall por sí solo no lo matará de inmediato, pero el polen terminará obstruyendo sus pulmones, dejando a Sax sin espacio para respirar lo que realmente necesita.

Pero ese es solo uno de sus problemas. Sax observa el extremo de la tubería, esperando que Bas o incluso Engee aparezcan y se unan a él aquí abajo, pero no llega nada más que el interminable lodo. Eventualmente, Sax tendrá que moverse o morirá aquí, convertido en un montón más de desechos.

Si eso sucede, Sax no encontrará a Frayk. Ni al Belloch.

No puede dejar una lista así sin resolver.

La única dirección que conoce es a lo largo de la tubería, así que Sax se obliga a ponerse de pie y comienza a abrirse paso entre la maleza. Los zarcillos son duros y voluminosos, y cada zarpazo que despeja una raíz o un tallo cubre a Sax de savia pegajosa. El polen se le adhiere, junto con trozos de tierra del suelo, y pronto Sax ni siquiera puede ver sus propias escamas grises. Está todo cubierto de amarillo putrefacto.

El polen no solo afecta su apariencia: sigue pegándosele, a sí mismo mientras Sax avanza, haciéndolo más pesado, presionándolo más cerca del suelo hasta que Sax tiene que usar su cola para mantener el equilibrio. Y su ira para mantener su energía. Pocas cosas son mejor combustible Oratus que un ardiente deseo de acabar con un enemigo. Sax sigue abriéndose paso, sigue presionando junto a la tubería a su izquierda. Una garra, luego la otra, luego la siguiente y la siguiente y la siguiente...

El viento golpea a Sax con fuerza. El polen se desprende de él en trozos mientras Sax lucha por abrir los ojos. También habían quedado cubiertos, al final. Todo él, hasta el último centímetro pegado con pelusa dorada y marchita hasta que ya no pudo moverse.

Solo que ahora se está yendo, desprendiéndose de su piel y flotando o rodando hacia las plantas a su alrededor. ¿La naturaleza apiadándose de Sax, tal vez?

—Mira esto —dice una voz que le hace cosquillas en la mente a Sax—. Nunca esperé encontrarlo aquí afuera.

—¿No se suponía que estaba vigilando la nave?

—No sé qué le dijo Plake.

Ese nombre hace que Sax abra completamente los ojos, que mire hacia arriba y vea a dos Flaum, uno completamente negro y el otro de un plateado brillante, mirándolo a través de máscaras respiratorias unidas a trajes completos. Black, su nombre, empuña un tubo ancho que se conecta a una batería en su traje; de ahí es de donde viene el viento, y mientras Sax mira hacia arriba, ella lo rocía en la cara con él.

—Lo siento, tenía que quitarte ese último trozo —gorjea Black, su voz saliendo a través de un filtro de malla en la máscara que lleva puesta—. Te habrías visto gracioso con un sombrero amarillo en la cabeza.

Sax intenta ponerse de pie, pero sus músculos están débiles. Parece que no puede conseguir suficiente aire. Sus conductos se tensan, tosen, y Sax ve la nube de polvo amarillo-naranja que sale cuando lo hacen.

—Pulmón de Rath —dice Silver—. Hay que limpiarlo con la bomba.

—¿Qué crees que hará si lo intento? ¿Arañarme hasta la muerte?

—Apuesto a que no puede levantar ni un solo brazo.

Pero si no lo ayudamos y su pareja se entera, se asegurará de que seamos carne.

Black encaja el tubo en una muesca cerca de su cintura, se inclina y agarra las garras delanteras de Sax. Intenta tirar del Oratus, y lo único que hace Sax es mover un poco de tierra.

—Eso no va a funcionar —dice Black, poniéndose de pie—. ¿Alguna idea?

—Tenemos que traer la bomba hasta él.

—¿Crees que lo permitirán?

—No se lo diremos. —Silver señala a Sax—. ¿Crees que Sax no nos lo pagará con creces? Un Oratus aquí afuera debería darnos mucho.

Sax pierde el conocimiento mientras la falta de oxígeno hace que el mundo se vuelva borroso. Sin embargo, logra escuchar los suaves sonidos de ruedas sobre tierra, y definitivamente capta el burbujeo de succión de una aspiradora poniéndose a trabajar.

Black sostiene algo parecido a su tubo, solo que más pequeño y dirigido, con un embudo que conduce a un gran tanque.

—Quédate muy quieto —dice Black mientras se arrodilla junto a Sax—. La última recompensa que quiero por salvarte la vida es un corte en la garganta.

Ella acerca el tubo y luego lo introduce en el primer conducto de Sax. Duele, es impactante, como sentir que le revuelven las entrañas, pero después de unos segundos lo retira y Sax de repente puede respirar. Sin embargo, antes de que haya tomado aire, Silver se planta junto a Black y, con un tubo en cada mano, extiende un ungüento gris sobre el conducto que Black acaba de limpiar.

—No me esperes —le dice Silver a Black—. Sigue adelante. Quiero terminar esto antes de que realmente se recupere, para que tengamos la oportunidad de correr si se enoja.

—¿Crees que lograríamos escapar? —Black se ríe dentro de su traje mientras succiona otro conducto—. Necesito sacarte de la nave más a menudo. Nos alcanzaría y nos tendría trinchados para la cena antes de que pudieras pedir ayuda una sola vez.

Respirar.

Eso es todo.

Respirar.

Sax abre los ojos, y ambos Flaum lo están mirando fijamente. Debe haberse desmayado de nuevo, pero ahora hay fuerza en sus extremidades. Su mente está clara, y las manchas borrosas en el borde de su visión han desaparecido.

Una mirada a su pecho lo confirma; ahora hay sellos sobre todos sus conductos, y fragmentos de polvo amarillo se adhieren a ellos.

—Mantendrá el polen fuera, aunque querrás limpiarlos de vez en cuando —dice Silver—. Básicamente es obligatorio para salir a Rathfall.

—He querido preguntarte —comienza Black—. ¿Qué estás haciendo tan lejos por aquí sin un traje? ¿Sin ningún tipo de máscara?

—Además, hueles a tóxico. —Silver recorre con la mirada el largo cuerpo de Sax—. Tal vez quieras ducharte, o te encontrarás con algunos tumores por la mañana.

Sax decide probar su voz. —Fraykt me trajo. Se llevó a Engee y a Bas y me envió a través de los canales de desechos hasta aquí.

—¿Fraykt? —dice Black—. Nunca antes había oído ese nombre.

Sax les da la versión corta de cómo llegó hasta aquí, y al final ambos Flaum se encogen de hombros.

—Vendimos el gel, pero Plake dijo que no nos iríamos por un tiempo, así que Silver y yo pensamos, ¿por qué no ganar algo de dinero extra? —Black señala las plantas a su alrededor—. Atrapar bichos es un servicio muy valorado por aquí.

—Solo que hay una condición —dice Silver—. Una vez que alquilas el traje, tienes que atrapar suficientes bichos antes de que te dejen volver.

—Y resulta que no somos muy buenos atrapando bichos —Black levanta sus pequeñas garras—. Estas no funcionan muy bien para atraparlos, y nadie nos dijo que consiguiéramos un mejor equipo.

—Dije que deberíamos esperar, pensarlo, pero tú querías ir de inmediato —Silver termina la frase con un suspiro.

—Basta —sisea Sax, irguiéndose en toda su estatura—. Llevadme de vuelta a la Aguja. Necesito encontrar a Bas.

Los dos Flaum miran a Sax. —El problema con eso, Sax, es que no hay forma de volver a la Aguja desde aquí. No a menos que alcancemos nuestra cuota —dice Black, y luego presiona un botón en su traje.

Una proyección azul aparece frente a Black, con una imagen de los insectos voladores de tres caparazones que habitan en Rathfall, y un gran cero debajo.

—Ayúdanos a conseguir los bichos y te ayudaremos a volver —dice Silver—. Es así de simple.

Sax entrecierra los ojos. Mira a ambas criaturas insignificantes. —¿No hay otra manera?

—Ninguna —dice Black—. Es como funciona aquí. Si no estás excavando en busca de minerales, estás atrapando bichos. Fabrican muchas cosas con esas partes.

Bueno, al menos es caza, y si hay algo en lo que Sax es bueno, es en la cacería.

Sax ha visto muchos insectos; los pequeños en la mayoría de los planetas que zumban hasta que los espanta, los del tamaño de nubes en Alnert que se deslizan por la atmósfera y se alimentan de géiseres de kilómetros de altura, pero los cazadores de polen de Rathfall son un tipo único de fealdad.

Silver y Black llevan a Sax a su primer avistamiento de uno, posado sobre un pétalo de flor, aparentemente recuperando el aliento después de un frenesí de polen, ya que sus brillantes cabezas verde lima están cubiertas de pelusa amarilla. El bicho en sí tiene dos cabezas, cada una con un conjunto de ojos oscuros, conectadas por un cuerpo ovalado largo sobre el cual, ahora, se pliega un par de amplias alas luminosas. Seis patas sobresalen de ese óvalo, cada una terminando en una única garra con púas que corta el pétalo de la flor y le da al cazador de polen su tracción. Debajo de cada conjunto de ojos, como si estuviera avergonzado de ellos, el cazador de polen esconde una probóscide y un cuarteto de mandíbulas. Todo el conjunto mide un par de metros de largo.

—Feo —dice Sax.

—Mira quién habla, Oratus —responde Silver.

Sax tiene que soltar una risa siseante ante eso. Es cierto que los Oratus no están en muchas listas de las especies más hermosas que han adornado la galaxia, pero entonces, si estás diseñado para ser perfecto para un propósito singular, ¿no es eso hermoso a su manera?

—Entonces, ¿cómo capturamos uno? —dice Sax.

Ambos Flaum se miran entre sí, luego de vuelta a Sax.

—Esperábamos que tú tuvieras algunas ideas —dice Black—. Hemos intentado con mineros, hemos intentado agarrarlos, pero se rompen y vuelan tan pronto como nos acercamos.

—¿Y no los necesitamos vivos?

—Esto no es un proyecto ambiental —responde Silver—. Estas plantas están repletas de cazadores de polen. Todo lo que necesitamos son las alas y las mandíbulas.

Sax podría preguntar por qué, pero... ¿para qué? Solo hay un objetivo aquí, y es volver a la Aguja. Así que pasa junto a los dos Flaum, se agacha y avanza bajo, manteniendo un ojo en el cazador de polen. Está usando la probóscide para lamer el polen de su propia cabeza, succionándolo como una aspiradora.

Sax pasa por debajo de algunas enredaderas, manteniéndose cerca del suelo hasta que, mirando hacia atrás a través del prado espinoso hacia Silver y Black, puede decir que está debajo del bicho. Mirando directamente hacia arriba, Sax puede ver los trozos verdes donde los pies del cazador de polen han atravesado.

Es más fácil cosechar componentes de una criatura muerta; tienden a no luchar mientras tomas lo que quieres. Así que Sax se agacha y se impulsa hacia arriba, desgarrando el grueso pétalo y tratando de agarrar el cazador de polen por la mitad con sus garras.

O, al menos, lo intenta.

Las afiladas garras de Sax se deslizan contra el caparazón verde del cazador de polen, desprendiendo la capa exterior pero sin penetrar. Para algo que puede desgarrar metal, incluso atravesar un Ooblot, no poder perforar el caparazón del cazador de polen lanza a Sax a un pánico momentáneo, uno que solo crece cuando se encuentra siendo levantado del pétalo por el mismo bicho que está tratando de capturar.

Las patas del cazador de polen se cierran a su alrededor

mientras sus enormes alas se despliegan en forma de Y transparente. Atrapan la luz filtrada que llega hasta aquí a través de la atmósfera de Rathfall y la dispersan alrededor de Sax, como si se moviera a través de una nebulosa resplandeciente. Sería hermoso, excepto que el suelo se está alejando terriblemente ahora. Silver y Black han desaparecido, y lo único que Sax ve debajo de él es una vasta manta de amarillo apagado. Las alas abanican polvo flotante contra su cara mientras se elevan, forzando a Sax a cerrar los ojos.

No tiene sentido matar al bicho ahora; Sax solo caería quién sabe cuánto. Así que en su lugar, el Oratus usa sus garras, zarpas y cola para encontrar agarres y sostenerse mientras el cazador de polen lo lleva por el cielo.

El viaje se prolonga lo suficiente como para convertirse en un transporte casi relajante. La temperatura fresca se mezcla con el constante batir de alas, el chasquido de fondo de las mandíbulas del cazador de polen; es un viaje placentero.

Hasta que el cazador de polen decide que ha terminado de cargar al Oratus. Las patas del bicho se abren de par en par sin previo aviso, estirando a Sax mientras mantiene sus garras aferradas. Sin embargo, el batir de alas se ralentiza. La brisa cambia, y Sax siente que el bicho cede ante la atracción de la gravedad.

Están aterrizando. La pregunta es, ¿dónde?

El cazador de polen responde a eso un momento después cuando se lanza en picada, apuntando hacia un montículo voluminoso que aparece entre el polvo como un sueño. El montículo está cubierto de polen y salpicado de agujeros, y Sax ve muchos más cazadores de polen entrando y saliendo de él, como naves hacia la Aguja de Astre arriba.

Es un nido, y el cazador de polen está llevando a Sax directamente a él.

Cuando el bicho se acerca a su entrada objetivo, Sax se suelta. No sabe qué hay dentro de ese nido, y ser llevado adentro sin oportunidad de explorarlo parece una mala idea. En su lugar, el Oratus cae unos metros, golpea el costado del montículo, que se hunde un poco ante el pesado impacto del Oratus, y Sax rueda hacia abajo hasta que sus garras y cola logran detenerlo.

El montículo en sí se siente como arcilla espesa bajo las garras de Sax. A diferencia de los bichos, que brillan en verde sobre el amarillo, el montículo es de un marrón sucio y seco. Al principio, Sax se pregunta si los bichos están realmente excavando tierra, pero el montículo tiene un olor distintivo cuando Sax se acurruca cerca de él. Espeso, terroso y con un toque de limón.

Las flores. El montículo está construido sobre pétalos recogidos, colocados y presionados durante quién sabe cuánto tiempo para crear este extraño palacio en una jungla de polen. También es obvio que la Aguja de Astre no sabe que este lugar existe, o ya lo habrían atacado; una forma fácil de cosechar una horda de cazadores de polen.

Silver y Blake dijeron que las alas y las mandíbulas son los únicos objetivos, las únicas partes valiosas. Un cazador de polen adulto podría ser una presa difícil, pero si Sax tiene razón, si eso es un nido allí dentro, entonces podría encontrar una opción más fácil.

No es que entrar en el nido de un enemigo no tenga consecuencias. Sax desciende primero, bajando por el montículo hasta llegar al fondo donde se enreda con las enredaderas de flores. No hay cazadores de polen aquí abajo, pero quedan algunos agujeros. Sin duda, vestigios de los primeros días del montículo. Mientras que los de arriba son lo suficientemente grandes como para que Sax camine erguido, estos están parcialmente colapsados, estrechos, así que cuando Sax elige uno para usar, tiene que ponerse boca abajo y arrastrarse.

Bas se reiría si lo viera ahora, retorciéndose entre la tierra, rozando sus conductos filtrados contra pétalos de flores aplastados como si Sax fuera una especie de serpiente.

La luz desaparece a un metro dentro del túnel y Sax tiene que confiar en el tacto y el constante chasquido de lo que deben ser mil mandíbulas para saber qué tan cerca está llegando. El túnel se encoge más y más a medida que avanza, hasta que Sax está prácticamente cavando su camino hacia adelante. El chirrido se hace más fuerte.

¿Qué tan afiladas son esas mandíbulas? ¿Pueden atravesar sus escamas?

Cuando Sax logra pasar la cabeza por el último tramo del túnel, tiene que parpadear un rato y mirar fijamente. La luz amarilla se derrama en el montículo desde los agujeros más anchos de arriba, cayendo en ángulo como explosiones mineras. Los rayos golpean hordas cambiantes de cazadores de polen, sus brillantes cuerpos verdes arrastrándose unos sobre otros y sobre las paredes. Algunos pasan rápidamente junto a Sax sin prestarle la más mínima atención.

Cerca, agrupados a lo largo del nivel inferior, hay grandes racimos de huevos de un rojo tenue. Son translúcidos, y Sax puede distinguir crías retorciéndose en su interior. Grupos de polen amarillo se sitúan alrededor del criadero y, en el medio, se alza la Reina. Mide más de cuatro metros de altura y se parece mucho al cazador de polen que trajo a Sax hasta aquí, solo que como si ese mismo cazador hubiera sido retorcido por algún horrible accidente: las mandíbulas de la Reina cuelgan en ángulos irregulares, y sus alas —Sax supone— sobresalen, dobladas y rotas. Las cicatrices cubren su caparazón verde oscuro, aunque el saco de huevos rojo profundo que cuelga de su abdomen parece estar en buen estado.

Sax no puede luchar contra tantos, ni siquiera él es tan confiado. Pero existe la posibilidad de que pudiera intercambiar la ubicación, revelar los cientos de cazadores de polen agrupados aquí a quienes tendrían el poder de fuego.

Prueba.

Eso es lo que Sax pediría si alguien le prometiera un tesoro como este. Algo que demuestre que Sax no está mintiendo para volver a entrar. Una parte de un insecto no funcionaría, pero —Sax nota los huevos rojos esparcidos en la base del montículo— esos sí. Los más pequeños cabrían en una sola garra, además.

¡Todo lo que Sax tiene que hacer es cruzar una legión enjambrante de cazadores de polen y listo!

El Oratus aprieta sus garras, se prepara para zambullirse y correr a través del enjambre. Agarrar un huevo y escapar por uno de los túneles más grandes, salir y... ¿qué? ¿Correr en una dirección aleatoria?

No, tiene que volver por donde vino, por donde el cazador de polen lo trajo volando. Si Silver y Black lo están siguiendo, estarán por ese camino. Abriéndose paso entre las flores.

Sax tiene una dirección, ahora necesita un plan. Los insectos lo aplastarían, lo agarrarían y lo harían pedazos si intenta simplemente correr a través de ellos, lo que significa que necesita una distracción. No tiene mineros, no tiene herramientas aparte de su propio cuerpo, así que Sax decide crear una.

Usando sus garras, Sax raspa la arcilla de flores del túnel a su alrededor y la presiona hasta formar una bola compacta. Es lo suficientemente pequeña como para caber en la palma de su garra delantera derecha, aproximadamente del tamaño de la mandíbula de un cazador de polen. Ahora todo lo que necesita es un objetivo.

Sax se arrastra hasta el borde del túnel, donde el cazador de polen más cercano está a menos de un metro, su gran cuerpo descansando en lo que parece ser un sueño en el suelo del montículo. Sax se impulsa sobre sus garras medias, dando a sus garras delanteras suficiente espacio para lanzar, y suelta.

La bola de arcilla vuela hacia el único objetivo lo suficientemente grande como para importar: la maltrecha reina en el centro del montículo. El proyectil de Sax se rompe un poco en vuelo, con nada más que unos fragmentos del tamaño de guijarros que se estrellan contra la cara de la Reina.

Es suficiente insulto.

La Reina se sacude hacia Sax, su abdomen moviéndose más lentamente para seguir. Sus mandíbulas chasquean, y el grupo de insectos en reposo se da cuenta. Se levantan, comienzan a moverse hacia el Oratus, cuando Sax hace su movimiento.

El Oratus se arrastra el resto del camino fuera del túnel, salta y planta sus garras en el cazador de polen más cercano y salta al siguiente.

Es una serie frenética de saltos que llevan a Sax a estrellarse contra la pila de huevos debajo de la Reina. Los huevos, con sus cáscaras blandas, son al menos más fáciles de escalar para Sax que los duros caparazones verdes y se arrastra mientras los cazadores de polen se despiertan lo suficiente como para importarles.

La Reina es enorme de cerca, su caparazón acribillado de cortes y abolladuras de mil peleas. El saco de huevos pulsa de un rojo profundo, y las garras de Sax captan la vibración constante de mil insectos no nacidos temblando debajo de él.

El Oratus tiene un momento antes de ser aplastado por la protección de la Reina. Una oportunidad.

Sax salta. Brinca y se agarra al cuerpo de la Reina, trepa alrededor de la articulación entre su cabeza y abdomen hasta que está en la espalda de la Reina. Que es donde el enjambre lo alcanza.

Los cazadores de polen siguen la orden de su Reina al pie de la letra; atacar y destruir al intruso, hacerlo pedazos. Solo que Sax se hace un objetivo difícil y usa el volumen de la Reina para enviar a los insectos mordedores unos contra otros, contra la misma Reina. Los insectos se estrellan contra el caparazón alrededor de Sax, luchando por un mordisco antes de que el siguiente insecto que se zambulle los aparte.

Sax se gana un corte tras otro cuando las mandíbulas y garras que se arrastran encuentran sus objetivos, pero el Oratus se mantiene fiel a su meta; hacer que el enjambre rodee a la Reina, hacer que la ataquen mientras lo atacan a él.

La Reina juega su parte, moviéndose y mordiendo a los cazadores de polen mientras estos la golpean y trepan para llegar a Sax. Ella es su propia defensa, alejando a sus defensores en un frenesí de pánico para mantenerse en la cima de la pila de huevos que está tan comprometida a hacer crecer.

Sax experimenta un momento de caos —cuando hay tantos cuerpos de insectos presionándolo, aplastándose y mordiéndose entre sí más que al pequeño Oratus— y ejecuta su escape. Ha avanzado constantemente por el cuerpo de la Reina, rodando y acuchillando, pateando y saltando, hasta que el gran saco de huevos sobresale debajo de él. Sax recibe otros tres cortes en la espalda, sintiendo cómo se desprenden las escamas, y se abre paso entre los insectos hasta llegar al mismo saco.

Y Sax lo atraviesa.

Dientes, garras y talones juegan un papel igual en la excavación, y Sax sacia su propia hambre en el brutal proceso. Las cáscaras de los huevos forman su propia barrera mientras Sax se adentra más y más, los huevos rotos y arruinados cayendo a su alrededor, enterrándolo.

Protegiéndolo.

El ruido exterior es aterrador; la Reina ha encontrado la manera de hacer trabajar sus mandíbulas en un chirrido constante, y el estruendo de mil alas de cazadores de polen sacude el montículo. Sax solo se adentra más, hasta que llega al fondo de la pila de huevos y al suelo duro debajo. Allí, cubierto por metros y metros de cazadores de polen sin eclosionar, finalmente toma aliento. Escucha cómo se desarrolla el caos.

Sin un objetivo, los cazadores de polen y la Reina se vuelven unos contra otros, convirtiendo ofensas y arañazos momentáneos en duelos mortales que envían a los insectos chocando contra los lados del montículo y, a menudo, contra otros cazadores de polen, transformando peleas de dos insectos en cuartetos de miseria cortante y mordiente.

Sax lo ve todo a través de la translucidez roja y borrosa de los huevos, tomando los respiros que puede. Los cazadores de polen que no sobreviven a la lucha comienzan a apilarse en el fondo, encima de los huevos. Una tienda mortal bajo la cual Sax puede esconderse.

Bas estaría impresionada.

Bas *estará* impresionada cuando Sax le cuente sobre esto.

Después de que la salve.

LA PROYECCIÓN nos está esperando cuando seguimos las líneas naranjas por la rampa hasta su habitación. Su rostro deforme sonríe cuando entramos, aunque desearía que no lo hiciera. Hay algo en esa sonrisa escalofriante que sugiere todo tipo de cosas desagradables.

—Han tenido éxito —declara la proyección—. Gracias.

Entonces mira por encima de mi hombro, hacia Vee-T'Oli, y aquí su sonrisa desaparece.

—Y han encontrado a nuestro intruso.

—En realidad, él nos encontró a nosotros —dice Viera—. También nos contó lo que sucedió aquí, a diferencia de ti.

La proyección mira hacia ella. No cambia su expresión plana. —Tengo parámetros. Mi primera prioridad es abrir las compuertas, y hacer lo que sea necesario para lograr esa tarea. Ahora que está hecho...

—Nos dirás cómo volver a casa —interrumpo. Ya ha habido suficientes discursos largos aquí, y mis oídos están captando un ruido desde abajo, uno que suena demasiado parecido a los gritos que dejamos atrás—. Ahora.

La proyección parece tartamudear, la luz se rompe por

un segundo, antes de volver a existir en el centro de la habitación, sus tonos azul-blancos parpadeando mientras se vuelve hacia mí. —Disculpas —dice el fantasma—. Estos datos están algo corrompidos. No los he accedido en mucho tiempo.

—Eso no es lo que pedí. —Deslizo mi mano hacia mi cintura, una señal para que Viera saque su minero—. Nuestra salida, por favor.

Si la proyección nota o le importa el arma que ahora apunta en su dirección, el fantasma no lo demuestra. En su lugar, señala hacia el lado izquierdo de la habitación, donde una puerta sellada de repente cobra vida y se abre.

—Si aún hay esperanza para ustedes, se encuentra al final de allí —dice la proyección.

Vee-T'Oli ya se está moviendo hacia la abertura, tomando la iniciativa del coro de ruidos definitivamente creciente detrás de nosotros. Yo tampoco estoy esperando y, con Viera siguiéndome, todos salimos corriendo de la habitación hacia el nuevo camino.

—¡Gracias! —grita la proyección tras nosotros, resonando con una leve malicia.

No tengo tiempo para pensar por qué la proyección quería que todos esos desastres fueran liberados. No es como si hubiera algún lugar al que pudieran ir, alguna comida que pudieran comer, a menos que Vee haya dejado algo de papilla nutritiva.

Por supuesto, podrían comernos a nosotros.

El túnel, sin embargo, hace difícil acelerar. Como los otros caminos, este está lleno de escombros, aunque no de pilas de chatarra aplastada y huesos, sino de parches de paredes derrumbadas. Paneles de techo rotos colgando bajo, obligándonos a agacharnos y serpentear nuestro camino alrededor. El daño causa brechas en la iluminación naranja, convirtiendo la carrera en un sprint a través de un laberinto de sombras.

—¿Qué ves? —le grito a Vee-T'Oli, que, con las piernas del Oratus, se mueven más rápido que Viera y yo.

—Nada hasta ahora, el pasillo simplemente continúa —responde T'Oli—. Es una forma extraña de construir, si soy honesto.

—El Ooblot habla demasiado —resopla Viera detrás de mí.

Encuentro a T'Oli bastante encantador, un respiro bienvenido de la tensa situación que nos aprieta al resto, pero no me molesto en decirlo. En su lugar, salto sobre una viga colapsada, bailo alrededor de una pared lateral rota y el montón de rocas y tierra que se ha derramado a través.

Sigue moviéndote, sigue moviéndote.

Porque todavía puedo oír esos gritos.

El corredor se extiende por un largo trecho, aunque es difícil decir las distancias cuando tu único punto de referencia es la media cola parpadeante de un Oratus ondeando frente a ti. Estoy sudando, respirando el aire mohoso con fuerza en cada respiración, pero no voy a detenerme.

—¡Todavía vienen! —dice Viera detrás de mí—. ¿Por qué nos persiguen?

Todo lo que tenemos para guiarnos son sus voces. Ese interminable gemido y grito. Nos estamos moviendo lo suficientemente rápido como para que, al menos para mis oídos, las cosas que liberamos no hayan recuperado ninguna distancia, pero está claro que ahora están en el pasillo.

—¿Quieren darnos las gracias? —respondo.

—¡Casi al final! —grita T'Oli desde el frente, montando sobre el Oratus—. Diría que unos diez segundos más y lo lograrán.

Diez segundos más de serpentear, saltos de vallas y

agacharse bajo escombros colapsados hace que la estimación de T'Oli se haga realidad. La pregunta, sin embargo, es a dónde hemos ido. Mi primer pensamiento, al salir del pasillo, es que estamos de vuelta en Vimelia, en el puerto espacial. La cámara es enorme, con un techo estrictamente arqueado donde, en varios lugares, agujeros rasgados han dejado que las rocas se desmoronen.

El suelo de la cámara es de tierra apisonada, y contiene dos lanzaderas en forma de cruz. Naves con centros circulares y voluminosos que tienen cuatro ramas saliendo de los lados. Ambas están pintadas de un amarillo brillante, y ambas llevan, en sus gruesos costados, el diseño negro de Ignos.

—Creo que esa es nuestra salida —dice T'Oli, señalando a Vee hacia la lanzadera más cercana.

Excepto que no puedo ver una salida. Hay un amplio túnel que, creo, estaba destinado a ser la salida, solo que se ha derrumbado. Vigas rotas, rocas y tierra marrón oscuro obstruyen el camino.

—¿A dónde la volaríamos? —digo mientras miro alrededor, esperando encontrar una opción.

—Mientras lo averiguas, veremos si aún funciona —anuncia T'Oli, luego se dirige hacia la nave.

—Siempre tomando los problemas difíciles —dice Viera, moviéndose junto a mí—. ¿No tendrás una pala en esa mochila tuya?

Niego con la cabeza, no es que importara de todos modos. —No tendríamos tiempo.

Viera da unos pasos en el vasto espacio. Mira hacia el túnel, hacia el techo. —¿Qué tan arriba crees que llega esto? ¿Cerca de la superficie?

No lo sé. —Probablemente.

Se escucha un silbido proveniente de la lanzadera más

cercana, y miro para ver a T'Oli-Vee subir por una rampa de entrada que se está bajando. Si no hay otra opción, tal vez podríamos escondernos allí hasta que las criaturas se vayan.

—Ven conmigo —dice Viera—. Veamos si podemos hacer funcionar la otra.

—¿La lanzadera?

—Sí, la lanzadera. —Viera se dirige hacia la segunda y, no queriendo quedarme sola con los gritos que se acercan, la sigo.

Desde abajo, las cuatro alas de la lanzadera revelan una serie de cuatro... agujeros en cada una. Unas láminas metálicas cubren cada uno de ellos en un gris más claro que resalta contra la pintura amarilla flor. Estoy tratando de descifrar para qué sirven esas marcas mientras Viera intenta activar un panel transparente en la parte delantera de tres patas de aterrizaje.

—¿Alguna idea? —le pregunto, echando un vistazo hacia el camino por donde vinimos.

Aún no hay criaturas a la vista.

—Deberíamos haberle preguntado a T'Oli —refunfuña Viera—. Pensé que sería más fácil.

T'Oli y su cautivo Oratus siguen en su lanzadera, y lo único que les he visto hacer es encender varias luces exteriores, haciendo aparecer bombillas blancas brillantes por toda la nave. No es que me moleste la iluminación extra; las líneas naranjas que recubren cada techo de este lugar están muy arriba y las cosas se vuelven tenues en el suelo.

—Déjame echar un vistazo —digo, acercándome.

Viera toca el panel cuando me acerco —es un poco más ancho que su mano extendida, atornillado contra la pata metálica— y la pantalla parpadea en rojo al contacto. No se me ocurre nada, pero entonces, tengo algo en mi muñeca que puede ayudar con eso.

—No dejes que nada me salte encima por un minuto. —Levanto el Cache, miro su superficie verde-marrón apagada y me concentro.

Hay un destello verde, y luego estoy dentro.

Pienso en términos: lanzadera, controles, rampa de abordaje e imágenes inundan el espacio mental a mi alrededor. Todo tipo de naves diferentes, terminales y cosas que no reconozco parpadean y flotan. Al principio me pierdo en un mar de formas grises, entonces recuerdo la pintura. Quito el amarillo, el diseño negro, y busco la cruz.

El Cache lee mi idea y la mayoría de las naves desaparecen en una nube de la nada, dejando solo unas pocas, una de las cuales tiene la forma y el tamaño correctos. Me concentro en ella y entonces solo estamos yo y la lanzadera en un vasto vacío. Vuelvo a la idea de los paneles de control y aparecen diferentes conjuntos, algunos en las tres patas, otros independientes.

Solo hay un par que se aplican únicamente a la pata delantera. Voy por ellos y reduzco las opciones al que estamos usando. A partir de ahí, pienso una sola palabra.

Abrir.

A mi alrededor, a través de mí, camina un Flaum gris genérico. Me hago a un lado y observo cómo coloca su mano plana contra la pantalla. Hay un destello verde y la rampa desciende. Solo que ya intentamos eso y no funcionó.

Así que el Cache comienza de nuevo. Otro Flaum, este negro, se acerca al panel de control. Esta vez, en lugar de poner su palma, el Flaum saca un minero de debajo de su pelaje y lo pega contra el panel. Con su mano izquierda, el Flaum ajusta la configuración del minero a una quema baja, luego mantiene presionado el gatillo. La luz azul salpica la parte frontal del panel hasta que la pantalla chisporrotea, hay un estallido y un picor acre en mi nariz, pero la rampa de la lanzadera desciende.

Lo tengo.

Sacudo la cabeza, me retiro del Cache y parpadeo para volver a la consciencia.

Para ver a Viera, con el minero levantado, apuntando hacia un grupo creciente de monstruos que se abren paso en la bahía de acoplamiento, sus bocas abiertas en gritos constantes.

Estas cosas ya eran bastante aterradoras en los tubos, contenidas por restricciones y barreras de vidrio. Ahora, tambaleándose al aire libre, uno incluso arrastrándose sobre tres largos brazos, los "humanos" me golpean con una combinación de repulsión y miedo que me hace retroceder un paso, luego otro, hasta que choco con la pata y recuerdo lo que se supone que debo hacer.

—¡Necesito tu minero, Viera! —exclamo.

La Lunare aún no ha disparado, y creo que es porque los humanos no se dirigen tanto hacia nosotros como hacia la lanzadera de T'Oli. Que todavía tiene la rampa bajada.

—¿Qué? —dice Viera sin volverse hacia mí—. ¿Por qué?

—¡Porque necesitamos una forma de entrar!

Ahora Viera me lanza una mirada interrogante, preguntándose, apuesto, si voy a disparar simplemente un agujero en el fondo de la lanzadera, pero aparentemente mi mano extendida y mi mirada suplicante hacen suficiente magia para que me lance el arma. Por algún milagro de coordinación, atrapo el minero con ambas manos, me giro y, girando el dial de potencia, presiono su punta contra el panel.

—¡T'Oli, necesitas subir esa rampa! —grita Viera mientras yo aprieto el gatillo del minero.

El arma vibra en mi agarre mientras sus gases se ionizan

a su temperatura más baja, mientras escupen fuego eléctrico contra el panel.

—¡Súbela, T'Oli! —vuelve a gritar Viera.

Vamos, vamos. No tenemos tiempo para esto. Me arriesgo a mirar a la izquierda, veo a media docena de humanos acercándose a la rampa de T'Oli. Veo a otros tres dirigiéndose hacia nosotros, uno, liderando el grupo, luciendo una cabeza con al menos cinco orejas. Sería gracioso si no fuera por el pánico sin sentido en sus rostros, los chillidos roncos y estridentes que salen de sus gargantas.

El panel chisporrotea, mi nariz capta el olor, y se escucha un ping desde el interior de la lanzadera. Brillante y limpio, seguido de un siseo mientras la rampa baja.

Ignos, el Sevora que se instaló dentro de mi cabeza, hizo muchas cosas malas, pero aún le debo la vida varias veces solo por el Cache.

—¡Vamos! —Le lanzo el minero de vuelta a Viera y ambas nos dirigimos hacia donde está aterrizando la rampa, cuando escuchamos un rugido que atraviesa todo el resto del ruido.

Es imposible no mirar lo que sigue, la terrible destrucción de un Oratus desatado. Vee, sin T'Oli a la vista, sale disparado de su lanzadera y se lanza contra el grupo de humanos que intentan agarrarlo. Sus cuatro garras desgarran y destrozan, su boca muerde y despedaza, y los humanos caen ante él. Vee, por su parte, parece deleitarse en la refriega, moviéndose de un objetivo a otro en un torbellino giratorio y cortante.

—Vaya —dice Viera, y solo puedo estar de acuerdo—. Sax y Bas siempre parecían mortíferos, pero nunca los vi pelear. No realmente.

Yo había visto a Sax pelear en duelo con un Amigga, pero ese era solo un objetivo, y el Oratus ya estaba gravemente herido entonces. Vee es viejo, Vee tiene cicatrices, pero Vee ha tenido mucho tiempo para esperar esta oportunidad.

Sin embargo, no importa cuántos derribe el Oratus, más humanos salen del pasillo. Después de que Vee corta la oleada inicial, más lo presionan, agarrando sus garras, cayendo contra sus escamas o recogiendo pedazos de basura para usarlos como garrotes.

—Va a ser abrumado —dice Viera, comenzando a avanzar para ayudarlo.

No da ni dos pasos antes de que la lanzadera de T'Oli cobre vida, un gemido pirotécnico llenando la caverna.

Subo por nuestra rampa de abordaje tan pronto como toca el suelo. T'Oli está elevando su lanzadera, deslizándola hacia Vee, aunque no sé qué planea hacer el Ooblot con ella. Al menos hasta que T'Oli rota la nave, llevando el ala cruzada derecha sobre algunos de los humanos, donde los chorros que salen de esos agujeros en el ala comienzan una cocción instantánea.

No me molesto en mirar eso. Viera tampoco. Ella sube por la rampa conmigo hacia lo que es, afortunadamente, un escenario familiar. Un área amplia con redes y asideros para el vuelo, con la cabina visible a la derecha.

—Yo me encargaré de la puerta, tú aprende a volar —me dice Viera.

—Entendido —me dirijo al bosque de palancas, terminales y botones que es la cabina.

Estoy a punto de mirar el Cache de nuevo cuando algo burbujea, crepita y estalla a través de los altavoces a mi lado.

—¡Veo que han elegido su propio transporte! —la voz de T'Oli se escucha después de un momento—. ¿Cómo se ve por ahí? El nuestro está un poco maltratado. Nada como la Bestia.

Hay una gran barra verde debajo de la rejilla del altavoz en el centro del conjunto de terminales de la cabina, así que pruebo una corazonada, la presiono y hablo:

—¡T'Oli! ¿Cómo se vuela una de estas cosas?

—Primero querrás activar el suministro de energía... espera un segundo —el altavoz se apaga y miro alrededor, buscando algo que parezca un suministro de energía, aunque no sé qué es eso—. Lo siento, tuve que asar a un par de tipos de aspecto agresivo. Estas naves son geniales para eso, ¿sabes? La mayoría...

—¡T'Oli!

—Ah, perdón. Tienes que tirar de la gran palanca a la derecha. Eso liberará el tanque de emergencia. ¿Sabías que es el único combustible sólido en estas cosas?

No sé a qué se refiere T'Oli con "combustible sólido", pero veo la palanca. No hay sillas, ni objetos que esquivar en estas cabinas aparte de la red para volar colgada arriba, así que cuando la palanca no se mueve, puedo pararme frente a ella, apoyar mis piernas y presionar hacia abajo la brillante palanca roja.

Hay un ruido de desplazamiento en algún lugar debajo de mí, y un breve silbido de líquido que corre.

—¿Qué acabas de hacer? —grita Viera desde atrás, cerca de la rampa.

—¡No tengo idea! —respondo—. ¿Ya subiste la rampa?

—¡No quiero hablar de eso!

Una de las terminales se enciende mientras la palanca roja brillante se eleva lentamente de vuelta a su posición inicial. Agradeciendo a Ignos que la galaxia use el mismo idioma que nosotros, leo lo que dice. Lo cual no es mucho:

CEBADOR DE BATERÍA LISTO
¿INICIAR?

Así que presiono el gran triángulo verde debajo de la

palabra, y la lanzadera se pone en marcha. Me acerco al panel de comunicación, presiono el botón.

—T'Oli, creo que tengo el cebador funcionando. ¿Qué estás haciendo?

—Parece que estas cosas no dejan de venir, así que estoy recogiendo a Vee. Luego tendremos que encontrar una manera de salir a la superficie. Estas lanzaderas no están diseñadas, ya sabes...

—Lo sé. Pero ¿cómo?

—¡Buena pregunta! He estado pensando en eso. Oh, parece que uno de ellos encontró una manera de subir a la rampa. Volveré enseguida, Kaishi.

T'Oli corta la comunicación, dejándome mirando las terminales, observando la única pantalla encendida que muestra una barra que se llena extremadamente, extremadamente lento. Creo que he visto crecer la hierba en mi aldea más rápido que esto. Toco el triángulo verde de nuevo, a ver si eso lo hace ir más rápido, pero sin suerte.

—¡Kaishi! —llama Viera desde atrás—. ¡Ayuda!

Mientras me apresuro hacia el área de pasajeros, veo a Viera tomar el minero con su mano derecha, echar el brazo hacia atrás y lanzar el arma por la rampa.

—Sin energía —dice Viera cuando me acerco.

Tres de los humanos están en la base de la rampa, que, noto, tiene más de unos pocos cuerpos inmóviles y quemados. Viera ha estado trabajando.

—Me encargaré de ellos —digo.

—¿Lo harás? ¿Con qué?

—Conmigo misma —doy dos pasos en la rampa, hasta el espacio donde la puerta de la lanzadera mantiene mi izquierda y derecha a salvo, donde el único lugar por el que los humanos pueden acercarse a mí es de frente—. Vuelve a la cabina, avísame cuando esté lista para partir. Y, si ves otra arma, ¡tráela!

La partida de Viera se escucha en el sonido metálico de sus botas, dejándome mirando a una amenaza de tres brazos que se acerca a mí. Espero ver odio en sus ojos, o ira. Pero no hay nada de eso, solo desesperación, miedo.

¿Cómo sería yo, atrapada en un tubo, inconsciente y mantenida viva por medios que no entiendo, y de repente liberada en un mundo salvaje con cientos de otros tanto como yo como completamente diferentes? ¿Si no tuviera a nadie que me enseñara dónde estaba, qué era, quién era?

Así que en lugar de ir por una patada aplastante a la garganta, apunto a las piernas en su lugar, me agacho y barro con mi pie las rodillas del humano. Las doblo y hago tropezar a la persona de vuelta por la rampa, hacia los otros hasta que todo el conjunto se derrumba al pie de la lanzadera.

Esto me da un poco de tiempo para mirar a través de la bahía, de vuelta a donde Vee ha dado un salto lejos del enjambre y, usando sus garras, se ha enganchado a la lanzadera de T'Oli, que ahora se está acercando hacia nosotros.

Hacia nosotros.

—¿Qué estás haciendo? —grito, aunque por supuesto T'Oli no puede oírme.

Siento un tirón en mi brazo izquierdo: es un agarre fuerte, poderoso. Las uñas se clavan en mi piel. El de tres brazos ha vuelto, y me giro hacia su rostro asustado mientras me jala, tratando de arrastrarme hacia sus amigos. Con mi mano derecha, le doy una serie de golpes en el estómago y en la cara, empujándolo, aunque sin romper su agarre.

—¡Suéltame! —gruño, pero la cosa no le importa, no sabe lo que estoy diciendo.

Mis pies se deslizan en la rampa y caigo hacia atrás, uso

mis piernas para patear al humano y quitármelo de encima. Es un atrapador de igualdad de oportunidades, sin embargo, así que agarra mi pie una vez que pierde mi brazo y ahora estoy en el mismo lío que antes.

Cuando Vee, sobre el zumbido que se acerca de la lanzadera de T'Oli, hace su entrada. El Oratus se abre paso entre los otros humanos, sube la rampa, agarra a mi atacante y lo arroja al suelo. Vee tampoco se detiene: me jala y sigue adelante hasta que ambos estamos dentro de la lanzadera.

Luego el Oratus se da la vuelta, presiona una garra en el panel de control dentro de la puerta y cierra la rampa.

—Gracias —logro decir.

—Guárdalo para el Ooblot —responde Vee—. T'Oli está haciendo el verdadero sacrificio.

—¿Qué?

—¡Estamos listos! —anuncia Viera desde la cabina—. ¡Y T'Oli dice que conoce una salida de aquí!

Dejo a Vee supervisando el cierre de la rampa y me dirijo de vuelta a la cabina, donde la voz del intercomunicador de T'Oli está dando instrucciones extremadamente pacientes a Viera sobre qué botones presionar, qué terminales mirar y qué palancas tirar.

—Esto no es lo mío —dice Viera mientras entro—. ¡Más despacio, T'Oli!

—Me gustaría si pudiera —responde T'Oli—. Pero una vez que pones tu transbordador en el aire, tienes que volarlo. O las cosas no saldrán bien.

Todas las terminales están ahora iluminadas con una hipnotizante exhibición de números cambiantes, gráficos y cosas parpadeantes que, francamente, aceleran mi ritmo cardíaco y casi me empujan al pánico. ¿Cómo se supone que vamos a lidiar con todo esto?

—Kaishi está aquí ahora —dice Viera mientras presiona

algo que parece un gran círculo—. Grítale a ella un minuto mientras intento respirar.

Cuando Viera golpea la pantalla, el transbordador se estremece. Hay un zumbido amortiguado —el mismo que creo que escuchamos cuando T'Oli despegó, pero aquí atenuado por las propias paredes del transbordador— y noto que la caverna iluminada de naranja comienza a moverse mientras dejamos el suelo.

—¡Kaishi! ¿Cómo estás? —pregunta T'Oli.

—He estado mejor —respondo.

—¿Quién no? —continúa T'Oli alegremente—. ¿Puedes presionar la barra en tu pantalla central que dice "Manual"?

Es una barra roja, y todas las que hemos presionado hasta ahora han sido verdes, así que la orden de T'Oli me hace sospechar.

—¿Estás seguro de que es la correcta?

—Si no lo haces, la computadora te llevará por una ruta automática que ya no existe. Volarás directamente hacia la pared. Lo cual no sería bueno.

El Ooblot presenta un argumento convincente. Presiono la barra.

La base de la terminal hace un chasquido y lo que parece un resorte gris claro fuertemente enrollado sale disparado, luego se desenrolla en un palo alto de tres puntas con varios agujeros a lo largo de los lados.

—Algo extraño acaba de salir de la terminal —respondo mientras Viera y yo lo miramos fijamente.

—¡Esa es tu palanca de vuelo! ¿Ves esos agujeros? Si tuvieras garras, o usaras técnicas de moldeado como yo, podrías agarrarte ahí. ¿Genial, verdad? —dice T'Oli.

—Claro —responde Viera—. Ya no nos estamos moviendo, T'Oli.

Las paredes de la caverna han dejado de moverse.

Supongo que estamos flotando sobre el suelo. Lo cual, al menos, nos pone fuera del alcance de las cosas de abajo.

—¡No se supone que sea así! —dice T'Oli—. ¿Quién quiere volar?

Viera me lanza una mirada y recuerdo que soy la única que realmente ha trabajado con estas cosas. Ignos, a través de mí, pilotó el transbordador lejos del *Cobalt*. No es mucho en lo que basarse, pero es algo.

—Lo haré yo —digo, y me acerco a la palanca.

Cuando mis manos la tocan, el transbordador se inclina hacia la derecha. No mucho, pero lo suficiente para arrancarle un pequeño grito a Viera. La suelto inmediatamente y el transbordador se estabiliza.

De alguna manera, no estamos muertos.

T'Oli procede a darme una explicación lenta del desastre frente a mí, transformándolo de un caos indescifrable y mortal a un revoltijo de opciones semicoherentes. Lo más importante, me dice el Ooblot, es la palanca de vuelo en mis manos. El transbordador irá donde apunte esa cosa.

Aunque, ahora mismo, no hay muchas direcciones buenas.

—Estoy trabajando en eso —dice T'Oli cuando señalo nuestras opciones limitadas—. Espera un momento, y tendremos una salida.

Estoy a punto de preguntar qué va a hacer T'Oli cuando la caverna se llena de un rugido. Giro la palanca de vuelo en lugar de tirar de ella, lo que hace rotar el transbordador hacia la derecha, dándonos una amplia vista de la masa humana que bulle debajo de nosotros, y el transbordador de T'Oli mientras apunta su nariz hacia una de las secciones más delgadas y colapsadas del techo y acelera.

No tengo un segundo para protestar. No hay tiempo

para gritar. Viera y yo solo podemos mirar mientras el transbordador de T'Oli se dispara hacia arriba, estrellándose contra la roca y la iluminación naranja, y atravesándolas. Una lluvia de chispas cae, seguida por la niebla gris que obstruye el aire alrededor del pozo.

—¡T'Oli lo logró! —dice Viera.

Otro temblor retumbante sigue a su frase mientras el techo alrededor del nuevo agujero comienza a colapsar. Los humanos debajo de nosotros perciben el problema y comienzan a amontonarse de vuelta en el pasillo, de regreso a la base de la que vinieron.

Nosotros, mientras tanto, estamos atrapados en una caja flotante que está siendo golpeada por trozos de metal y escombros que caen.

—¡Deberíamos irnos! —grita Vee desde el compartimento de pasajeros.

Ah, sí. Supongo que ese es mi trabajo ahora.

Empujo hacia adelante la palanca de vuelo, solo un poco. La nariz del transbordador se inclina hacia el suelo, y cuando muevo ligeramente la pequeña palanca a la izquierda, lo que T'Oli llama el acelerador, avanzamos hasta que estamos debajo del nuevo agujero. Luego intento imitar la maniobra de T'Oli, tirando de la palanca hacia atrás hasta que el transbordador apunta hacia el cielo.

—Agárrense —digo, y luego empujo el acelerador hacia arriba.

El transbordador salta como un juar, rugiendo a través del agujero antes de que pueda siquiera parpadear. La presión debería enviarme volando hacia atrás fuera de la cabina, pero la aceleración activa la red, que cae en un instante detrás de mí y me mantiene presionada contra la palanca de vuelo.

Hay un largo momento en el que simplemente nos

impulsamos hacia el cielo antes de que tome un respiro. Antes de que me diga a mí misma que estamos volando. Que yo estoy volando.

Y todavía estamos vivos.

—¡Sí! —grita Viera una vez que se da cuenta de lo mismo—. ¡Increíble! ¡No nos mataste!

—¡Pensé que íbamos a morir! —respondo.

—¡Yo también!

El momento de euforia solo se prolonga cuando la niebla se disipa para revelar un brillante cielo azul, con nubes blancas surcándolo como plumas. Es hermoso. Ignos, en su majestuosidad amarilla, me hace entrecerrar los ojos, pero no me importa.

Este es el hogar. Esto es lo que he estado tratando de encontrar.

Hasta que Vee nos baja a tierra con una simple pregunta: —¿Dónde está T'Oli?

# INTERCAMBIO DE HUEVOS

CUANDO SAX SALE ARRASTRÁNDOSE del montículo, con un huevo en una de sus garras centrales, ya no hay ni un solo cazador de polen interesado en él. La mayoría, incluida la Reina, yacen muertos en montones, mientras que otros se agitan y revolotean confundidos. Ninguno le dedica siquiera una mirada mientras Sax toma el huevo rojo y sale arrastrándose por un agujero más grande a mitad del montículo.

De vuelta en la nube amarilla, Sax encuentra el impacto de su primera caída y sigue la trayectoria de vuelo del cazador de polen. De vez en cuando, Sax se detiene, toma un profundo respiro por sus respiraderos y emite un fuerte rugido sibilante.

Una forma tosca de llamar la atención, pero no tiene otras opciones.

Aun así, el progreso es lento y Sax consume su energía abriéndose paso entre las enredaderas durante todo el día. Cuando se acerca la noche, Sax trepa a una flor, deja el huevo a un lado y entra y sale del sueño rodeado de largos tallos cubiertos de polen amarillo.

Se pregunta si Bas estará atrapada en ese mismo lugar, con las garras sumergidas en aguas residuales, sin más que el rechinar de la maquinaria para pasar el tiempo. No es que Sax esté en mejores condiciones: no tiene comida aquí fuera, y el único sonido es el silbido del viento al cortar las enredaderas. Eso, sin embargo, es suficiente para provocarle sueños inquietos que lo guían hasta el amanecer.

A mitad del día siguiente, poco después de otro rugido sibilante, Silver y Black irrumpen a través de las enredaderas frente a Sax. El Oratus nunca ha estado más feliz de ver a un par de Flaum en su vida. Y, una vez que ven el huevo y Sax les cuenta lo que significa —que hay una horda de cuerpos aprovechables no muy lejos— están extasiados.

Hasta que Sax les comunica el resto de su plan.

—No, no —responde Silver—. No puedes contarles lo que has encontrado. Se lo quedarán, no te darán nada. Es mejor si lo traemos de vuelta pieza por pieza, asegurándonos de que nos paguen la cantidad completa.

—No tengo tanto tiempo —replica Sax—. Me dejarán volver a la Aguja, o nunca sabrán dónde está.

—Simplemente te torturarán —dice Black—. Te obligarán a revelarlo. Hay un método para estas cosas, Sax. Estar aquí fuera es parte del castigo; no se supone que debas evitarlo.

—¿Por qué os están castigando?

—Por codicia. —Black no parece en absoluto avergonzado—. Queremos el dinero, esto es lo que se requiere para conseguirlo.

Sax mira a los dos Flaum. Procesa las tonterías que salen de sus bocas. ¿Esto es algún tipo de juego? ¿Una maquinación por beneficios?

Los Vincere nunca mencionaron el dinero como razón para una incursión, para una interceptación o una emboscada. Sax ha estado en docenas de mundos, nunca bajo el pretexto de obtener ingresos. La supervivencia siempre fue —siempre es— la razón.

—¿Dónde está la Aguja? —sisea Sax.

—Allí —dice Silver, señalando hacia el camino por donde vinieron—. Sigue adelante y deberías verla al anochecer. Aunque, como te decimos, no te dejarán entrar.

—Ese es mi problema —dice Sax.

No avanza más que unos pocos pasos, lo suficiente para que los Flaum se den cuenta de que Sax tiene la intención de hacer exactamente lo que dice, antes de que Black lo llame.

—¡Oye! ¿Dónde está el montículo?

—Sigue mis garras —responde Sax.

Entonces el Oratus se lanza a correr, sus garras desgarrando el suelo y su cola extendida hacia atrás para mantener el equilibrio. Es una carrera liberadora, incluso con el polvo obstruyendo sus ojos. Sax mantiene sus respiraderos abiertos y traga el aire filtrado, empujándolo hacia sus músculos, energizándolos para cada una de sus largas zancadas. Los kilómetros desaparecen mientras Sax sigue el sendero abierto por los dos Flaum, ocasionalmente saltando por encima o agachándose bajo una enredadera no del todo cortada. El huevo del cazador de polen permanece aferrado en su garra central derecha, acunado contra el abdomen de Sax mientras corre.

Sax llega a la Aguja mucho antes del anochecer, cuando las nubes turbulentas de arriba apenas comienzan a cambiar del amarillo brillante al naranja y al dorado oscuro. La base de la Aguja se expande más allá de lo que Sax puede ver, cubriendo el horizonte a medida que se acerca, y el área más allá de esta entrada en particular está muy cubierta de vegetación. Tendría que esforzarse si quisiera rodear la estructura.

En su lugar, Sax va directamente a la amplia esclusa de aire y toca el panel de un solo botón en el exterior. No sucede nada. El panel ni siquiera se enciende o reconoce la pulsación. Más allá de las líneas de la puerta de la esclusa de aire y la pesada construcción de metal y piedra de la Aguja, con sus curvas acanaladas elevándose hacia el polvo, nada se mueve.

—¿Qué tienes ahí? —gruñe una voz detrás de Sax.

El Oratus se gira, asegurándose de mantener sus garras a la vista, y mira directamente a la pequeña cámara flotante de un microdrón. Simplemente una bola de metal que contiene una batería, una cámara y mil pequeños propulsores, el dron se mantiene fuera del alcance de Sax, pero se enfoca en el huevo.

—Un intercambio —dice Sax a la cosa—. Un huevo de cazador de polen para volver a entrar en la Aguja.

—Buscamos alas y mandíbulas —responde la voz detrás del dron; Sax piensa que suena como un Flaum viejo, pero es difícil estar seguro—. ¿Qué vamos a hacer con un huevo?

—Incubarlo, criarlo, cosechar los resultados —dice Sax —. O ir por la colmena, a un par de días en esa dirección.

Sax señala, pero no en la dirección por la que vino. Muy a la derecha de esta. Silver y Black están en la tripulación de Plake, y lo último que Sax quiere es salvar a Bas y quedarse varado en este mundo desperdiciado por haber molestado a su transporte.

—¿Crees que te dejaré entrar por eso? —dice la voz, pero el dron desmiente sus intenciones, al girar para obtener un ángulo diferente del huevo—. Ve a buscar unos cuantos más y hablaremos.

—No —dice Sax—. Me dejarás entrar ahora. Por el huevo.

La voz se ríe. —Es como si creyeras que tienes algún poder aquí, Oratus, pero tus amigos Vincere no están en Rathfall. No sé cómo te las arreglaste para llegar a la superficie, pero hay un precio para entrar de esta manera, y no lo estás pagando con ese huevo.

Sax se vuelve hacia el panel de la esclusa de aire. Es de un solo botón, lo que significa que es simple. Probablemente ha estado aquí durante algún tiempo. Sax no es ingeniero, pero ha forzado muchas puertas, y la mayoría de las cerraduras se reducen a un interruptor. Conecta los cables correctos, o rompe lo adecuado, y la puerta se abre.

—¿Qué estás haciendo ahora? —pregunta la voz mientras Sax levanta una garra delantera hacia el panel—. No te dejará entrar.

—Voy a destrozarlo hasta que lo haga.

El dron zumba cerca de la cabeza de Sax. —¡Te estarás atrapando a ti mismo, y a todos los demás, aquí fuera!

—Estarás perdiendo todas tus ganancias.

El dron se cierne por otro segundo. Sax arrastra su garra a lo largo del costado metálico del panel de control, dejando que el chirrido suene largo y fuerte. Se enciende antes de que Sax raspe un solo lado.

—Buena elección —dice Sax, presionando el botón.

La esclusa de aire se estremece y se abre lentamente, con el polvo cayendo de las puertas en cascadas amarillas.

—El huevo, entonces —dice la voz—. Un intercambio justo.

Sax no responde, sino que camina hacia la esclusa de aire en su lugar. El dron se cierne cerca, retrocediendo solo cuando Sax comienza a entrar por las puertas. Lo cual pone al microdron en la posición perfecta para un golpe de la cola de Sax que envía a la máquina dando tumbos hacia el suelo, donde estalla y chisporrotea en cientos de pedazos.

Los pequeños robots son molestos.

El otro lado de la esclusa de aire muestra que la entrada terrestre de la Aguja no siempre fue un desastre de lucro. Sax entra en un anillo mayormente vacío dominado por un elevador de carga central, y una versión más pequeña para pasajeros a su lado. A diferencia de las bahías de atraque cerca de la cima, que albergan un surtido uniforme de transportes pequeños y grandes para mercancías y pasajeros por igual, aquí abajo solo hay una opción para él.

El resto del nivel es suelo de piedra lisa e iluminación blanca simple. Sax está casi decepcionado de que Fraykt no tenga un escuadrón de secuaces aquí para que los desmembre; es tan aburrido. El elevador de carga intenta animar las cosas con ráfagas de acción retumbante cada pocos segundos, y el suelo aún apesta a polen, mostrando que una esclusa de aire solo puede hacer tanto cuando todos los que entran están cubiertos con esa cosa.

Sax llega hasta el elevador de pasajeros en tres zancadas largas, huevo aún en mano, y toca el botón de solicitud. Sin cerradura en este. Sin microdron.

Pero hay un whoosh de una puerta abriéndose, el humpf de un Flaum grande y fornido emergiendo de lo que Sax pensó que era una pila de viejos contenedores de envío pero que, mirando más de cerca, es una sala de control improvisada. Este Flaum, sin embargo, hace que Sax sisee de risa.

Sí, el Flaum está sosteniendo un minero de asalto de un tipo prohibido para uso civil. Sí, no parece encantado—Sax supone que el microdron pertenecía a esta bola de pelo enojada. Pero el Flaum también luce un trabajo de tinte azul profundo, uno que no ha podido retocar en mucho tiempo, ya que trozos de pelaje brillante color canela están asomando por las raíces.

—Vuelve a reírte y te dispararé ahí mismo —ladra el Flaum en respuesta—. Aplastaste mi dron.

—Pago por hacerme perder el tiempo —responde Sax.

—Te haré perder mucho más si no me das ese huevo ahora mismo —dice el Flaum.

El Flaum tiene una mirada que Sax ha visto demasiadas veces para contarlas. Hay un entrecerrar de ojos, una postura de hombros y una tensión en los músculos del Flaum que dice que tan pronto como el huevo haga su vuelo seguro hacia él, el Flaum va a cobrar un precio propio con el minero.

La previsibilidad es aburrida. Los resultados no lo son.

# CAPÍTULO 9

# PASEO DE PLACER

BAJAR ES MUCHO MÁS aterrador que subir. Por un lado, alejarse de Ignos significa que nos zambullimos en una extensión gris ondulante y esponjosa. Por otro, mi estómago se revuelve mientras hacemos el arco, y el pensamiento de ese suelo rocoso hacia el que ahora nos precipitamos hace que mi último bocado se anude.

Varias de las terminales comienzan a parpadear, mostrando números en tamaños cada vez más grandes y alarmantes. Supongo que todas están contando los momentos que faltan para que nos estrellemos contra las rocas y muramos.

Pero T'Oli es la razón por la que estamos aquí arriba, T'Oli es la razón por la que estamos en la Tierra en primer lugar. No puedo simplemente irme, no puedo asumir que el Ooblot está bien.

—No te estrelles —chilla Viera, presionándose contra su red mientras nos zambullimos en la grisura.

—Tal vez quieras elevar la nave —sisea Vee desde atrás —. Estás descendiendo demasiado empinada.

Elevar la nave. Claro.

Muevo la palanca de vuelo hacia mí y la lanzadera responde, aunque es difícil decir cuánto, ya que todo lo que puedo ver son solo diferentes tonos de gris nebuloso. Sin embargo, algunas de las terminales dejan de gritarme, así que eso es algo.

—¿Cómo vamos a encontrar a T'Oli si no podemos ver nada? —pregunto a nadie en particular.

—Baja, hasta la superficie —la voz de Vee está tan cerca que me sobresalto.

El Oratus está arriba desde la bahía de pasajeros, aparentemente dispuesto a arriesgarse al viaje mientras yo piloto, lo que parece suicida. Sin embargo, ahí está, con sus garras enganchadas en mi red de choque, sus ojos inyectados en sangre mirando fijamente las pantallas.

—Usa los propulsores de maniobra —sisea Vee—. No los motores.

—Sí, eso no me ayuda —respondo—. ¿Sabes cómo hacer eso?

—No soy piloto.

Mientras el no-piloto Vee sigue diciéndome cómo volar, la lanzadera navega a través del gris, y empiezo a ver un tono más oscuro debajo. Aparentemente seguimos descendiendo, porque el tono se convierte en el suelo cenizo que esperaba que hubiéramos dejado atrás.

Sigo jugando con la palanca de vuelo y el acelerador y descubro que cuando bloqueo la palanca del acelerador en una muesca central, el motor principal se apaga. Esto resulta en un momento de pánico mientras nuestro descenso se convierte en una caída en picado, acompañado por nuestro trío gritando; el silbido salvaje de Vee no armoniza, pero aprecio que el Oratus esté tan seguro como nosotros de nuestra muerte inminente.

Entonces rebotamos. Más o menos.

Es como aterrizar en un montón de hierba: la lanzadera se detiene cuando nos acercamos al suelo, lo que deben ser los propulsores de maniobra finalmente encuentran suficiente presión para mantenernos en el aire. Doy un gran suspiro, miro el suelo a nuestro alrededor y agradezco a Ignos que aún esté viva.

—Intencional —digo un segundo después—. Completamente intencional.

—La próxima vez —dice Viera—, viajaré con el Ooblot.

Las primeras señales de T'Oli aparecen en forma de restos; un ala rota, un motor aún ardiendo tirado en la ceniza. Seguimos el rastro de escombros hasta que encontramos el cuerpo principal en medio de una trinchera de ceniza cavada por su propio accidente.

Ahora que tengo el control de los propulsores de maniobra, no es demasiado difícil bajar la lanzadera lo suficiente para aterrizar. Sin embargo, desplegar los puntales requiere que Viera golpee las terminales hasta que algo que toca funcione.

Vee toma la delantera después de que bajamos la rampa, y el Oratus no se molesta en esperarnos. Ha corrido a través de la ceniza hasta los restos antes de que lleguemos al suelo.

—Me hace sentir lenta —dice Viera mientras nos movemos.

—*Somos* lentos comparados con él.

—Se supone que debes decir que somos igual de buenos.

—Sax y Bas demostraron que eso no es cierto —digo—. Al menos, no cuando se trata de pelear.

—¿Crees que somos más inteligentes?

—Eso espero. De lo contrario, terminaremos como los Flaum.

La humanidad como sirvientes, como juguetes para las

especies más poderosas de la galaxia. No lo aceptaré, no puedo aceptarlo.

Vee está desgarrando los restos, lanzando trozos de metal al aire mientras nos acercamos.

—¿Qué crees que está pasando al otro lado? —le pregunto a Viera—. ¿En casa?

—Creo que se habrán ido para cuando lleguemos allí —responde Viera—. Los Sevora nos tomarán o nos destruirán a todos. No creo que Nasiya vaya a aceptar una alternativa.

—Los detendremos.

Ahora es Viera quien se ríe.

—Kaishi, ¿cuándo te volviste tan optimista?

—Me dijiste que necesitaba actuar como una Emperatriz, así que lo estoy haciendo. Tenemos que tener esperanza, Viera. Si no nosotros, ¿entonces quién?

Lo que sea que Viera estuviera pensando en decir, es interrumpido por el siseo victorioso de Vee. Con ambas garras delanteras, Vee levanta lo que parece ser un gran terrón de roca, completo con un par de pequeños muñones que se elevan desde su superficie.

La piel rocosa de T'Oli está cubierta de ceniza y quemada, le faltan trozos y el Ooblot parece estar lejos del charco suave que a menudo adopta. Los tallos oculares, esos dos muñones, son más como estalagmitas; picos sólidos negros que emergen de un cuerpo más moteado.

—¿T'Oli sigue vivo? —pregunto mientras los tres nos paramos sobre el Ooblot.

Estamos de vuelta en nuestra lanzadera —con la rampa levantada para mantener fuera a cualquier criatura errante — y T'Oli está sentado en medio del compartimento de pasajeros. No se ha descongelado, no se ha movido.

—Los Ooblots son difíciles de matar —raspa Vee, luego

flexiona sus garras—. Me tomaría algún tiempo atravesar uno.

—Nunca he escuchado un mejor cumplido —murmura Viera, luego me mira—. No podemos quedarnos aquí sentados esperándolo, Kaishi, si es que T'Oli siquiera está vivo.

—Te estás rindiendo rápido —respondo.

—Cada minuto que pasamos aquí es uno que podríamos estar usando para volar a casa —Viera señala a Vee, quien parpadea en respuesta—. Hay especies en este planeta que no quieren nada más que matarnos o llevarnos como cuerpos vivientes. Tenemos que regresar, Kaishi. Tenemos que ayudarlos.

Tiene razón, pero apenas sé cómo pilotar la lanzadera, mucho menos cómo volarla a donde queremos ir. ¿Y si lo intento de todos modos, elijo mal y arruino nuestra única oportunidad de regresar?

—T'Oli atravesó el techo para hacer un agujero, Viera —me agacho junto al Ooblot y coloco una mano sobre la cálida piel rocosa de T'Oli—. Es la razón por la que estamos aquí ahora. Le daremos una oportunidad a T'Oli. Además, estoy agotada, hambrienta y ya casi es de noche. La humanidad puede sobrevivir un poco más.

Ese argumento, al menos, obtiene algo de apoyo de mis compañeros. Nos sumergimos en algunas raciones de nuestros paquetes de módulos de escape. El puré de nutrientes, conservado en bolsas selladas, sabe —como siempre— a la tierra más polvorienta, pero mi estómago no está en posición de protestar. La lanzadera logra tener algunos filtros que reciclan el agua y, según Vee, incluso extrae la humedad del aire, por lo que podemos saciar nuestra sed.

La noche cae sobre las cenizas y al principio no lo notamos; el interior de la lanzadera es de un blanco constante y brillante. Al menos hasta que Vee encuentra una configuración en la cabina que ajusta el espectro para que estemos sentados en un crepúsculo púrpura que se desvanece gradualmente hasta un negro estrellado.

—¿Por qué molestarse? —pregunta Viera mientras las luces cambian a nuestro alrededor—. Parece un trabajo innecesario.

—Están diseñadas para la supervivencia en nuevos mundos —explica Vee mientras nos sentamos alrededor del cuerpo rocoso de T'Oli—. Las lanzaderas, quiero decir. Aterrizar, introducir pasos de colonización y vivir aquí. No ayudaría mucho si los colonos perdieran la cabeza, ¿verdad?

—Después de ver lo que hicieron aquí, no estoy segura —Viera mira detenidamente sus propias manos, como si llegara a la misma conclusión que yo tuve en las habitaciones con los tubos, con los experimentos—. Los Lunare siempre pensaron que Ignos era un mito, ¿sabes? Que nunca vinimos de algún dios místico. Parece que teníamos razón.

No suena muy emocionada por eso. No hace mucho tiempo, la presionaría, defendería a Ignos con todo lo que tenía, pero después de esto, después de esas cosas, realmente no tengo la energía.

—Felicidades —digo finalmente, y eso es todo.

—Los dioses son para aquellos que los necesitan —sisea Vee en el silencio—. No son correctos ni incorrectos, simplemente son.

—¿Tienes alguno? —le pregunto al Oratus.

—Los Oratus somos armas, humana. Existimos para servir un propósito, no para hacer preguntas.

—No sé si eso es una pesadilla o una bendición —Viera se pone de pie y camina por la habitación—. ¿Nunca sientes curiosidad? ¿Nunca te preguntas de qué se trata todo? ¿Por qué estás aquí?

—Lo sabemos —responde Vee—. Está claro desde el momento en que nacemos.

Estoy acostumbrada a que las mañanas comiencen con Ignos elevándose desde el horizonte o, últimamente, con el parpadeo de las luces en cualquier estructura metálica oscura en la que me encuentre. Esta vez, me despierto con el sonido de piedra rompiéndose, de escamas y astillas asentándose suavemente en el suelo de la lanzadera.

Todos estamos acurrucados en las diversas redes, durmiendo lo mejor que podemos, así que es un poco caótico cuando Viera, Vee y yo nos apresuramos a levantarnos y nos enredamos. Sin embargo, logramos ver a T'Oli volver a su forma blanca cremosa; incluso sus tallos oculares se sacuden el recubrimiento y parpadean volviendo a la vida.

—Esa siesta duró más de lo que pensaba —anuncia T'Oli, observándonos al resto—. ¿Así es como duermen normalmente? Parece incómodo.

Me libero primero —una virtud, creo, de ser la más pequeña— y me agacho junto a T'Oli. Busco signos de daño, como sangrado o cicatrices, pero no veo nada. Es como si el Ooblot estuviera perfecto, a pesar de que acaba de estrellar una nave a través de una pared de roca, una nave que luego explotó y cayó al suelo.

—¿Cómo? —es lo único que puedo preguntar.

—Los Ooblots son muy difíciles de matar —dice T'Oli—. Lanzarnos al espacio funciona. Al igual que el fuego concentrado de mineros. Pero ¿una explosión? Especialmente si tenemos tiempo para prepararnos, no es un problema.

—Él tiene escamas, esta cosa puede convertirse en roca —dice Viera, levantándose—. ¿Cómo es que nos tocaron los cuerpos frágiles?

—Porque los Amigga querían algo que pudieran controlar —sisea Vee—. Algo que no fuera difícil de matar si resultaba ser un problema.

—Parece que no fuimos tan fáciles de matar como querían.

Vee suelta una risa siseante. —Subestimamos a vuestra especie. Y a los Amigga que realmente querían que sobrevivierais.

—¿Qué les pasó? ¿A los Amigga? —pregunto.

Vee niega con la cabeza. —No lo sé. Se fueron, con muchos humanos, antes de que llegáramos. Usaron lanzaderas como esta, creo. Escaparon al otro lado del planeta. No sé por qué los Vincere no los persiguieron.

Espero a que Vee diga más, pero en su lugar el Oratus busca y encuentra un paquete de puré de nutrientes y comienza a devorarlo. El desayuno es una prioridad más alta que la información, aparentemente. Así que cambio de objetivo:

—T'Oli, necesitamos que nos lleves a casa —le pido.

—No puedo hacer eso por un tiempo —responde T'Oli —. Puede que me vea bien, pero me tomará uno o dos días más antes de poder cambiar de forma limpiamente otra vez. Si quieren viajar ahora, tendrán que pilotar ustedes.

—Pero puedes guiarme, ¿verdad?

—Mis habilidades para hablar están perfectamente bien, Kaishi —T'Oli gira sus tallos hacia la cabina—. Déjame comer un bocado, luego veamos si esta lanzadera aún está en buenas condiciones.

Esta vez, cuando la lanzadera sale de la niebla gris, tengo a T'Oli a mi lado parloteando sobre lo que significa cada pequeño símbolo. Este diagrama muestra la orientación de la lanzadera, ese muestra la velocidad, y esta última cosa de aquí es el combustible, alimentado por baterías.

—¿Baterías? —pregunto.

—Grandes cubos de energía —responde T'Oli—. Estas estaban muertas, por eso necesitaste liberar el combustible líquido de emergencia para activarlas. Diría que tenemos unas pocas horas de tiempo de vuelo antes de que tengas que aterrizar.

—¿Y luego qué?

—O llegamos a algún lugar donde la luz pueda golpear las alas de la lanzadera y cargarla, o caminamos.

Así que aumento la velocidad, giro la lanzadera hacia el oeste y espero que podamos dejar atrás la niebla. Incluso con el límite de tiempo, volar sobre un mar gris no hace mucho por mi atención. Es relajante, claro, pero T'Oli me empuja a dejar que la computadora mantenga el curso. Las desviaciones desperdician energía.

Quito las manos de la palanca de vuelo y miro al Ooblot que se ha extendido en el suelo junto a mí. Vee y Viera están atrás, ambos tomando siestas después de que la emoción inicial de salir de las nubes se desvaneció.

—¿Crees que podemos confiar en Vee? —le pregunto al Ooblot—. Lo enviaron aquí para matarnos, ¿no?

—Si tuviera que adivinar, diría que preferiría estar matando a los Sevora. Considerando que ahí es donde vamos, debería estar bien —T'Oli inclina un tallo ocular—. Entre tú y yo, ¿a quién serías más leal? ¿Al grupo que te dejó pudriéndote en esa base durante tanto tiempo, o a los que te rescataron?

—Los oratus son extraños, T'Oli. No sé qué elegirá.

—Son extraños, Kaishi, pero no estúpidos. Sin embargo,

hay algo que me intriga: ¿cuál es tu lugar aquí? ¿Con los humanos?

Como tenemos tiempo, le cuento la historia a T'Oli. El ooblot es un oyente paciente, y siento que he repasado el relato lo suficiente como para contarlo de manera eficiente. Omito las partes aburridas. Aunque me encuentro tropezando al hablar de Malo. Ahora es solo un personaje. Alguien que aparece en los recuerdos y en ningún otro lugar.

T'Oli lo nota.

—Perder amigos es algo terrible —dice T'Oli después de que termino la parte sobre el *Cobalt*, cómo apenas sobrevivimos, cuando la Sevora en mi cabeza nos envió al lugar que se llevaría la vida de Malo.

—Estoy segura de que has perdido a muchos —me pregunto cuántos ha conocido T'Oli, olvidados durante el tiempo que pasó con el Amanecer de la Claridad.

—También he ganado muchos —responde T'Oli—. No puedes quedarte atrapada en eso, Kaishi. De lo contrario, te conviertes en eso; una lista ambulante de tragedias.

—¿Eso es lo que crees que soy?

—Aún no.

Me río, triste y brevemente. —Gracias. Supongo que un charco viviente lo sabría.

—Vaya insulto —responde T'Oli—. ¿Sabes? He oído que en la mayor parte de la galaxia, los ooblots tienen mucho poder. Nos encargamos de las cosas que a los Amigga no les importan. Podría terminar gobernando este planeta cuando hayamos terminado, y entonces veremos cómo me llamas.

Creo que está bromeando, pero hay algo en las palabras del ooblot que llama mi atención. ¿Gobernar este planeta? ¿Eso sucedió?

—¿Qué quieres decir? —pregunto finalmente—. ¿No elegiríamos nosotros, los humanos, quién nos gobierna?

—No —dice T'Oli—. Si luchan contra los Sevora, los Amigga serán los siguientes. Les darán una opción: aniquilación o unirse a la galaxia. Y una vez que se unan, estarán bajo sus leyes. No es tan malo realmente; a los Amigga solo les importan ellos mismos y, después de haber extraído de su ADN todo lo que quieren, los dejarán en paz. Entiendes, por supuesto, que solo sé esto de segunda mano, pero todos en el Amanecer de la Claridad preferían a los Amigga antes que a los Sevora.

Dos de las terminales están parpadeando cuando la montaña se eleva a la vista por encima del gris. T'Oli está contando tranquilamente los momentos hasta que nuestra lanzadera se quede sin energía y nos haga estrellarnos, Viera y Vee están bien sujetos a la red para cuando eso suceda, y mis manos están en la palanca de vuelo, agarrándola con fuerza y preguntándome cuánto control tendré cuando lo que equivale a una gran roca de metal decida caer del cielo.

—¿Puedo aterrizar allí? —señalo la montaña, cuya cima escarchada sobresale como la punta del cuchillo de cristal negro de mi padre.

—¿Hay alguna parte plana? —pregunta T'Oli.

Eso es un no. Al menos, no por encima de la nube. El gris es más delgado aquí —hemos avanzado y puedo ver el contorno sombrío del resto de la montaña y sus hermanos más bajos— debajo de la parte superior de la bruma. ¿Tal vez la lanzadera aún podría obtener algo de energía bajo el manto más ligero?

En cualquier caso, no es como si tuviera opciones.

Inclino la lanzadera en un descenso lento, apuntando hacia la cima y esperando que algo se resuelva por sí solo.

—Si nos estrellas contra lo único que está por encima de las nubes... —dice Viera detrás de mí.

—Estoy intentando aterrizar en cualquier parte —respondo—. No hay muchas opciones.

Con lo que quiero decir cero, pero no lo digo. Todo lo que hago es continuar enviándonos hacia la montaña, más bajo hasta que estamos rozando las cimas de las nubes brumosas. El pico se acerca, y todavía no veo nada.

—Yo empezaría a entrar —dice T'Oli—. Quedarse aquí arriba mucho más tiempo hará que el aterrizaje sea duro.

—¿Entrar dónde?

—En cualquier parte, realmente. Aterrizar con alguna semblanza de control siempre es mejor que estrellarse sin él.

El pico es de hermosa obsidiana nevada y brilla bajo la luz del mediodía mientras comienzo un largo giro alrededor de él, descendiendo todo el tiempo. Es una última mirada mágica a la naturaleza, algo que he echado de menos desde que dejé Damantum, desde que dejé mi hogar.

Luego todo es gris. Todo niebla.

—Presiona ahí —dice T'Oli, dirigiendo un tallo ocular hacia un icono circular dividido por varias líneas.

Cuando lo presiono, el cristal frente a mí parpadea y de repente aparecen líneas azules ardientes debajo de nosotros. Al principio no sé qué está pasando, luego veo una gran línea brillando a la izquierda, justo donde se eleva el pico. Delineando el paisaje.

—Más fácil que volar a ciegas —dice T'Oli.

—Podrías haberme dicho eso —respondo—. Habría entrado antes.

—Pero la vista era maravillosa.

—Necesitas trabajar en tus prioridades, ooblot —espeta Viera desde atrás, y estoy de acuerdo con ella.

De todos modos, ahora estamos planeando sobre un

patrón rocoso de azul. Las terminales ahora muestran todas rojo, y he notado que las luces dentro de la lanzadera se están apagando.

—Sistemas no esenciales apagándose —dice una voz, una voz muy poco viviente, desde los altavoces frente a mí.

—Qué amable de su parte decírmelo —digo.

—Concéntrate en encontrar un lugar para aterrizar —sisea Vee—. Acabo de escapar de esa terrible prisión. Preferiría no morir ahora.

—Entonces tal vez deberías ser tú quien pilote —le respondo.

Hasta ahora, ser piloto es una experiencia terrible; siempre estoy bajo ataque de enemigos externos o de pasajeros sarcásticos internos. O bien estoy escapando de un espaciopuerto enterrado, o aterrizando de emergencia en medio de la nada.

Dame piernas en el suelo y una larga marcha, y seré feliz.

Como si me escuchara, una sección de líneas azules adelante brilla intensamente en blanco por un momento, y luego una sección que las líneas rodean se sombrea con ese suave color blanco.

—¿Voy a adivinar que quiere que aterrice allí? —digo.

—¡Estás aprendiendo! —exclama T'Oli—. No hay momento más orgulloso para un maestro que cuando su estudiante actúa por sí mismo por primera vez.

—Eh, gracias. Ahora, ¿cómo aterrizo?

T'Oli entra en modo de instrucción mecánica, recitando botones para presionar, ángulos para mover la palanca de vuelo y, finalmente, cuándo poner todo en neutro y usar los propulsores de maniobra para asentarse. Todo va bien hasta que, cuando activo los puntales, todas las terminales parpadean y se apagan. Los propulsores mueren, y la lanzadera cae los últimos dos metros para estrellarse contra el suelo.

Pero, de alguna manera, nadie muere. La lanzadera no explota. Caigo en mi red, T'Oli se desliza alrededor, y Vee y Viera siguen colgando, inútiles.

—¿No estuvo tan mal? —ofrezco.

—He tenido mejores —sisea Vee—. Pero, estoy vivo.

—Kaishi, nunca más volaré contigo —dice Viera—. Pero, gracias por no matarnos.

—De nada.

# CAPÍTULO 10

# ESCALANDO LA TORRE

SAX NO RESPONDE, no le da ninguna pista al Flaum excepto tomar el huevo con su garra media derecha y lanzarlo alto en el aire, casi hasta el techo del nivel. El Flaum lo sigue con la mirada, y Sax aprovecha la oportunidad. Una patada doble con sus piernas envía a Sax volando por el suelo y contra el Flaum antes de que la criatura peluda pueda reaccionar.

Con sus garras medias, Sax arranca el minero mientras sus garras delanteras levantan al Flaum —dolorosamente— por los hombros. Sax clava sus garras medias, perforando los circuitos y los cilindros de gas del minero, convirtiendo el arma en un pedazo inútil de basura. Luego, mirando hacia arriba, Sax hace girar al Flaum.

—Atrapa —sisea Sax en la cara del Flaum, y, para sorpresa de ambos, el Flaum logra superar el dolor y el shock para levantar sus manos peludas y atrapar el huevo mientras cae—. Bien hecho.

Sax vuelve a poner al Flaum en el suelo.

—Un trato justo —sisea Sax mientras se vuelve hacia el ascensor.

El Flaum no ofrece ninguna respuesta.

El ascensor solo se eleva una corta distancia antes de detenerse con un traqueteo, el panel parpadeando en naranja con la señal universal de anulación remota. Sax no duda ni por un segundo quién está controlando realmente el ascensor ahora.

Fraykt, o uno de los secuaces del Vyphen.

Pero no espera que las puertas se abran.

El Nivel 93 da una primera impresión grasienta. Trozos de mineral semirefinado se encuentran justo fuera de las puertas del ascensor, y los mecanismos para convertir minerales cubiertos de suciedad en metales utilizables están más atrás, detrás de sábanas colgantes y paredes expuestas, como si alguien quisiera ocultar su mal uso. La luz proviene de las ventanas de piso a techo que, a medida que el día se desvanece en la noche, comienzan a brillar con su propia energía almacenada. No solar, no en un planeta tan neblinoso como este, sino impulsada por el viento. Moléculas sopladas una y otra vez, emitiendo una luz tenue solo visible cuando otras fuentes desaparecen. Tecnología antigua e ineficiente, pero dado su lugar en la Torre, el Nivel 93 podría ser muy antiguo.

Entonces, ¿por qué está él aquí?

—Llévame con Bas —sisea Sax en voz alta.

Cualquiera que esté esperándolo en este nivel va a saber que está aquí de todos modos, y si Fraykt está escuchando, entonces Sax bien puede hacer demandas.

—¿Quieres, realmente quieres a tu pareja? —la voz le responde a Sax desde un altavoz en algún lugar, tal vez incluso múltiples, en todo el nivel—. Entonces dime, Oratus, dime por qué dejaste a tu preciado Vincere por nuestra pequeña, pequeña Torre.

—No me fui por tu Torre —Sax rodea los trozos de

mineral y se dirige hacia atrás a través de las sábanas—. Nos fuimos para encontrar la verdad. Para encontrar a Evva y saber por qué abandonó su puesto.

—¿Qué verdad?

Sax vacila, luego hace un cálculo frío; no hay razón para no decirle todo a Fraykt. Si el Vyphen es leal al Coro y a los Amigga, entonces probablemente ya haya matado a Bas, y Sax lo destruirá por ello. Si el Vyphen no lo es, o tiene otras ideas, entonces Sax demostrando que no es un seguidor de la ley del Coro —una declaración que suena extraña cada vez que Sax la piensa— podría llevar al Vyphen a ceder sin pelear.

En ese caso, Sax incluso podría mostrarle misericordia a la criatura.

Tal vez.

—El Coro y los Amigga buscan la perfección —dice Sax—. Control. No confían en nosotros, ni en ninguna especie. Encontramos una en una estación espacial a la que Evva nos envió, y estaba diseñando sirvientes biológicos. Reemplazos para nosotros.

Hay silencio por un momento, luego una suave risa sale por el intercomunicador. —Reemplazos. Tu amigo Plake seguramente debe haberte contado cómo se siente ser reemplazado, ¿no? ¿Que te digan, que declaren que ya no eres útil?

Sax no tiene tiempo para la lástima del Vyphen.

—Esto no es lo mismo —sisea el Oratus mientras completa una vuelta por el nivel—. Los Amigga no quieren jubilarnos, quieren eliminarnos. Eliminar cualquier amenaza a su poder, a su forma de vida.

No hay nada en el Nivel 93 que Sax pueda usar, nadie a quien pueda matar. Aunque para cuando Sax regresa al ascensor, sus puertas están cerradas. Golpea el panel de control, pero no obtiene respuesta. Así que Fraykt lo ha atrapado aquí.

—¿Cuál es tu solución, tu respuesta a este problema, Oratus? —pregunta Fraykt—. ¿Masacrarlos a todos? ¿Usar tus garras de la única, absoluta manera que sabes?

—Eso no sería lo peor.

—Esta Torre y todos los que están dentro sobreviven, viven porque existe un orden en la galaxia —responde Fraykt—. Ese orden permite el comercio, nos permite obtener ganancias y, si no prosperar, si no florecer, al menos hacer algo de nuestras vidas. Eliminar al Coro arrojaría todo al caos, al desorden. Billones morirían mientras todos luchan por el poder.

—Mejor eso que una extinción lenta.

Sax mira hacia arriba a lo largo del hueco del ascensor hasta el techo del nivel. No hay opciones obvias. Excepto, y Sax se vuelve hacia los trozos de roca, podría crear su propia salida.

—Ese es tu pensamiento, tu opinión —intenta responder Fraykt—. Algunos de nosotros preferimos disfrutar nuestras vidas restantes, en lugar de pasarlas en tu lucha.

Sax recoge el trozo de mineral más cercano. Es pesado, y está usando las cuatro garras para sostenerlo. Esto habría sido más fácil si hubiera conservado el minero de ese Flaum, pero Sax no es bueno planeando para el futuro. Es mucho mejor destrozando el presente.

—Última oportunidad —sisea Sax—. Abre el ascensor y llévame con Bas, o empezaré a romper cosas.

—Ya viene —responde Fraykt—. También me parece curioso que asumas que tu pareja aún está viva. Tuvimos la misma conversación, ella y yo, y debo felicitarlos a ambos. Están hechos el uno para el otro, los dos. O lo estaban, en todo caso.

Sax oye el ascensor acercándose y deja caer la roca, corriendo hacia el otro lado del nivel, para luego saltar a las barras transversales de las que cuelgan esas gruesas láminas. El ascensor se detiene en la plataforma y, con un timbre, las puertas se abren. Como era de esperar, dos Flaum y dos Whelk salen lentamente, con sus mineros en alto y listos.

—Confío en que dejarás que mis amigos continúen nuestra conversación —anuncia Fraykt, aunque Sax no percibe ningún regocijo en la voz acuosa del Vyphen—. Tú y tu pareja llegaron demasiado lejos, Sax. La revolución no necesita hacerse con pinceladas tan amplias. Es mejor cambiar la galaxia con pequeños movimientos. Lo siento, lo siento mucho.

Sax no cree en absoluto que Fraykt lo sienta. Los dos Oratus son solo otra molestia que eliminar. Sax, sin embargo, no tiene intención de morir. Al menos, no todavía.

El cuarteto se divide en parejas, un Flaum y un Whelk en cada una, con los peludos al frente olfateando el aire. Buscan el olor de Sax, que sin duda apesta a polen. Con una pareja acercándose a él y la otra rodeando el eje central en dirección opuesta, Sax tiene una oportunidad.

Las puertas del ascensor siguen abiertas.

Sax salta de una barra transversal a otra, y luego a otra más, cada aterrizaje provocando un traqueteo metálico al golpear las barras contra sus soportes. Los Flaum y Whelk gritan alarmados, pero Sax tiene un solo objetivo, y con sus garras y talones empujando y agarrando al unísono, se desliza dentro del ascensor abierto antes de que alguien pueda apretar el gatillo.

La cola de Sax golpea el panel de la puerta y un momento después el ascensor se cierra y comienza a subir. Habrá otra anulación en camino, pero el Oratus está subiendo más alto en la Aguja. Acercándose a Fraykt.

Sus garras pueden esperar por eso.

Cuando el ascensor se detiene bruscamente después de solo un nivel, no es exactamente una sorpresa. Fraykt no va a dejar que Sax llegue directamente a su piso, no es que Sax sepa dónde está. Ahora mismo, el Oratus está tratando de volver hacia la cima, porque todo en Fraykt grita que el Vyphen no es muy aficionado a los niveles inferiores.

Las puertas, sin embargo, no se abren esta vez. Sax no tiene ganas de esperar a ver qué plan se le ocurre a Fraykt, así que salta al techo del ascensor, usando sus garras y talones para forjar sus propios asideros en la suave baldosa gris. Hay un grueso contorno para la escotilla de acceso de un metro de largo, con un pequeño mango sobresaliendo del techo, marcado con agujeros para un fácil agarre por las pequeñas manos de los Flaum. Sax usa su garra delantera derecha para hacer el trabajo sucio, agarrando y tirando de la escotilla para abrirla. Se libera de sus lados atascados con una lluvia de polvo, y luego Sax trepa a través de ella hacia el amplio hueco.

Mientras hace su escape, Fraykt hace su próximo movimiento y empieza a hacer descender el ascensor. De pie sobre él, Sax tiene una gran vista de todo el hueco, que se eleva a través de la Aguja como un extraño túnel. Luces de neón azul bordean el hueco en cuatro lados, proyectando una cantidad de luz apenas superior a la penumbra en el amplio espacio. El constante chirrido de los frenos y el silbido de otros ascensores muy por encima hacen eco alrededor de Sax.

Quien salta.

Afortunadamente, las paredes del hueco de la Aguja no son muy gruesas, y Sax se talla fácilmente una percha desde donde puede ver su antiguo ascensor descendiendo y deteniéndose un nivel más abajo. Cuando ve a los Flaum y

Whelk entrar en el elevador, Sax se da cuenta de que olvidó cerrar la escotilla tras él.

Supone que eso complica las cosas.

Los matones de Fraykt no son ajenos a la nueva abertura sobre ellos, y miran en dirección a Sax, apuntando con sus mineros. Así que Sax decide ir donde ellos no están, saltando al otro lado del hueco.

Y aterrizando en el ascensor de carga que sube rápidamente y que, a este nivel, ocupa el resto del hueco. Sax golpea con fuerza y rueda, apenas logrando evitar despellejarse contra los lados del hueco. La presión de la subida acelerada empuja a Sax contra el suelo. Las paredes lisas pasan velozmente a su lado, convirtiendo su visión periférica en un borrón.

Una cosa es segura: este ascensor terminará pronto. El hueco se divide en diferentes configuraciones de ascensores a medida que la Aguja continúa, pasando de tener la mayor parte del espacio reservado para carga a ascensores más pequeños y aptos para pasajeros. Por eso a Sax no le emociona ver la masa oscura de otro ascensor que se dirige hacia abajo en su dirección.

Usando su cola y sus garras medias, Sax se escabulle de debajo del ascensor que se aproxima mientras su transporte se ralentiza y eventualmente se detiene. Se oye un fuerte empujón cuando las puertas del ascensor de carga se abren con un chirrido, y Sax aprovecha la oportunidad para ponerse de pie mientras el ascensor más pequeño y elevado se detiene ante una puerta un nivel más arriba.

Hay un par de metros entre los dos, y Sax da el salto, trepando por el costado del ascensor más pequeño y pasando por encima mientras este comienza a subir de nuevo.

Ya ha tenido suficiente del exterior.

Sax abre de un tirón la escotilla de emergencia de este ascensor desde arriba, y luego cae en medio de un par de Flaum uniformados, que llevan trajes completos sellados y cubiertos de polvo y aceite. Ambos se presionan contra los lados del elevador cuando Sax aterriza entre ellos, y el Oratus les da una sonrisa feroz.

—Quédense ahí —sisea Sax—, y no los destrozaré.

Mira el panel. Nivel 68 y subiendo. Parece que este ascensor se dirige al 43.

—Fraykt —dice Sax, girando la cabeza para captar a ambos Flaum con la mirada—. ¿Dónde está?

—¿Quién? —dice el Flaum a la izquierda de Sax, pero a Sax no le importa, porque el de su derecha emite un chillido agudo e incriminatorio.

—Tú —dice Sax, volviéndose y alzándose sobre la criatura más pequeña. Detrás de él, Sax usa su cola para presionar y atrapar al otro Flaum contra la pared del ascensor, evitando que la peluda criatura tenga ideas estúpidas—. Fraykt. Habla, y ambos saldrán vivos de este ascensor.

—No sé dónde vive —dice el Flaum—. ¡Nadie lo sabe! Pero, pero, puedo decirte a dónde ir si quieres verlo.

El Flaum vacila, sus pequeños ojos negros y brillantes buscando alguna esperanza en Sax, que esta información pueda ser suficiente para ganar su vida.

—Dímelo, entonces —dice Sax.

—Nivel 39. Es un piso de servicios, pero él mantiene una tienda allí. En la parte de atrás, cerca de los generadores.

Sax se acerca. Los Flaum normalmente no son buenos mentirosos, especialmente cuando sus vidas están en juego, pero este ha tenido una vida dura. Su pelaje gris-blanco está manchado de negro y desgarrado, a una de sus grandes orejas le falta un trozo. Una vida peligrosa engendra hábitos peligrosos, como mentirle a un Oratus.

—Me guiarás, entonces —dice Sax mientras el ascensor se detiene en el nivel 43.

Las puertas se abren, mostrando un nivel residencial tranquilo dividido en pequeños apartamentos. No hay mineros ni guardias de Fraykt esperándolo, así que Sax usa su cola para empujar al amigo de Flaum, y luego, con su garra media izquierda, Sax marca el nivel 39 en el panel de control del ascensor. Las puertas se cierran y vuelven a partir.

—¿Estás luchando contra Fraykt? ¿Los Vincere por fin vienen a por él? —Ahora hay un tono astuto en la voz de Flaum.

La información es tan buena moneda de cambio como cualquier otra, supone Sax.

—No estoy con los Vincere —dice Sax—. Fraykt tiene una amiga, y voy a recuperarla.

—¿Crees que vas a recuperarla? —el Flaum sacude su gran cabeza—. Ni siquiera tú, Oratus, vas a ganar una pelea contra él.

—Sus guardias no me asustan. —Sax observa el contador del ascensor bajar en el panel.

Casi allí. Casi con Bas.

—No, no los guardias. El propio Fraykt. Era comandante, ¿sabes? Antes.

—Eso no significa nada para mí.

Sin embargo, Sax miente al hablar. No quedan muchos comandantes Vyphen. El Coro había intentado matarlos a todos cuando removieron a los Vyphen del poder, cuando los Oratus tomaron su lugar como oficiales en los Vincere. La purga había tenido sentido en su momento: estos

Vyphen conocían los secretos de la flota Vincere, sus estrategias y naves.

Dejar a alguno con vida para ser tomado por los Sevora, incluso si los Vyphen no podían ser controlados directamente, presentaba un riesgo.

Sax, sin embargo, nunca ha cazado a uno antes. Si Fraykt es realmente un antiguo comandante Vyphen, entonces la pelea sería buena. Si es que ocurre. Sax parpadea para aclarar sus prioridades mientras el ascensor se abre en el nivel 38. No está aquí para pelear con Fraykt. Está aquí para rescatar a Bas y, si es posible, a Plake, Engee y Agra-Red.

NO BAJAMOS la rampa de abordaje tanto como abrimos la puerta. Algunas piedras ruedan dentro de la lanzadera, y de hecho salimos a la meseta donde logré aterrizar la nave. Además del habitual desorden de rocas grises y negras, también se hacen notar unos frágiles pastos. Son de color verde claro y blanco, temblando en el frío viento que agita la niebla aquí arriba.

—Al menos hay vida —dice Viera mientras se para junto a mí, manteniendo sus manos cerca de sus costados.

Yo también me estoy congelando; nuestros delgados trajes no son rivales para este clima, y estoy a punto de sugerir que nos refugiemos de nuevo en la lanzadera cuando Vee, explorando la parte delantera de la nave, emite un fuerte siseo y nos hace señas para que nos acerquemos.

El Oratus está parado sobre un acantilado, aunque es uno que podría escalar si tuviera que hacerlo; hay muchos salientes y asideros. Mis manos duelen al pensar en agarrar todas esas rocas heladas, pero entonces, considerando lo que estamos viendo, probablemente las haré trabajar.

Porque bajo nuestros pies hay un resplandor naranja

particular. No como las tuberías de aquella base de horror Amigga, sino el parpadeo tranquilizador de algo muy humano: fuego.

—Hay algo allá abajo —Vee declara el análisis obvio.

—¿Un asentamiento? —propone T'Oli.

—Demasiado pequeño —digo—. No hay suficiente comida ni tierra aquí. ¿Tal vez viajeros, alguien que está muy, muy perdido?

—No. —Viera se une a nosotros en el borde y, por el tono atónito de su voz, entiendo que sabe algo que nosotros no—. Esto es de los nuestros. De los míos, quiero decir. Los Lunare.

—¿Los Lunare? —Vee está confundido.

—¿Una de tus cuevas? —No tengo paciencia para darle a Vee un curso intensivo sobre la verdadera historia humana ahora mismo—. ¿Hasta aquí?

—Es posible —dice Viera—. Hemos cavado muy lejos. Siempre buscando más recursos, lugares donde podamos expandirnos sin los Charre, sin sus tribus en el camino. Pero no creo que hayamos llegado al otro lado del mundo...

—La lanzadera volaba rápido —añade T'Oli—. Estamos mucho más cerca de su lado de las cosas de lo que estábamos. Me sorprende que los Sevora no nos hayan encontrado, realmente. Deberían habernos derribado del cielo, o cazado hasta aquí.

—¿Así que estás diciendo que necesitamos salir de esta roca lo antes posible? —Le doy a T'Oli una mirada desconcertada.

—Oh, sí. Cuanto más tiempo estemos aquí arriba, las probabilidades de que los Sevora nos hagan volar en pedazos aumentan exponencialmente. Seguramente detectarían la energía de la lanzadera.

—T'Oli, la próxima vez que sepas estas cosas, por favor dinos —dice Viera.

—Enseñar a Kaishi a volar parecía la prioridad mayor en ese momento. Y después de que aterrizamos, asumí que partiríamos rápidamente. Sin embargo, nos estamos moviendo más lento de lo esperado.

Sacudo la cabeza. —Bien. Vamos.

Nos tomamos un minuto rápido corriendo de vuelta a la lanzadera, llenamos las mochilas de emergencia con papilla nutritiva y salimos de nuevo. Vee se ofrece a llevar todas las mochilas montaña abajo, por lo que estoy agradecida, ya que la escalada resulta ser más difícil de lo que pensaba. Los dedos entumecidos, resulta, hacen que los actos físicos sean difíciles.

T'Oli y Vee, en virtud de que uno es, efectivamente, un líquido y el otro un fenómeno físico de cuatro brazos, nos ganan a Viera y a mí en bajar el acantilado. Me tomo mi tiempo, probando cada roca antes de poner mi peso en ella, ignorando el dolor constante en mis manos hasta que finalmente se entumecen. No es agradable, pero estoy avanzando.

Hasta que una cascada de destellos rojos divide la niebla desde arriba y una explosión que sacude la tierra se derrama sobre el borde del acantilado. Chorros de llamas amarillo-blancas seguidos de humo negro y trozos de escombros volando siguen, cayendo en cascada sobre Viera y yo.

En algún momento —no puedo sentir cuándo— mis dedos pierden su agarre en las rocas y caigo hacia atrás, mirando hacia arriba y gritando mientras más rayos rojos se lanzan hacia donde está nuestra lanzadera. Estoy segura, cierta, de que me estrellaré contra el fondo en un segundo y en ese momento de muerte segura, llamo a lo único que me viene a la mente.

Ignos.

Y, a pesar de todo lo que he visto, a pesar de todas las contradicciones, mi dios responde por mí.

Vee me atrapa en sus cuatro brazos, sus piernas se agachan y su media cola presionada contra el suelo para que me desplome en el pecho masivo del Oratus. Lo que no quiere decir que la caída no duela; cualquier aire que hubiera en mis pulmones aprovecha el impacto como una oportunidad para huir, y mi espalda florece en un nuevo tipo de dolor al crujir contra los huesos de Vee.

El Oratus, también, jadea, los conductos de ventilación del pecho de Vee soplando su propio aire contra mi cara. El Oratus tropieza hacia atrás, luego medio me deja caer, medio me hace rodar en el suelo. Es frío, duro y maravilloso.

No estoy muerta.

El pensamiento se repite mil veces antes de que me ponga a agradecer a Ignos, antes de que mi latido se ralentice lo suficiente para comprobar si Viera ha bajado a salvo —lo ha hecho— y para realmente levantarme.

—Gracias. —Es lo primero que digo, y Vee lo acepta con un leve asentimiento—. De verdad. Gracias.

—No hay necesidad de ello —responde finalmente Vee—. El riesgo para mí fue leve, los beneficios para nuestra expedición de tu supervivencia grandes.

—Ese es el habla de Oratus al que estoy acostumbrada —dice Viera, antes de acercarse y envolverme en un abrazo—. La próxima vez, Kaishi, te enseñaré a escalar como una Lunare.

Me separo, la miro directamente a los ojos: —Nunca volveré a escalar.

—Sugiero que nos pongamos en marcha —dice T'Oli, mientras el Ooblot se desliza hacia el resplandor—. Esas explosiones probablemente vinieron de una nave Sevora, y podrían decidir arrasar toda esta montaña en lugar de arriesgarse a que escapemos.

—¿Volarían una montaña entera para atraparnos? —pregunto.

—Kaishi, cubrirían este planeta de cenizas y fuego para destruirte. Eres una amenaza existencial para los Sevora. Si no pueden controlarte, te aniquilarán. Así es como operan.

—Bueno, hasta ahora han fracasado —dice Viera.

—Mantengámoslo así. —Señalo el resplandor—. ¿Nos guías, Viera?

La Lunare toma la delantera, adelantándose a T'Oli, y aunque no tenemos armas —aparte de las formidables garras de Vee—, Viera avanza alta y segura. Supongo que, después de sobrevivir a lo que hemos pasado, hay mucho menos que temer de un puesto avanzado Lunare.

Así que la alcanzo, y juntos los cuatro dejamos atrás la ruina humeante de nuestra lanzadera.

Los Lunare se extendieron por toda la corteza terrestre, tejiendo una red a través de la roca para tratar de encontrar recursos, lugares para construir ciudades o, el objetivo final, encontrar una nueva superficie que pudieran reclamar como propia.

—Hasta que encontramos esto —dice Viera mientras estamos frente a la entrada del túnel—. Había oído hablar de la niebla, de cómo este lado de las montañas estaba todo cubierto por ella, cómo todo estaba muerto.

La cueva es el doble de alta que Vee, lo suficientemente ancha para que los cuatro caminemos uno al lado del otro, aunque no hemos entrado porque está cerrada con una reja. Tablones de madera sellan el camino, con un par de antorchas parpadeando en braseros a cada lado.

—¿Dónde están? —pregunto, señalando con la cabeza las antorchas—. ¿Los Lunare que deben estar aquí?

—No lo sé. —Viera se acerca a la reja. No hay un mango visible de este lado, pero de todos modos pone su mano en los tablones—. Quizás la sellaron después de la explosión. Pensaron que cualquier cosa que causara ese tipo de destrucción era mejor dejarla del otro lado.

—¿Hay alguna forma de hablar con ellos?

—Están escuchando ahora —sisea Vee—. Puedo olerlos. Están asustados.

El Oratus se acerca sigilosamente a la reja, junto a Viera, y coloca una garra frente a la cabeza de ella. Luego alcanza con su garra media izquierda y la golpea a medio metro a su izquierda—. Aquí, y aquí. Podría atravesar esta barrera y acabar con ellos, si queremos.

—No, no, eso no es necesario. —Me uno a ellos en la reja, luego alzo la voz—. Lunare, pido ayuda a aquellos de ustedes detrás de esta reja. Estamos perdidos y sin ayuda moriremos. A cambio, les daremos información. Les daremos esperanza.

Hay un ruido de movimiento detrás de nosotros, y los tres —T'Oli no se gira tanto como pivota— nos damos la vuelta para ver a un trío de humanos descender en rappel desde la roca de arriba. Tan pronto como nos giramos, se oye un crujido cuando la reja de madera se desliza hacia arriba para mostrar a dos Lunare más.

Todos llevan gruesas chaquetas de piel, y todos empuñan las toscas pistolas grises que Viera solía llevar, las armas que yo pensaba que eran el colmo de la guerra mortal hasta que vi cómo era el verdadero peligro.

—¿Esperanza? —dice un hombre fornido en medio de los escaladores—. ¿Cómo puedes decir eso cuando has traído a uno de esos monstruos aquí contigo?

Es entonces cuando me doy cuenta de que todas sus armas apuntan a Vee.

—¿Lo conoces? —Asiento hacia Vee.

—He visto a los de su tipo antes —responde el hombre—. Aunque no a este. ¿De dónde habéis salido? Nada vive allá fuera en la maldita niebla.

Pienso en los extraños humanos atrapados en esos tubos. Cómo aún hay muchos de ellos vagando por esa base.

—Hay más allá afuera de lo que te das cuenta —digo—. Estaremos encantados de contártelo, pero primero, ¿podrías bajar tus armas?

—No hasta que tenga alguna prueba de que esa cosa no nos matará a todos.

Vee muestra los dientes—. Ninguno de ustedes valdría el esfuerzo.

El hombre se ríe—. Los insultos no van a funcionar, criatura.

—Yo lo garantizaré. Con mi vida. —Me muevo para ponerme delante de Vee—. Él no les hará daño. Y ustedes no le harán daño a él.

—Ni siquiera podrían aunque lo intentaran —me susurra Vee.

—¿Y quién eres tú para dar esa garantía? ¿Una chica asustada y con frío? —El hombre no sabe quién soy.

Saboreo el momento.

—Soy Kaishi, Emperatriz del pueblo Charre y emisaria de Ignos ante la Humanidad —anuncio con toda la grandeza que puedo reunir.

Un resoplido no es la reacción que esperaba. Pero al menos el hombre hace un gesto a los demás para que bajen sus armas—. ¿Emperatriz? Supongo que vale la pena llevarte con Avril, entonces. Ella decidirá si estás diciendo la verdad, y luego probablemente te matará.

Después de esa encantadora introducción, el hombre se presenta como Diego, declara que es el líder del pequeño grupo a cargo de este puesto avanzado, y lo remata, mientras nos sentamos alrededor de su pequeña hoguera un poco más allá de la reja, afirmando que hemos tenido la desgracia de llegar al peor lugar de la Tierra.

—Creo —digo después de que termina—, que es de donde venimos.

—No sé dónde es eso, ni quiero saberlo —responde Diego—. Porque si es peor que aquí… bueno, ya tengo demasiadas pesadillas.

Vee y T'Oli captan la indirecta basados en las miradas cautelosas de los Lunare y se sientan a un lado, Vee masticando tranquilamente a través de un paquete de pasta mientras esparce un poco sobre T'Oli, quien lo absorbe todo. Cualquier urgencia que yo esté sintiendo por volver a casa no se ha transmitido a los dos, y aunque debería irritarme, todo lo que realmente siento es envidia.

Extraño vivir la vida sin el peso de un mundo sobre mis hombros.

—Necesitamos volver a casa. —Dirijo el tema a lo importante—. Sé que está lejos, pero no conocemos el camino, y ustedes sí. ¿Podrías tú o uno de tus hombres guiarnos?

Diego levanta su mano izquierda, mantiene la derecha cerca de la pistola—. Espera. Sé lo que dijiste. Emperatriz, ¿verdad? Te llevaremos con Avril, seguro. Pero estamos programados para cumplir nuestro turno aquí por mucho tiempo todavía. Si quieres volver antes, tienes que darme una razón.

Tomo aire. A punto de lanzarme a la vieja historia, cuando Viera toma el control. Se levanta —lo suficientemente rápido como para que los hombres de Diego alcancen sus armas y Vee deje caer su paquete de nutrientes— y se acerca para pararse sobre Diego, mirando con puro fuego al hosco Lunare.

—Tu razón está sentada justo allí —dice Viera, señalando hacia T'Oli y Vee—. Tu razón está fuera de esa reja, arriba de ese acantilado donde los restos de lo que volamos, *lo que volamos*, aún están ardiendo. Dices que nada vive en esa niebla, pero aquí estamos, ¿no te hace pensar que Avril debería saber lo que está pasando aquí? ¿No se supone que tu trabajo es vigilar las amenazas? ¿No crees que esto es una?

Por su parte, Diego da un gran trago, lo que me da tiempo suficiente para preguntar:

—¿Quién es Avril?

Viera me lanza una mirada que dice que ella se encarga, y me responde solo después de volver a mirar a Diego:

—Supongo que ella ha tomado el control, ¿no? Siempre pareció que ese sería su jugada final. Solía dirigir la ciudad más grande de Lunare. Razonable, siempre y cuando tus razones coincidan con las suyas.

—Oye —Diego finalmente reúne valor—. Ella nos ha mantenido con vida. A Charre y Solare también, cuando vinieron huyendo.

Ahora yo también estoy de pie, aunque menos por enojo que por el deseo de empezar a regresar a casa ahora mismo, en este preciso instante.

—¿Huyendo? —Viera hace la pregunta que yo estoy demasiado alterada para formular.

—¿Por qué crees que no salimos cuando vimos las luces rojas? —tartamudea Diego, con Viera de pie sobre él como si fuera a matarlo allí mismo—. Sabemos lo que significan. Están por todas partes en casa. Es todo lo que podemos hacer para mantener las cuevas. La razón por la que estamos aquí es para mantener esta salida abierta en caso de que todos necesiten huir.

Nadie necesita preguntar de qué estarían huyendo.

Más tarde, después de que el fuego se ha dejado consumir y la puerta de madera está cerrada, con los cuatro de nosotros metidos en una cámara lateral con un montón de cajas de comida, estoy apoyada contra una pared de roca esperando que el agotamiento me encuentre. Hasta ahora, ha fallado. Hasta ahora, mis ojos han permanecido bien abiertos mientras voy de una idea a otra.

Damantum, desaparecido. Eso es lo que Diego insinuó: mi gente, tanto los Charre como los Solare, han huido de sus hogares ante un adversario imposible y se han refugiado con un enemigo que ha hecho ¿qué? ¿Proporcionar refugio? ¿A qué precio?

—Deberías dormir —me susurra Viera por encima de los ronquidos sibilantes de Vee.

T'Oli no hace ningún sonido, pero se ha vuelto completamente roca en un rincón. Continuando el proceso de curación, aparentemente.

Viera, sin embargo, está acostada, apoyada sobre un brazo y manteniendo una mirada cansada sobre mí.

—Arrastrarse por cuevas consume mucha energía, y apuesto a que Diego no va a ser suave contigo.

—No tendrá que serlo —respondo. No son mis múscu-los, mis huesos los que me preocupan—. ¿Conoces a Avril?

—Ha estado jugando en los márgenes durante mucho tiempo —Viera bosteza—. Nunca tuvo las conexiones fami-liares para llegar a la cima, pero tu gran derrota de toda la vieja guardia en el desierto probablemente dejó un vacío.

—¿Crees que ella los expulsó?

—Creo que mi propia gente lo hizo —Viera reprime una risa—. A los Lunare no les va mucho la idea de la realeza.

Las familias obtienen poder hasta que la fastidian, entonces son derrocadas y olvidadas. Alguien más tiene una oportunidad.

—Eso es... muy democrático.

—A veces funciona, a veces no, como todo lo demás.

La pose relajada de Viera finalmente me convence de extender mi propio saco de dormir. No es más que una almohadilla, rebuscada entre los extras dejados en este puesto avanzado a lo largo de los años. Convierte una roca afilada de una herida punzante en un moretón, que, por aquí, es todo lo que puedes pedir. Apilo algunos de los paquetes de papilla nutritiva como una especie de almohada; preferiría hierba fresca, pero la piedra aquí es demasiado para mí.

—Dijiste que te gustaba la aventura —digo, porque no estoy del todo lista para ir al olvido soñador—. Yo solía desearla. Ahora, no lo sé.

—¿Por el costo?

Es casi mejor conversar de esta manera, cuando estoy mirando al techo irregular en la fría luz rosada de un parche de musgo brillante. Sin expresiones que leer, solo el tono, el entrar y salir del aliento entre las palabras.

—Porque parece que nunca termina.

—Sí termina, Kaishi, pero tú no quieres que termine.

—Ya no sé qué edad tengo, Viera.

—¿Qué?

—Contamos nuestra edad en estaciones, pero no sé cuánto tiempo hemos estado fuera.

—No ha sido tanto tiempo, Kaishi. Probablemente menos de una estación.

—¿Así que estoy siendo estúpida?

—Estás cansada. Ve a dormir, Emperatriz. Vamos a necesitar que pienses mañana.

# CAPÍTULO 12

# UN PAR POR ENCIMA DE TODO

EL NIVEL 38 se anuncia con una explosión de vapor en cuanto se abren las puertas del ascensor. Una tenue iluminación rojiza bordea el suelo y las paredes, sirviendo de guía a Sax y al Flaum mientras se mueven entre maquinaria jadeante y tuberías silbantes, con el constante zumbido bajo de la energía eléctrica que fluye por los conductores por encima y por debajo de ellos. El ruido sirve como algo más que un recordatorio de la multitud de acciones necesarias para mantener en funcionamiento la Aguja de Astre en Rathfall; sirven de cobertura para quien o lo que sea que pudiera estar escondido a la vuelta de la siguiente curva en el atestado nivel.

Por eso Sax hace que el Flaum vaya delante, con una garra media posicionada justo contra la parte posterior de la garganta del Flaum.

—No voy a huir —protesta el Flaum mientras avanzan—. Sé que me atraparías.

—No tendría que atraparte —responde Sax—. No darías ni un solo paso.

—Entonces, ¿cómo sabrías que estaba huyendo?

—Lo olería.

El miedo tiene un aroma especial, y el Flaum está empapado en una capa de las feromonas de pánico de su especie en este momento. Sin el olor plomizo del vapor que se escapa, Sax podría ahogarse con él. Los Flaum son legendarios por sus glándulas hiperactivas, una de las muchas razones por las que Sax nunca comienza un asalto mezclado con la especie peluda; nunca podría concentrarse bajo ese ataque olfativo.

El Flaum, sin embargo, es fiel a su palabra y guía a Sax a través del sinuoso laberinto hasta que llegan a lo que Sax tomaría por una sección ordinaria de pared de acero. Lo único fuera de lo común, en realidad, son las manchas de óxido en la sección que están mirando. Una mirada rápida no le daría un momento de reflexión, pero Sax está criado para el reconocimiento de patrones, para encontrar una debilidad y actuar sobre ella.

—¿Cuál abre la puerta? —dice Sax, señalando con su garra izquierda delantera los siete puntos dispuestos en un patrón de Z.

—Ni idea —responde el Flaum—. Si Fraykt quiere hablar contigo, abrirá.

—Eso no es suficiente —dice Sax, y está a punto de probar sus garras en la puerta cuando esta se abre sobre sus bisagras.

Bisagras de verdad. La última vez que Sax las había visto fue en algún planeta de agua sucia en una misión que por lo demás ha borrado de su mente. Ahora no puede evitar preguntarse cuán vieja es realmente esta Aguja.

Al otro lado hay un Ooblot amarillo viejo y mohoso. Partes de la criatura están cubiertas de costras, revelando que su edad es mucho mayor que la del propio Sax. Solo tiene un tallo ocular, el otro es un bulto rocoso en su masa del tamaño de un peñasco, y gira un iris teñido de rojo hacia Sax.

—Fraykt está dispuesto a hablar —parlotea ligeramente el Ooblot—. Sin ese.

No hay duda de quién es "ese", y Sax arroja al Flaum a un lado. La criatura no parece importarle, se levanta sobre sus garras y sale corriendo de vuelta hacia el ascensor.

—¿Eres el guardia?

—Soy Dol, y soy el *compañero* de Fraykt —dice el Ooblot—. No vuelvas a cometer ese error.

—¿Me estás amenazando, Ooblot?

—Sí —responde Dol, luego el Ooblot se da la vuelta y se dirige de nuevo al hueco.

Sax reprime el deseo de tallar el gran bloque de roca y crema amarilla como el polen. No solo el Ooblot se burló de él, sino que le dio la espalda. Insulto tras insulto, pero hay cosas más importantes aquí que el orgullo de Sax, así que se lo traga y lo sigue.

Sax pensaba que las máquinas trituradoras ocupaban todo el nivel de servicios, pero el Ooblot lo conduce a una pequeña habitación con un ascensor plano atado a un simple rotor. Hay un conjunto de terminales que cubren la pared húmeda frente a la plataforma del ascensor, una estantería metálica que sirve de escudo contra el agua que gotea de un laberinto de tuberías en lo alto.

Al principio Sax no entiende de dónde viene el agua, y el Ooblot debe sentir su confusión, porque asienta su masa frente al ascensor y gira su ojo rotatorio hacia el Oratus.

—Ustedes juegan a las garras y a los mineros, arañan y toman, el resto de nosotros tenemos que usar las sobras —dice Dol—. Nos instalamos en las zanjas y antros que sus amos Amigga nos dejan.

—No son nuestros amos.

Antes de Evva, antes de *Cobalt*, Sax habría respondido esa pregunta de manera diferente. Antes no había vergüenza en el pensamiento: los Oratus son armas, utilizadas para su propósito. ¿Qué importa quién las empuñe?

—¿No lo son? Entonces tu especie es aún más tonta de lo que pensaba. —Dol se desliza sobre la plataforma.

Ese es un insulto de más. Sax da un largo paso hacia Dol, levanta una garra en señal de advertencia y escucha una docena de afiladas puntas de mineros encendiéndose. Los ojos rojo láser de las armas miran a Sax entre las tuberías, desde debajo de las terminales y, Sax se da cuenta, desde una cavidad oscura en la propia masa enorme de Dol.

—No va a funcionar —dice Dol—. Fraykt piensa que eres listo, que podrías merecer ser salvado.

Eso detiene a Sax. —¿Salvado?

El Ooblot se ríe. Golpea un botón en el ascensor, que inicia un traqueteo hacia arriba. —Mejor sube, hombre lagarto, o te dispararé.

Con todos los mineros a su alrededor, Sax no quiere poner a prueba el farol del Ooblot. Salta, se agarra al borde de la plataforma en ascenso con sus garras delanteras, se impulsa lo suficiente para que sus garras medias le ayuden y luego está arriba, encajando junto a Dol mientras la plataforma continúa su lento ascenso.

—Todo esto alberga el sistema de refrigeración de la Aguja —dice Dol mientras suben—. Fraykt y yo construimos nuestro pequeño imperio entre bastidores, porque si hubiéramos salido a la luz, lo habrías asesinado. Probablemente me habrías matado justo después.

—Porque Fraykt es un comandante.

—Porque todos ustedes son monstruos. —Dol cambia y saca un miembro pegajoso hacia la pared que se acerca mientras la plataforma comienza su viaje entre niveles.

Sax no entiende lo que el Ooblot quiere decir hasta que el apretado espacio se vuelve evidente cuando el ascensor pasa entre la pared exterior de la Espira y el piso de soporte entre niveles. Sax tiene que apretujarse, echándose sobre el Ooblot y enroscando su cola sobre su espalda para caber.

—Somos lo que somos —intenta sisear Sax, aunque le cuesta respirar con sus conductos comprimidos contra el Ooblot, por lo que sale como un áspero susurro.

—¿Tienes cerebro, no? ¿O los Amigga te dejaron solo con instintos?

Sax ni siquiera puede responder. Quiere enojarse, pero la incómoda posición reduce la rabia a nada. Todo es demasiado ridículo. ¿Un viejo Ooblot despotricando sobre el estado de la galaxia? ¿Por qué debería importarle a Sax?

—Cuando Plake vino a nosotros —dice Dol, y Sax se estremece al oír el nombre—, pensamos que la habían capturado, que los estaba guiando a ti y a los Vincere directamente hacia nosotros por algún trato. Resulta que Plake sigue siendo la misma amargada de siempre.

El ascensor finalmente llega al siguiente nivel, y Sax se desenreda del Ooblot como una manta cayendo al suelo. Sus conductos aspiran aire mientras el ascensor se asienta en un lugar totalmente diferente al anterior. Uno iluminado con los normales blancos suaves, marcado con pisos y paredes limpias, y que tiene un par de Flaum que Sax reconoce de su engaño de abajo, sosteniendo mineros, sus ojos apretados y sus pequeños colmillos al descubierto ante la vista del Oratus.

—¿Qué quieres decir con Plake? —logra decir Sax desde el suelo. Incluso allí, está moviendo sus patas, preparando sus garras y cola para atacar si los Flaum deciden que quemarlo es una táctica viable—. Ella no volvió a su propia nave.

—Precauciones —dice Dol, bajándose suavemente de la plataforma—. No te preocupes, no derretirán tu cara a menos que yo lo diga. —El Ooblot espera a que Sax se enderece, para que se ponga en fila detrás de él—. Plake es una de nosotros, ex-Vincere, podríamos decir. Teníamos que asegurarnos de que aún mantuviera la lealtad correcta.

—¿Secuestrándola?

Los dos Flaum se ponen en marcha detrás de Sax y Dol mientras avanzan por otro pasillo estrecho. Uno que se abre, a través de una segunda puerta con bisagras, en un espacio habitable limpio y brillante. Un apartamento, a juzgar por el rectángulo de paredes sólidas cubierto de pantallas que muestran lo que parece un océano infinito fluyendo bajo un cielo de zafiro claro.

—Vivimos en tiempos mortales, Oratus —dice Dol mientras se mueve por la habitación—. Confiar en la persona equivocada significa que terminas como un cadáver o peor, un experimento de los Amigga.

El Ooblot se aplana aquí, deja que su ser amarillo-cremoso se relaje en lo que Sax cree que debe ser el hogar de Dol. No hay mucho: una simple terminal de suministro de nutrientes, las pantallas de imágenes y el amplio suelo abierto. Pero los Ooblots no necesitan mucho. Incluso las dos hermanas que dirigían la *Estación Chatarrera* no parecían saber qué hacer con su lujoso jardín.

—Quieres que pierdan, ¿verdad? —dice Sax finalmente—. Quieres que los Amigga caigan.

—El Coro es un montón de bolas de barro sobrecalentadas que nos retuercen al resto hasta que la galaxia sea suya. —Dol se estremece y las pantallas cambian a una vista que Sax no ha visto en mucho, mucho tiempo.

El Coro vive en un gigantesco ascensor espacial, una espiga ascendente que se eleva desde la superficie del planeta natal de los Amigga, Aspicis—Sax no sabe si es de donde realmente proviene la especie, o si lo han adoptado. En la cima misma del ascensor hay una bola redonda tan grande como una luna, con muchos zarcillos arqueándose fuera de ella, algunos erizado de armas y otros con decenas de antenas para enviar y amplificar señales. Más cintas de luz roja y naranja danzan sobre la estructura en lo que sería una hermosa exhibición si alguien más la hubiera hecho—con los Amigga, los destellos fantasiosos apestan a cálculo, un esfuerzo por deslumbrar los ojos mientras roban el alma.

Debajo del ascensor, hacia la superficie de Aspicis, las pantallas muestran el bosque interminable de gruesas enredaderas, casi como Rathfall pero sin el polen y los gases extraídos. La línea del día y la noche, que se mueve muy lentamente en el planeta, retrocede alejándose de la vista, envolviendo el borde derecho de la imagen en pura oscuridad.

—No puedes estar pensando en atacarlo —dice Sax, y por primera vez que puede recordar, está callado, asombrado por la pura audacia de lo que está viendo—. Nunca ganarán.

—No es nuestra idea —dice Dol—. Es de ella.

La pantalla central se aleja del Coro y su maravilla tecnológica de hogar para mostrar una transmisión— siempre pregrabada para ser enviada a través de estas distancias—de una Oratus golpeada y herida que, sin embargo, está de pie dentro de una habitación grande y decrépita.

Sus escamas rojas resaltan incluso en la tenue luz blanca, que se cuela por un agujero y no a través de globos. La basura se esparce a su alrededor, cortinas rasgadas y paredes rotas enmarcan sus ojos dorados fijos. La escena está muy lejos de todas las situaciones en las que ha visto a la Oratus antes, pero no hay duda de que es Evva.

—Está viva. —Sax realmente no pensaba que lo estuviera, ya no. Nadie sobrevive a una recompensa de los Amigga como la suya por mucho tiempo.

—Está más que viva, Oratus —dice Dol—. Está luchando. Nosotros estamos luchando. Es hora de que te unas.

Fraykt espera en lo que es obviamente otro apartamento, pero uno que está desprovisto de signos de vida. Solo hay una mesa, demasiado baja para Sax, que abarca la única habitación y sus paredes encaladas. Las paredes tienen pantallas como las de Dol, pero están apagadas, dejándolas en blanco y claras.

El propio Fraykt, con sus desgastadas plumas de vyphen agrupadas en su silla, le ofrece a Sax una mirada sombría mientras el Oratus sigue a Dol a la habitación. Los dos Whelk de la evasión anterior de Sax también están cerca de la mesa, con los mineros apuntando. Lo que significa que ahora hay cuatro armas en la habitación listas para disparar si Sax hace un movimiento equivocado.

—Así que Dol te lo contó todo —comienza Fraykt.

—¿Dónde está Bas?

—Se fue —dice Fraykt, y luego levanta una mano emplumada—. No muerta, pero se fue. Evva está viva, nuestra resistencia se está moviendo. Ya no tenemos el lujo de mantener a los amantes juntos.

—Ella es mi pareja —sisea Sax con repentina ira—. Es la otra parte de mí. No hay tarea que valga la pena separarnos.

—Desde tu punto de vista, quizás. —Fraykt hace un gesto hacia la mesa—. No tenemos muchos Oratus de nuestro lado, así que tenemos que usarlos bien.

—¿Usarnos para qué?

—Sax, ¿ya has olvidado cómo los Vincere preservan sus secretos? —dice Dol, su volumen ocupando un lugar en el lado izquierdo de la mesa—. Solo lo que necesitas saber, y ahora mismo no lo necesitas.

Sax apoya sus garras medias en la mesa. Prueba su peso. Rathfall no es un planeta pequeño, y la gravedad va a ofrecer algo de resistencia, pero Sax está bastante seguro de que puede empujar esta mesa lo suficientemente fuerte y rápido como para estrellar a Fraykt contra la pared y hacer pedazos al arrogante Vyphen.

—Evva te quiere con ella —dice entonces Fraykt, y sus palabras roban temporalmente las ideas asesinas de Sax—. Están cerca de poder actuar y, en sus palabras, podrían usar tus talentos.

¿Evva lo quiere? ¿Su comandante?

—¿Cómo llegaría siquiera hasta ella? —pregunta Sax.

—Plake te llevará. En el *Mobius* —Fraykt asiente hacia la pantalla a la derecha de Sax y esta parpadea mostrando una transmisión de cámara donde se ve a Plake dirigiendo la descarga de mercancía del *Mobius* en la bahía de atraque—. Es una piloto lo suficientemente buena como para meterte.

—Pero Bas no vendrá.

—Como te dije, se ha ido —responde Fraykt.

—No se habría marchado sin mí.

—Mira a tu alrededor —dice Fraykt, sus ojos bulbosos recorriendo al par de Whelk y Flaum a ambos lados de Sax —. ¿Crees que tenemos un ejército? ¿Que estamos listos para luchar contra los Vincere y abrumar al Coro con hordas de especies vengativas? No podemos permitirnos mantenerlos juntos. Hay demasiado que hacer. Demasiadas cosas que podrían usar las garras de su pareja.

Sax empieza a pensar que este Vyphen realmente no lo reunirá con Bas. Que no importa cuánto insista en detalles o presione para recuperar a Bas, la mantendrán oculta de él. Lo cual deja dos opciones:

Creer a Fraykt y Dol e ir tras Evva.

O desbaratar todo esto.

—¿Por qué? —decide indagar Sax—. ¿Por qué nos capturarían? ¿Enviarme afuera si necesitaban mi ayuda?

Fraykt se acomoda en su silla. Cree que ha ganado la batalla ahora. Que Sax se está pasando a su lado y solo quedan algunas formalidades. Sax mantiene sus garras medias listas. Un empujón, y Fraykt desaparecería.

—Plake prometió que ambos estarían listos para unirse —dice Fraykt lentamente—. No creí que fuera probable. El Coro sabe que existimos. Sabe que nos sentiríamos tentados por un par de Oratus tan ansiosos por ayudarnos. Así que tenía que ver si eran sinceros.

—¿Arrojándome fuera de la Aguja?

—Te encontraron, ¿no es así? La propia tripulación de Plake, que pensó que sería menos probable que atacaras a alguien que conocías.

—Querían que recolectara piezas de cazadores de polen. Por dinero.

Aquí Fraykt parece confundido y mira a Dol.

—Sucede —dice el Ooblot—. Pero eso no era parte de nuestro plan. Plata y Negro debían mantenerte ocupado hasta que hubiéramos convencido a Bas. Plake dijo que Bas era la más razonable, y tenía razón. Habríamos ido por ti eventualmente.

Así que los Flaum querían un poco de dinero por sus esfuerzos. Sax no puede culparlos, realmente. Aunque entenderlo no evitará que les dé una severa advertencia, ligeramente sangrienta, a las dos criaturas peludas cuando las vuelva a ver.

—¿Y el ascensor? ¿Enviar a todos estos?

—Como dijimos —Fraykt retoma el control—. Había cierta preocupación de que fueras agresivo. De que no te lo tomaras bien.

—No lo estoy haciendo.

Fraykt desecha las palabras de Sax con un gesto—. Aturdirte primero, dejarte escuchar nuestra historia sin la posibilidad de una agresión espontánea parecía el mejor curso de acción.

La habitación se asienta a su alrededor. Es hora, ahora, de elegir. Confiar en ellos e ir por Evva. O luchar contra ellos y encontrar a Bas.

Ella salió de la jungla, bajó por las altas flores rosadas y entró en el bosque. Cargó a Sax cuando él no podía cargarse a sí mismo. Dijo las palabras que él no podía decir. Le dio su vida cuando estaba a punto de perderla. Tantas, tantas veces.

Sax empuja la mesa con fuerza. Esta se desliza por el suelo, empujando a Fraykt contra la pared. El Vyphen se ahoga, tose, pero Sax no la empujó para matar. En el espacio de ese momento de aturdimiento, cuando todos miran para ver si Fraykt sigue vivo, Sax se inclina hacia la derecha y barre con su cola los pies de los Flaum, derribando a ambos al suelo.

Los Whelk logran levantar sus mineros cuando Sax los alcanza, mientras Sax les arranca las armas de las manos con sus garras delanteras y, colocando sus garras medias en los gatillos, dispara. Los mineros no están diseñados para Oratus y sus disparos no son precisos, pero eso apenas importa cuando está a centímetros de sus objetivos. Los rayos azules destellan y ambos Whelk se estremecen y se deslizan convertidos en papilla.

Un solo disparo logra fallar a Sax, disparado rápidamente por uno de los Flaum, y el Oratus les hace pagar su prisa con dos ráfagas más, noqueando, en el lapso de cuatro segundos, a todos los guardias de Fraykt.

Sax apunta los mineros hacia Dol—. Dime dónde está Bas, o acabaré con cada uno de ustedes.

Dol no parece lo más mínimo en pánico. El Ooblot tiene un par de mineros apuntándole y, tras ellos, un Oratus con muchas garras, pero lo único que hace Dol es desplazar su masa para darle a Sax un objetivo aún más claro.

—No puedes amenazar a personas cuyas vidas ya están perdidas —responde Dol—. Hemos estado trabajando desde que los Vincere nos removieron para derrocar al Coro. Estamos más cerca ahora que nunca. Si nos matas, tal vez Evva tenga éxito de todos modos. Tal vez no. Hemos entregado nuestras vidas a esta causa, ya sea ahora o más tarde.

—¿Morirás para mantenerme alejado de mi pareja?

—Dol —burbujea Fraykt desde la pared trasera, con un jadeo acuoso de costillas rotas—. Díselo. Dile dónde.

La vacilación de Dol muestra si está debatiendo si la vida de Fraykt vale la pena para revelar el paradero de Bas, lo cual en sí mismo hace que Sax se enfurezca aún más. No solo enviaron a Bas lejos de él, sino que la pusieron en tanto peligro, en una misión tan secreta y de alto nivel...

Sax no puede contenerse. Aprieta el gatillo del minero en su garra delantera izquierda. Envía el rayo a la pared detrás de Dol.

—Lo has oído —sisea Sax.

Los Ooblots realmente no pueden suspirar. No de manera audible, al menos. En su lugar, Dol se desploma, se extiende como una bola de cera derretida.

—Bien. ¿Quieres ir tras Bas? ¿Quieres poner en peligro todo? —dice Dol—. Está volviendo a tu hogar. A donde se crean los Oratus.

—¿Por qué?

—Para detenerlos —dice Dol—. Para arruinar los criaderos. Para acabar con tu especie.

¿Qué? Sax no entiende. No puede entender. Aquí está Sax, dispuesto a trabajar con aquellos que quieren subvertir el orden establecido de la galaxia, y están diciendo que el primer paso es destruir el futuro de su propia especie.

—Los demás nunca cambiarán —gorgotea Fraykt desde la pared, y Sax toma el recordatorio para soltar un minero y apartar la mesa, dejando que el Vyphen caiga al suelo—. Los otros Oratus, son demasiado leales. Lucharán para detenernos.

—Y el Coro creará más de ustedes una vez que sientan la amenaza —agrega Dol—. Nos abrumarán. Los usarán para masacrar a todas las demás especies de la galaxia si es necesario. Los Amigga creen que pueden construir un nuevo universo para ellos mismos; no les importará destruir este primero.

—¿Bas estuvo de acuerdo con esto? —dice Sax a falta de otras palabras.

—Ya se ha ido —responde Dol—. En una nave ligera que dejó la Aguja hace horas. Se supone que debes ir con Evva, ayudar a mantenerla con vida.

Y Sax lo hará, eventualmente. Su pareja, sin embargo, es lo primero.

El *Mobius* está asediado. Sax sale del ascensor solo; los seguidores de Fraykt llevaron al Vyphen al único hospital de la Aguja y Dol se escabulló tan pronto como Sax dejó claro lo que iba a hacer.

Ahora solo tiene que convencer a Plake de que lleve su nave y tripulación a un lugar repleto de Oratus furiosos que no desearán nada más que eviscerar a todos ellos.

Excepto que encontrar a Plake entre las pilas de cajas de nutrientes gelatinosos y el pequeño ejército de robots cargadores que las empujaban es difícil. Se vuelve aún más complicado cuando un rostro que Sax nunca esperaba volver a ver aparece por la rampa de abordaje del *Mobius* y baja apresuradamente para encontrarse con él.

Una sola mirada lo explica todo; Nobaa lleva puesto el chaleco que Engee fabricó para Sax, ese diseñado para controlar el *Mobius* sin que Sax tuviera que estar en la cabina todo el tiempo. Nobaa se las ha arreglado para enredárselo alrededor del cuerpo con ganchos y perchas clavados en los lados de su caparazón. Se ve terrible, pero entonces, Nobaa no parece ser el tipo de Teven al que le importen esas cosas.

—¡No pensé que volverías! —exclama Nobaa cuando la delgada criatura se encuentra con Sax—. Por cierto, gracias por el chaleco. ¡Me hizo mucho más fácil asegurar mi lugar en la nave!

—Nunca te lo di.

—¡Lo tiraste justo fuera de mi apartamento! ¿Qué más se suponía que pensara? —el Teven se inclina hacia Sax—. Me estoy quedando con la cabina justo al lado de la de Engee.

—Esa es mía. Nuestra. —Las garras de Sax se contraen.

—Oh, Plake te está cambiando ahora —dice Nobaa—. Te vas a quedar con la bodega de carga para ti solo. Es el único espacio lo suficientemente grande y, según ella, te lo mereces.

Sax respira profundamente. Piensa en Bas. Pensamientos tranquilos. Nobaa no vale su tiempo.

Sax convence al parlanchín Teven de llevarlo con Plake, y Nobaa se aleja del *Mobius* hacia otro transportador de carga más grande. Del tipo diseñado para transportar mercancías desde la superficie hasta una nave espacial masiva. Este está cargando losas de mineral refinado en lo que equivale a un borde redondeado casi tan alto como el nivel de la bahía de atraque.

Estos cargadores no tienen puntales, solo un casco reforzado con propulsores incorporados que descansan en el suelo. Todo el lado derecho del cargador se abre y se extiende, permitiendo un rápido movimiento de mercancías hacia la nave. Plake, por alguna razón, parece estar discutiendo con un robusto Flaum marrón cerca de la pequeña burbuja que sirve como cabina del cargador.

—Se alejó corriendo tan pronto como vio al piloto —susurra Nobaa mientras se acercan—. ¡No tengo idea de por qué! Pero no es una pelea en la que quiera meterme, y Engee podría necesitar mi ayuda con un proyecto, así que, ¡adiós!

El Teven gira de vuelta hacia el *Mobius* y, afortunadamente, bendita sea, desaparece. Un miembro más de la tripulación que Sax debe evitar.

Plake y el Flaum notan que Sax se acerca mucho antes de que llegue a ellos, por lo que han dejado de hablar de lo que fuera que estuvieran discutiendo y se vuelven para saludar al Oratus con miradas defensivas. Sax siente que ha interrumpido una discusión personal, pero no le importa.

—Tenemos que irnos —dice Sax a Plake—. Vamos a ir tras Bas.

—Cállate —dice Plake, asintiendo hacia el Flaum—. Innes no necesita saber esto.

—Realmente no lo necesito —dice Innes, cruzando sus peludos y enormes (para un Flaum) brazos—. De hecho, estaría encantado si te llevaras a esta Vyphen loca lejos de mí ahora mismo.

Sax nota cómo Plake aprieta sus manos emplumadas, tensa sus brazos, y el Oratus se interpone entre los dos antes de que Plake decida iniciar una pelea. No es que a Sax le importara meterse en otra trifulca, pero tiene prioridades más importantes aquí.

—Plake, ¿qué necesitas del Flaum? —sisea Sax—. Yo lo conseguiré. Luego nos iremos.

—Espera un momento, grandullón. No vas a conseguir nada de mí —dice Innes.

—Lo que me debe —gorjea Plake al mismo tiempo, y luego señala al cargador—. ¿Cuánto estás ganando con este viaje, Innes? ¿Cuánto?

—Eres una idealista —resopla Innes—. No debería importarte lo que yo haga.

Sax extiende su garra delantera derecha. Rápido. Innes lo ve, intenta reaccionar, pero no importa cuán fuerte sea un Flaum, no puede competir con un Oratus en tiempo de reacción. Sax coloca la garra justo contra la garganta de Innes, a un solo movimiento de acabar con la criatura, e Innes se queda paralizado.

—Sax, déjalo ir —dice Plake, pero no antes de esperar un largo segundo—. No quiero que muera.

—Entonces debería pagarte lo que te debe —dice Sax.

Aunque el Oratus nunca ha tenido que lidiar con la moneda —los gastos ilimitados de los Vincere se han encargado de todo para Sax desde que se convirtió en un ser consciente— Sax entiende la idea de la deuda, de lo que se debe y lo que no se está pagando.

Y la idea de recuperar algo, en lugar de nada, aunque ese algo sea solo la satisfacción de saber que tu enemigo sufrió por su elección.

—¡No le debo nada! —intenta protestar Innes y su voz suena más tensa de lo habitual mientras trata de evitar que su garganta roce la garra de Sax—. Fue un trato justo.

—Yo estaba desesperada. Tú me excluiste —Plake sacude la cabeza—. Vámonos, Sax. Pensé que este Flaum alguna vez tuvo honor, pero es como todos los otros oportu-nistas de por aquí. Quemando a cualquiera para obtener ganancias.

Plake se da la vuelta y se dirige de regreso al *Mobius*. Sax acerca su rostro muy cerca de Innes, abre ligeramente la boca, luego retira la garra y la sigue.

Innes toma la decisión inteligente y no dice nada a sus espaldas.

Sax no logra quedarse a solas con Plake; seguirla hasta la cabina trae a Agra-Red y al omnipresente minero de Whelk a escena. Sax, sin embargo, suprime los instintos inquietos que surgen con un arma apuntando a su espalda. Hay una conversación que necesita tener, respuestas que necesita obtener, y Sax no va a despegar con Plake de nuevo hasta que las tenga.

—Esta no fue una elección al azar —dice Sax cuando Plake se acomoda en la red que sostiene su puesto de pilo-taje—. Viniste a Rathfall y a la Aguja de Astre para que pudiéramos conocer a Fraykt y Dol.

Plake ni siquiera se molesta en ocultarlo.

—Podría haber elegido varios lugares. Hay mucha gente que no le gusta los Amigga, Sax. Que no tienen ningún aprecio por los Vincere. Fraykt y Dol, sin embargo, no suelen confiar en los recién llegados. Pensé que averiguarían si ustedes dos iban en serio.

—¿Después de lo que hicimos en la *Estación Desguaza-dora*? ¿Eso no te convenció?

—Hablas de ser leal a esta comandante —dice Plake—. ¿Qué pasa si ella muere? ¿Tú y Bas van a volver corriendo con los Vincere? Necesitamos tu ayuda, Sax. La tuya y la de tu pareja. Pero teníamos que saber que trabajarías con nosotros, incluso si Evva no está cerca.

—¿Y el plan era separarnos, capturarme y echarme? —sisea Sax—. Eso es una idiotez. Estúpido.

—Funcionó, ¿no?

Sax hace una pausa. Respira. Piensa por un segundo cómo lo habría manejado si, momentos después de aterrizar en Rathfall, les hubieran pedido participar en una revolución contra los Amigga. Contra su propia especie.

—Nos habríamos unido de todos modos —dice Sax—. ¿A dónde más vamos a ir? Los Vincere nos matarían si intentáramos regresar.

—Entonces nos equivocamos —Plake se encoge de hombros, sus plumas permanecen sin alterarse—. Cometemos errores, Sax. Al menos esto terminó donde necesitábamos que estuviera.

—No del todo —Sax adopta una postura más dura, asegurándose de que sus garras sean visibles—. No vamos a ir con Evva. Vamos a ir tras Bas.

Por primera vez, Plake parece realmente sorprendida. —Eso no es lo que dijo Fraykt.

—Cambió de opinión después de que lo aplastara con una mesa.

La confusión de Plake le da a Sax la excusa que necesita para relatar el resto de la reunión y sus resultados, en un goteo constante de lenta amenaza que, al final, tiene a Plake sacudiendo la cabeza y cediendo a lo que Sax quiere.

—Los Oratus son tan problemáticos —murmura Plake al final—. No sé por qué los Amigga os crearon.

—Porque somos eficaces. ¿Cuándo podemos despegar? No quiero que Bas llegue mucho antes que nosotros.

El *Mobius* se prepara rápidamente cuando Plake lo desea. Silver y Black regresan poco después de que se dé la orden de partir, volviendo rebosantes con las ganancias del nido roto de cazadores de polen de Sax. Engee y Nobaa ya están a bordo, ajustando artilugios en los rincones de la nave. El último en regresar, curiosamente, es Coorvin, que ocupa un lugar junto a Sax en la bodega de carga mientras el *Mobius* calienta sus motores.

—¿Es esto lo que esperabas cuando dejaste el *Cobalt*? —pregunta Coorvin, su pelaje luciendo un blanco mucho más saludable que el gris desigual que tenía bajo el control de los Amigga—. ¿Unirte a una lucha contra tus propios creadores?

—Dejé de esperar cualquier cosa hace mucho tiempo —responde Sax—. Los Vincere nos enviaban a menudo a lugares donde no teníamos idea de cuántos tendríamos que despedazar, o cuán lejos se había extendido la infección Sevora. Aprendes a confiar en el instinto y en los pocos en los que realmente puedes confiar.

—¿Como Bas?

—Solo Bas.

Coorvin asiente. Permanece en silencio mientras el *Mobius* retumba y se eleva. El suave zumbido lleva la propia soledad de Sax por estar separado de su pareja a mirar al Flaum. Coorvin había sobrevivido en el *Cobalt* durante quién sabe cuánto tiempo, prácticamente solo y bajo el dominio de una criatura dominante que nunca se preocupó ni un ápice por la supervivencia del Flaum.

—Estás solo —dice Sax las palabras sin que sea una pregunta.

—Lo he estado durante mucho tiempo —Coorvin mira hacia el techo, donde cuelga la red de carga, útil aquí para mantenerlos estables durante el salto en una bahía casi vacía.

—Los Oratus que pierden a sus parejas —dice Sax—, la mayoría muere poco después. Se lanzan a peleas imposibles. Aceptan misiones suicidas.

—¿Como Evva?

—¿Podrías llamar a enfrentarse al Chorus otra cosa?

—Significado —dice Coorvin—. Esa es la parte más difícil, Sax. Con Dalachite, en el *Cobalt*, tenía objetivos constantes. Un impulso para mantenerlo vivo, para ayudar a que sus experimentos tuvieran éxito. Sin Dalachite, no tengo nada.

—¿Y ahora tienes esto?

—Sí. Ahora tengo esto —dice Coorvin—. Si pierdes a Bas, o ella te pierde a ti, esta causa podría ayudarte como me ha ayudado a mí.

Sax, sin embargo, no encuentra reconfortante la idea. De todos modos, no va a perder a Bas. Ni ahora. Ni nunca.

# CAPÍTULO 13

# CORRIENDO POR LA CUEVA

VEE MIRA la antorcha en su mano como Diego lo mira a él: una cosa alienígena que está cambiando su visión del mundo por su mera presencia.

—¿Usáis fuego para iluminar? —sisea Vee—. Nunca había visto esto antes.

—Ahora sé que es un alienígena —digo, observando al Oratus con una ligera sonrisa.

Habíamos desayunado nuestro puré nutritivo, complementado con un poco de sopa de hongos de la cueva como guarnición de comida "real", y ahora Diego nos está preparando para partir. Los otros miembros de la patrulla de Diego están en algún punto entre listos para la acción y somnolientos, con las manos cerca de sus pistolas y los ojos entrecerrados.

Siento la hora temprana aunque es imposible saberlo en la realidad separada de la cueva. Diego nos despertó antes del amanecer, declarando que debíamos comenzar porque cuanto más avanzáramos antes de que las criaturas empezaran a deambular, mejor.

Cuando le pregunto a Diego a qué criaturas se refiere, el

Lunare simplemente se ríe. Dice que si lo descubro, probablemente será demasiado tarde.

—Está exagerando —Viera lo descarta.

La noche durmiendo sobre las rocas parece haberle sentado mejor que a nadie. Viera se levanta de un salto, me ayuda a empacar e incluso se encarga de parte de la cocina, algo que nunca le había visto hacer antes. Sus labios se curvan a menudo y las risas le salen con más facilidad aquí abajo.

La marca del hogar, pienso, y espero que la selva me produzca lo mismo. Si alguna vez la vuelvo a ver.

—Kaishi —dice T'Oli, acercándose a mí con un chapoteo—. ¿Puedo viajar a tu lado?

—Claro —respondo—. ¿Por qué?

—Porque quiero poder protegerte —responde T'Oli, y aunque a veces es difícil distinguir el tono en la voz chapoteante del Ooblot, entiendo que está siendo sincero.

—¿Protegerme? —No pretendo cuestionar a T'Oli, pero de alguna manera lo hago. ¿Qué va a hacer la especie viscosa si nos atacan?

Como respuesta, T'Oli se desliza sobre mis pies, sube por mis piernas y se extiende por mi cuerpo hasta que sus tallos oculares están a la altura de mi cabeza. T'Oli es más pesado de lo que hubiera pensado, como llevar túnicas ceremoniales voluminosas, si fueran frescas y húmedas. Luego el Ooblot se endurece y de repente estoy usando una armadura.

—Ya entiendo —digo. T'Oli detiene su avance justo debajo de mi cuello—. Gracias.

Es un poco desconcertante tener un gran par de ojos parpadeando frente a los míos, pero T'Oli se licua y se retira rápidamente.

—¿Has visto máscaras? —dice T'Oli mientras Diego nos llama para que nos pongamos en marcha.

—Las he llevado puestas.

—Sapphrite me dijo que los Amigga las desarrollaron a partir de los Ooblots —responde T'Oli—. Aunque nunca pudieron perfeccionar el endurecimiento.

—¿Roban de todas las especies?

—Roban de todo.

Lo que no pregunto, lo que no necesito preguntar, es qué hacen con las cosas que roban. Lo sé, porque estoy cada vez más segura de que eso es lo que yo soy.

Estoy en medio del grupo, con Vee cerrando la marcha y Diego y Viera al frente. Desde el primer paso, puedo oír a Viera empezar a sondear los pensamientos de nuestro guía.

—Entonces, ¿por qué confías en nosotros? —dice Viera mientras avanzamos—. Solo tú, con un grupo de extraños, al menos dos de los cuales son muy peligrosos.

—¿Dos peligrosos? —El gruñido áspero de Diego retumba entre las rocas—. Entiendo lo de la criatura con todas las garras. ¿Quién es el segundo?

—La tienes frente a ti.

Diego empieza a reír mientras sus botas crujen sobre la roca, cuando Viera muestra un trozo de piedra que no le había visto coger. Es pequeño y brilla a la luz de la antorcha, presionado contra la garganta de Diego.

—No se te ocurra nada —dice Viera.

—Lo mismo digo. —Diego se frota la garganta después de que Viera retire la piedra—. ¿Qué crees que pasará si aparecéis en una estación Lunare sin mí? Os dispararán. Y eso suponiendo que encontréis el camino a través de este laberinto.

—Nos las arreglaríamos —les digo.

—O podrías estar agradecida de que me tome la

molestia de guiaros y ser amable al respecto. —Diego suena realmente ofendido.

—Si nos llevas con el resto de tu gente a salvo, lo estaré —digo.

Una vez que dejamos el puesto avanzado, la cueva se estrecha hasta que vamos en fila india, con la roca negra y beige presionando a nuestro alrededor. A diferencia de las cavernas más suaves que había encontrado siguiendo arroyos cuando era niña, estas son más ásperas, con bordes afilados y giros bruscos para evitar grandes piedras. Hechas por el hombre.

Periódicamente, la luz de nuestras antorchas se une a la de los crecimientos fúngicos que añaden colores brumosos a la escena; azules y rosas, principalmente, en manchas bulbosas que se extienden como enfermedades por las paredes. El ánimo se alegra cada vez que nos encontramos con estos marcadores de progreso biológico, una cuenta regresiva de neón hacia nuestro objetivo.

—Una semana —dice Diego cuando le pregunto cuánto va a durar esto—. Y eso solo hasta el pueblo más cercano, el brazo exterior del territorio Lunare.

—¿Habéis excavado un túnel tan largo para nada?

—No para nada —responde Diego—. Hay muchas minas y otras cosas entre aquí y allá, y a los Lunare nos gusta explorar. No nos contentamos con sentarnos a la sombra y ver pasar las estaciones.

—Eso no es...

—Diego —interrumpe Viera—. Responde a sus preguntas sin comentarios.

—¿Los humanos son siempre así? —pregunta Vee a T'Oli, detrás de mí.

—No he estado mucho tiempo con ellos, pero parecen propensos a las discusiones —responde T'Oli—. Creo que pueden ser violentos cuando la situación lo requiere, y a veces cuando no.

—No somos perfectos —les digo, casi riendo al ver lo mucho que Vee tiene que encogerse para caber en el estrecho espacio—. Pero no somos malvados.

—Malvados —Vee sisea la palabra—. Nunca usaría eso para describir a una especie en su conjunto.

—¿Ni siquiera a los Sevora?

—Los Sevora son presas, Kaishi. Presas que cumplen con su imperativo. Así como yo existo para destruirlos, los Sevora existen para tomar el control de otros —Vee está exponiendo un argumento más profundo, pero es difícil tomarlo en serio cuando sus garras están todas apretadas, sus hombros encorvados, y sus piernas y media cola están raspando contra el suelo.

—¿No crees que tomar el control de otros es inherentemente malvado?

—No creo que tengan opción, así que si es su único curso de acción posible, entonces no puedo considerarlo un acto malvado.

Tenemos que alcanzar a Diego y Viera, cuyas llamas parpadean más lejos, así que me alejo de Vee, pero no dejo de pensar en lo que el Oratus está diciendo. Una vez tuve un Sevora en mi mente. Había vivido allí, hablado conmigo y leído mis pensamientos, y nunca tomó el control. Ignos, el Sevora, afirmaba que no tenía elección. Que no podía dirigirme como podría hacerlo, digamos, con un Flaum.

Lo que significa que Vee está equivocado, lo que significa que los Sevora bien podrían vivir sin controlar a otros.

Lo cual, para mí, los hace bastante malvados.

Mientras caminamos, noto picos ocasionales clavados en el techo de roca. Son cilíndricos, con un revestimiento de malla de metal estrechamente tejido. Incluso cuando levanto la antorcha hacia uno, no puedo distinguir qué hay dentro.

—¿Qué son estos? —le pregunto a Diego cuando hemos pasado el tercero.

—Estar bajo tierra no significa que no tengamos problemas —responde Diego—. Si alguna vez ves uno de esos brillando en rojo, ve en la dirección opuesta. Significa que hay gas peligroso, y la planta en su interior no puede mantenerse al día.

—¿Mantenerse al día?

—No es diferente de tus junglas, Emperatriz —Diego escupe el título—. Aquí abajo, todo come o es comido, incluso el aire.

Es difícil saber cuánto tiempo pasa antes de que Diego nos detenga para el día. Sin cielo, sin siquiera el cambio de temperatura del aire, y solo el olor de la roca húmeda, no puedo calcular dónde estoy, ni cuándo.

Pero mis músculos me hacen saber que están cansados. Mis tobillos están adoloridos por tener que mantener el equilibrio sobre piedras lisas y ásperas todo el día. Mis brazos duelen por sostener la antorcha, y mi espalda me está haciendo saber que no está nada contenta por tener que cargar la mochila durante tanto tiempo. Así que no me molesta cuando Diego se quita su propia mochila y la deja en el suelo.

La cámara es casi tan grande como el espacio habitable de la lanzadera. Suficiente para que todos tengamos nuestros propios sacos de dormir, pero no mucho más. Hay un parche de hongos de brillo rosado en el centro del techo que proporciona suficiente luz para que apaguemos nuestras antorchas. El resplandor también ilumina varias salidas.

Diego señala una, —Esa es la letrina. Como las otras, vas allí si necesitas ocuparte de ti mismo. Hay un agujero, úsalo.

—Luego se gira hacia la del medio—. Hay un manantial allá atrás, debería estar caliente. Bueno para baños. La última es por donde iremos mañana.

—¿Lograste hacer que estas estuvieran a un día de distancia entre sí? —pregunta T'Oli—. Eso es notable.

—No es preciso —resopla Diego—. Usamos lo que la naturaleza nos da.

No mucho después, sintiendo la suciedad pegada a mí con mi sudor y más, decido aprovechar la oferta del manantial. Me dirijo hacia allí con una antorcha y T'Oli como compañía. Damos unos cinco pasos en la cueva del manantial, antes de que tanto el Ooblot como yo notemos algo diferente.

Este túnel no tiene bordes duros como los otros. Las rocas están rotas, sí, pero estas piedras parecen haber sido desgastadas, como si algo las hubiera roído en lugar de usar los picos y taladros que Diego dice son el núcleo de las operaciones de excavación de los Lunare.

—¿Qué crees que hizo esto? —le pregunto al Ooblot.

—Puedo pensar en muchas cosas —responde T'Oli—. Lo más probable, sin embargo, es algún tipo de criatura. Lo cual, dada mi evaluación actual de las capacidades humanas, proporcionaría una mejor razón para que este túnel esté aquí.

—¿Qué quieres decir con capacidades? —la forma en que T'Oli lo dijo me hace levantar una ceja.

—En comparación con otras especies, como Vee y los Oratus, tus sentidos parecen promedio, en el mejor de los casos. —T'Oli no pone ningún juicio en el tono, solo simple hecho—. Que uno de tu especie pudiera oler y saborear el agua de manantial a través de la roca desde cualquier distancia parece poco probable. Más bien, mi suposición es que este túnel ya existía.

—Sí, bueno, al menos somos lo suficientemente inteligentes como para usarlo —replico, y sigo caminando hacia el manantial.

—Eso solo es inteligente si la criatura que lo hizo ya no está aquí.

—Estoy segura de que Diego nos advertiría de lo contrario.

—Sí, porque, como hemos discutido, los humanos son excelentes jueces de sus entornos.

Ahora me detengo, miro a T'Oli con el ceño fruncido. —No tienes que seguir insultándonos.

—Kaishi, los Ooblots son literalmente charcos de material genético amorfo. Antes de que te sientas atacada por una palabra mía, considera la fuente. —T'Oli agita sus dos tallos oculares de un lado a otro y, tengo que admitir, el Ooblot se ve bastante patético allí en el suelo.

La piscina está iluminada en un verde reflejado, las plantas escondidas bajo la superficie y brillando su luz a través del agua burbujeante. El vapor se eleva de la superficie, deslizándose hacia una invisible escapatoria en el techo. Puedo sentir el calor desde el borde, y meto mi antorcha entre unas rocas, me quito la ropa sucia y meto un dedo del pie.

T'Oli pasa rápidamente por mi lado, sumergiéndose en el manantial, donde su cuerpo se expande y ondula hasta que el Ooblot se parece a una hoja de nenúfar.

—¿Te gusta esto? —le pregunto a T'Oli, dando tiempo a mis pies para que se aclimaten al calor.

—¿Qué, no crees que los Ooblots necesitemos limpiarnos igual que tú?

Supongo que no lo pensé. Sacudo la cabeza, luego me sumerjo en la piscina. Después del borde, desciende rápidamente y tengo que nadar, al menos hasta que encuentro el lugar adecuado donde puedo apoyar mi hombro en un saliente de piedra.

Decir que la piscina es relajante sería robarle su merecido; simplemente no he sentido nada tan bueno desde los propios baños de Damantum. Mi dolor desaparece, respiro la humedad en mis pulmones y siento que el calor extirpa el polvo del día. Cualquier suciedad que tenga se desprende y desaparece en las profundidades.

T'Oli flota más lejos, eventualmente desapareciendo hacia el extremo lejano de la piscina, más allá del borde de la luz de los hongos. No hay sonido excepto el burbujeo, nada que ver excepto la niebla y el suave verde.

—Nunca pareciste tan feliz en Damantum —dice Malo, y lo veo parado allí, al borde de la piscina. A través de la niebla, es indistinto, pero creo que está sonriendo.

—Porque siempre estaba siendo amenazada, o tenía a Ignos diciéndome qué hacer. —Tomo una mano, agito el agua frente a mí y observo las olas—. Quería explorar la ciudad. Probar cosas nuevas. Aprender por qué la llamabas el mejor lugar de la Tierra.

—Te lo habría mostrado, si me lo hubieras pedido.

—Lo sé. —Miro a Malo de nuevo, y está sentado al borde de la piscina—. Tenía miedo.

—¿Por qué?

—Porque eso significaría hacer algo por mí misma. Pensé que sería egoísta, con Ignos y tanta gente dependiendo de mí.

—Yo también dependía de ti, Kaishi. Tú dependes de ti misma.

—Ojalá me lo hubieras dicho antes. —Vuelvo a mirar la luz verde. Es más fácil que mirar ese rostro.

—Te lo estoy diciendo ahora.

—Cuando ya es demasiado tarde para hacer algo al respecto.

—¿Lo es? —Malo está usando ese mismo tono de broma, como cuando me dio el pescado cubierto de pimienta—. Puede que tengas más tiempo del que crees. La humanidad aún no ha desaparecido.

—Aún —Miro hacia Malo, y está aún más envuelto en sombras que antes—. ¿Qué debo hacer, Malo? Tú te has ido, Ignos se ha ido. Solo estoy adivinando.

—¿Qué crees que estamos haciendo el resto de nosotros?

Me río, sacudo la cabeza y cierro los ojos por un segundo. Tomo un poco de agua tibia y la paso por mi cabello, sobre mi rostro.

—¿Kaishi? —La voz de Malo es diferente ahora, más alarmada.

—¿Sí? —Me limpio el agua con el brazo, aclaro mis ojos.

—Creo que no estamos solos —dice T'Oli, el Ooblot apresurándose de vuelta hacia mí.

Miro más allá del Ooblot, en la oscuridad del extremo lejano, y no veo nada. No hay agua corriendo, como cuando algunos de los depredadores fluviales de la jungla nadan hacia sus presas. Pero T'Oli se desliza hacia el borde con velocidad, así que yo también me muevo. Salgo, me pongo la ropa y luego grito cuando T'Oli se desliza sobre mí y se endurece.

—¿Qué estás haciendo? —logro preguntar, mirando los dos tallos gemelos.

—La piscina desaparece en otra cueva en el extremo lejano —dice T'Oli, su voz vibrando contra mí mientras se golpea para hacer los sonidos—. Curioso, fui más allá. Hay una guarida.

—¿Una guarida para qué?

—¿Has oído hablar de los Fassoths, Kaishi?

—¿No?

Los tallos oculares de T'Oli se contraen de la manera que suelen hacerlo cuando está a punto de lanzarse a una larga explicación de algo u otro. Sin embargo, mantengo mi atención en el agua, que ahora está lamiendo el lado cercano de la piscina. Salpicando sobre las mismas rocas que, hace un momento, servían como apoyabrazos.

—No esperaba encontrar uno aquí... —T'Oli comienza, y entonces veo la sombra.

O más bien, la piscina se convierte en la sombra. La luz verde desaparece cuando una enorme mancha oscura la cubre. Agarro la antorcha y la sostengo, lo que me permite ver, con gloriosa claridad naranja, la enorme cabeza empapada y de pelo blanco que se eleva del agua.

Inmediatamente me pregunto si es una cabeza, porque no hay ojos, ni orejas, ni boca que pueda ver. Solo un óvalo peludo. Es tan extraño que doy un paso atrás, mis botas raspando contra la roca.

Resulta que eso es un error. El óvalo gira hacia mí. Empieza a moverse hacia el borde de la piscina.

—A menos que los humanos tengan un fuerte mecanismo de defensa que aún no haya presenciado, en cuyo caso deberías desplegarlo inmediatamente, sugiero que huyas —dice T'Oli.

—Sí, no tenemos nada de eso —respondo y sigo retrocediendo.

Mi carrera comienza tan pronto como el resto de la criatura sale de la piscina. Primero vienen dos gruesas patas, plantando pies con garras en el suelo. Es entonces cuando reconozco lo que estoy viendo.

T'Oli los llamó Fassoths, pero los he visto antes. Los Lunare usaron bestias como estas cuando lucharon contra nosotros en el desierto, cuando mataron al antiguo emperador Charre. Entonces, teníamos mejores versiones de las pistolas que Diego y sus compañeros tienen. Entonces yo tenía un ejército.

Ahora solo soy yo, envuelta en un Ooblot, corriendo y tropezando por una cueva oscura mientras la muerte viene arrastrándose detrás.

Los Fassoths no hacen ningún ruido por sí mismos. Oigo las garras raspar contra las rocas, el golpe cuando el gran cuerpo de la bestia rebota en las paredes. O tal vez estoy ahogando al Fassoth con mis propios gritos, porque mi voz está a todo volumen entre respiraciones.

Por eso, cuando irrumpo en nuestro improvisado campamento, espero encontrar una serie de trampas preparadas. Armas desenfundadas y miradas fijas esperando la oportunidad de atacar a la bestia.

Lo que obtengo es nada. Nadie. Incluso Vee, el valiente Oratus, se ha ido. La mayoría de nuestras cosas siguen en el suelo, aunque una rápida mirada confirma que alguien se llevó los paquetes de comida.

—¡Sigue corriendo, Kaishi! —La voz de Viera, desde el túnel que Diego dijo que conduce hacia adelante—. ¡No podemos luchar contra esa cosa aquí dentro!

Genial. Logro cruzar el campamento antes de que el Fassoth irrumpa detrás de mí, un movimiento que se hace notar por el repentino vuelo de nuestros sacos de dormir por el aire mientras me agacho y corro.

—Tus probabilidades de sobrevivir al Fassoth son escasas —dice T'Oli mientras me precipito por el túnel—. Encuentra un lugar para esconderte y quédate quieta.

—Gran consejo. Avísame cuando veas un lugar.

El túnel es un camino estrecho, con paredes talladas

que no dan absolutamente ningún espacio para escabullirse. Creo, sin embargo, que estoy manteniendo mi ventaja hasta que siento un empujón en mi espalda que me hace volar. La antorcha en mi mano derecha sale disparada, rebotando en una roca que se alza y rodando hacia adelante mientras me estrello contra el suelo.

Una docena de cortes y rasguños se abren en un instante. T'Oli de alguna manera retrae sus tallos oculares, los endurece mientras me doy la vuelta, y en el proceso recibo dos golpes en forma de ojo de Ooblot en mi pecho mientras su forma sólida obstruye el espacio entre yo y el suelo.

Todo eso palidece un segundo después, sin embargo, cuando el Fassoth me inmoviliza y me empuja contra el suelo. Siento chasquidos en mi pecho, y ondas de dolor agudo se extienden. Grito allí, pero estoy bastante segura de que también me desmayo por un momento.

El instinto de supervivencia, sin embargo, no me deja ir tan rápido. Tampoco lo hace Viera —asumo que es ella, porque no puedo imaginar a Diego volviendo— cuyo minero desata un tipo diferente de estallido. Al Fassoth debe gustarle tanto como a mí en ese momento, porque sale corriendo tras la Lunare. Aunque no antes de pisotearme con sus otras patas en el camino.

Luego solo estamos yo y la roca —T'Oli, en el suelo en la oscuridad, mi antorcha hace mucho perdida, mientras sonidos cada vez más distantes de disparos de minero resuenan por la cueva.

No puedo moverme. Es decir, puedo, pero hacerlo duele tanto que no quiero. Preferiría quedarme allí en el suelo y esperar a que la muerte me encuentre. Tal vez el Fassoth volverá y me sacará de mi miseria.

—¿Kaishi? —dice T'Oli—. ¿Sigues viva?

—Sí —logro decir, aunque hablar se siente como arrastrar mi voz sobre carbones ardientes.

—Entonces deberíamos movernos. El Fassoth, si Viera y los demás no logran matarlo, eventualmente volverá por ti.

—Bien.

T'Oli duda. Puedo sentir al Ooblot liquidarse lentamente, deslizarse fuera de mí y correr por mi cabello en camino al suelo frente a mi cara.

—Perdóname, Kaishi, pero a menos que me esté perdiendo de algo, creo que el regreso del Fassoth sería muy malo para ti.

—Te estás perdiendo lo mucho que duele todo.

—Ah. Entonces ese chasquido que sentí no fue un sonido ocioso.

—Ese fui yo rompiéndome por la mitad —Muevo los dedos de los pies después de decir esto y siento un momentáneo alivio de que todavía puedo hacerlo. El Fassoth no me partió realmente en dos.

—Más sarcasmo. Empiezo a pensar que así es como los humanos lidian con las dificultades.

—No es el momento, T'Oli —Cierro los ojos. Empiezo a tomar una respiración profunda y me detengo inmediatamente. Solo respiraciones superficiales a partir de ahora.

No puedo quedarme aquí tirada, ¿verdad?

No.

Pruebo mis manos, ambas doloridas por los arañazos de las rocas, y las presiono contra el suelo. Empujo, deslizo mis rodillas debajo de mí y me levanto, lentamente, hasta que estoy de pie, luego me apoyo contra la pared. Manchas estallan frente a mis ojos al ritmo de las punzadas de dolor que provienen de mi costado derecho.

—Ponerse de pie es un buen comienzo, Kaishi —dice T'Oli—. Será más fácil escapar de los Fassoth si puedes caminar.

—Sí —digo—. ¿Puedes ver algo? Porque yo seguro que no.

—Los Ooblots, lamentablemente, no están equipados con visión nocturna —dice T'Oli—. Sin embargo, puedo guiarte.

—Entonces vamos.

Mantengo mi mano derecha en la pared de la cueva mientras caminamos. Cada paso envía réplicas punzantes a través de mi sistema, y ahora que está fuera de peligro inmediato, mi cuerpo no pierde tiempo en recitar una letanía de heridas menores que cubren cada parte de mí que T'Oli no protegió. Muñecas, rodillas, codos, todos están magullados. Me limpio una gota de lo que supongo es sangre de mi nariz, pero no puedo verla en mi mano.

Hay bastante ruido en la distancia más allá de los ecos de goteo estándar de la cueva. Cada vez que escucho a un minero hacer estallar una roca, o el crack de la pistola de Diego, me lleno un poco de esperanza. Significa que uno de ellos aún está vivo. Aunque supongo que también significa que todavía están huyendo.

—Kaishi, tenemos un problema —dice T'Oli.

—Creo que podríamos tener varios, T'Oli.

—Hay tres opciones aquí que puedo sentir. ¿Hacia dónde deberíamos ir?

—¿Hacia los sonidos?

—Los ecos hacen difícil discernir de dónde vienen. ¿Puedes decirlo tú?

Ja. Que si puedo decirlo. Que esté de pie ya debería ser suficiente logro en este momento. Todos mis sentidos están funcionando a media velocidad mientras mi mente se arrastra a través de un pantano omnipresente de dolor.

—T'Oli, elige una dirección y vamos. Lo peor que puede pasar es que nos encontremos con otra de esas cosas y nos coma.

—No creo que los Fassoths pudieran comerme —dice T'Oli—. A ti, sin embargo, probablemente te encontrarían un delicioso aperitivo. —Oigo a T'Oli deslizarse por el suelo—. Por aquí, creo.

Y seguimos adelante.

Después de demasiado tiempo caminando a través de la profunda oscuridad, veo luz. No luz blanca y artificial como en las naves Sevora, ni el calor amarillo como Ignos. Sino un halo azul que sale de algún lugar adelante.

—¿Sabes qué es eso? —digo, vagamente consciente de que he estado diciendo cosas sin sentido a T'Oli durante un rato mientras avanzábamos penosamente por estos interminables agujeros negros.

El Ooblot responde durante un rato, contestando mis quejas superficiales con su habitual comentario directo. Es refrescante, de alguna manera. T'Oli no me complace, solo declara lo necesario y nada más.

T'Oli no cambia ahora.

—Es uno de los crecimientos fúngicos —dice el Ooblot—. Nada peligroso.

Sigo tropezando. El dolor se ha entumecido más o menos ahora, debido en parte, creo, a mi comprensión de que no voy a morir por mis heridas. Y si no voy a morir, bien podría intentar vivir.

Doblamos la esquina y el hongo florece en pleno esplendor. No es una habitación pequeña sino una vasta cámara con al menos una docena de pilares naturales que puedo ver extendiéndose hacia atrás, todos ellos cubiertos de plantas.

Por un momento me olvido de todo mientras el deslumbrante azur me quita el aliento, atrayéndome hacia los vastos mapas de piedras brillantes que cubren las paredes.

Es hermoso, impresionante, increíble.

Tanto que no me doy cuenta de los huesos que cubren el suelo hasta que piso uno.

# CAPÍTULO 14

# ORATUS DIPLOMÁTICO

**SOLIS.** Sax no ha visto el pequeño mundo desde su nacimiento, o, en realidad, desde que cobró conciencia por primera vez. Una bola rocosa gris con una única y dentada cicatriz verde que atraviesa el páramo estéril. Una cuna tallada de la nada para criar una especie que no es seguro criar en ningún otro lugar. Una enana blanca gira cerca, lo suficientemente cerca como para bañar a Solis con el calor necesario para que el experimento de los Amiggas funcione. El planeta sirve tanto de guardería como de maestro, a menudo fatal.

El *Mobius* sale de su salto lo suficientemente lejos como para ver la formación de naves Vincere suspendidas en el espacio alrededor del planeta. Suficientes para hacer imposible un aterrizaje fácil.

—Por esto no se suponía que viniéramos aquí —dice Plake cuando las fuerzas opositoras se hacen evidentes—. No vamos a poder atravesar esa fuerza con el *Mobius*.

—¿Entonces cómo esperaba Bas aterrizar?

—Un solo transbordador pequeño. Todo lo que sé es

que el Flaum que lo pilotaba está de nuestro lado. Tenía alguna forma de colar a Bas a través de eso.

—¿Qué hay del lado opuesto?

Solis no está desarrollado. Solo un cuarto del planeta, hasta donde Sax sabe, se usa para el proyecto Oratus, dejando el resto intacto. Probablemente para que los Amigga pudieran agregar más creaciones si quisieran.

—Incluso si no nos persiguen, ¿estás diciendo que aterricemos y qué, caminemos todo el camino?

—No haré eso por ti, Oratus —dice Agra-Red desde atrás—. Ya creo que esta es una idea estúpida.

—Nadie te preguntó, Whelk —le responde Sax.

—Basta —Plake cierra los ojos por un segundo, luego mira de nuevo la terminal—. Parece que tienen un par de fragatas más pequeñas, diseñadas para naves como esta, y luego un gran crucero. Demasiado grande para algo como Solis.

—No está diseñado para combatir —dice Sax—. Ahí es donde nos entrenan, si sobrevivimos tanto tiempo.

—¿Así que es un barco lleno de Oratus? —dice Agra-Red—. No vayamos allí. Nunca.

—¿Asustado? —sisea Sax, dándole al Whelk una sonrisa maliciosa.

—No quiero desperdiciar energía convirtiéndolos a todos en escoria —responde el Whelk, acariciando el minero de asalto que nunca parece abandonar su lado.

—Espera —dice Plake un momento después—. ¿Estás diciendo que ese gran barco está lleno de Oratus? ¿Nuevos?

—Cien o más —dice Sax—. Puede albergar miles, pero a menos que hayan facilitado que los Oratus obtengan sus cartas, nunca estará ni cerca de estar lleno.

—¿Se les puede hacer cambiar de bando?

¿Puede un arma volverse contra quien la empuña? Sax mismo es prueba de que es posible, pero hay una diferencia entre las experiencias que él ha tenido y las que han vivido los Oratus en ese barco, la mayoría recién salidos de una dura introducción a la vida en la superficie de Solis. ¿Darían la espalda a los Vincere justo después de unirse a ellos?

—Improbable —dice Sax finalmente—. ¿Por qué confiarían en nosotros?

—No en nosotros —responde Plake—. En ti.

Ante esto, Sax se ríe. —Mírame, Plake. Soy un traidor. Mis escamas están dobladas y quemadas. Estoy sentado en una nave con un grupo dispar de marginados. ¿Por qué les importaría yo?

Plake mira sus propias plumas, y Sax se da cuenta de que está mirando la parte de un Vyphen donde colgarían medallas. Donde se establecería el rango si llevara un uniforme Vincere.

—Pensé, cuando nos retiraron, que había terminado —dice Plake—. Estaba, estoy enojada. Pero hay algo que obtienes cuando los Vincere dejan de controlar tu vida. Libertad. Independencia. Podía elegir a dónde ir. Mis fracasos eran mi culpa, no porque me hubieran metido en una situación imposible sin apoyo. No porque el equipo que tenía no estuviera a la altura de la tarea.

—O porque no eras lo suficientemente buena —dice Sax. Los Vyphen no fueron retirados solo porque eran menos maleables que los Oratus, sino también porque eran menos efectivos.

Plake reconoce esto con un ligero asentimiento. —Ahora, sin embargo, puedo tomar mis propias decisiones. No hago la voluntad de nadie más que la mía a menos que quiera. Sax, a tu especie no se le ha dado una opción.

Nunca la han tenido, y mientras exista el Coro, nunca la tendrán.

—¿Ese es el mensaje que quieres que envíe? ¿Que deberíamos luchar contra el Coro porque de lo contrario nos controlarán?

—Creo que ese es el único mensaje que tenemos. Si no podemos hacer cambiar de bando a estos Oratus, entonces tan pronto como los Sevora se hayan ido, el Coro los usará para matarnos a todos y cada uno de nosotros.

Si el plan es lograr que los Oratus luchen contra sus creadores, primero tienen que encontrar una manera de que Sax llegue a ese gran barco. Un plan que se vuelve prioritario cuando las fragatas Vincere se dan cuenta de que el *Mobius* está merodeando en los bordes de Solis y envían algunos cazas para investigar.

—Usa el módulo de escape —dice Coorvin después de que Plake explica el dilema, por el intercomunicador, a toda la tripulación—. Envía a Sax. Puede decir que logró escapar.

—Nunca se lo creerán —dice Plake—. Y Sax es buscado. Es un traidor conocido.

Un traidor. Sax no se ha considerado así, pero las palabras de Plake no son incorrectas. Está trabajando activamente contra las criaturas que lo crearon, contra la sociedad que le dio vida y, al principio, un propósito.

El término, sin embargo, es liberador. Sax *es* un traidor. Se ha deshecho de sus cadenas. Ya no tiene obligaciones.

Excepto con Bas, por supuesto.

—Lo haré —sisea Sax—. Solo que necesitaré un rehén. Como dice Coorvin, no creerán que escapé sin uno.

—Aun así te encarcelarán inmediatamente —responde Plake.

—Pero si hay un poco de duda —ofrece Coorvin—. Incluso un poco, eso podría darle a Sax otra oportunidad.

Un pitido suena desde la cabina: las naves Vincere se están acercando.

—¡Lo haré yo! —la voz chillona que sale de los intercomunicadores hace que Sax se estremezca—. Le debo eso a Sax. ¡Ni siquiera estaría aquí si él no me hubiera encontrado!

Nobaa. ¿Por qué?

Sax, desafortunadamente, no tiene tiempo para discutir y ningún otro miembro de la tripulación se ofrece voluntario, así que es una rápida carrera para conseguirle a Sax un minero y meterlo a la fuerza en el módulo de escape con Nobaa.

—Después de expulsaros, nos alejaremos de un salto —dice Plake—. Enviad un mensaje a la Espira de Astre cuando estéis listos para que os recojamos y volveremos.

—¿Vamos a volver allí? —refunfuña Agra-Red—. Es lo más aburrido...

—Cállate. —Plake agita una mano emplumada hacia el Whelk, aunque Sax no puede ver la respuesta de Agra-Red desde dentro del estrecho módulo—. No puedo creer que esté diciendo esto, Oratus, pero buena suerte.

Sax le muestra los dientes al Vyphen en un destello, luego presiona el panel para sellar el módulo. La puerta se cierra de golpe, los sellos de vacío se activan y Sax siente una ligera sacudida cuando el módulo se desprende del *Mobius*.

—¿Crees que Engee pensará que soy valiente? —dice Nobaa—. Esto es bastante valiente, ¿verdad? ¿Entregarme por tu gran misión?

Sax suspira y cierra los ojos, esperando la recogida.

Es extraño estar atrapado en una cápsula con poca vista del exterior. De hecho, todo lo que Sax puede ver es el espacio oscuro. Hay demasiada luz ambiental de la estrella cercana a Solis para vislumbrar una nebulosa u otros puntos parpadeantes, pero incluso un negro vacío es mejor que mirar a Nobaa y su boca que no para de parlotear.

El rescate llega a mitad de las aparentemente interminables iteraciones de Nobaa sobre cómo el Teven va a socavar los sistemas de control de la nave Vincere y usarlos para confundir, frustrar y volver locos a la tripulación de la nave con alarmas estridentes, puertas que se cierran aleatoriamente y dispensadores de comida programados para rociar nutrientes continuamente en el suelo.

—Módulo de evacuación, os estamos rastreando. ¿Quién está dentro? —el intercomunicador zumba con la voz severa y ligera de una piloto Flaum.

Sax siente que a los Oratus se les debería dar la oportunidad de pilotar cazas también, pero son demasiado grandes. Crear una nave que pueda contener a un Oratus en una posición cómoda y aun así ser capaz de girar y dar vueltas en una atmósfera densa no es un problema que los Amigga crean que necesiten resolver. Así que, en su lugar, los Vincere confían sus acrobacias espaciales a la especie más prevalente y, hasta que conoció a Nobaa, la que Sax pensaba que era la más molesta.

—Soy Sax —dice el Oratus, presionando el panel de respuesta con su garra delantera derecha. Ahora que ha dicho su nombre, sin embargo, Sax no está seguro de cómo continuar. Así que recurre al instinto—. Me liberé de los traidores Vyphen que me retenían y estoy listo para volver a casa.

Suena débil, pero quizás sea lo que están esperando; un Oratus que jugó con la rebelión, la encontró insatisfactoria y se vio obligado a luchar para liberarse sin su pareja. Sí, eso podría significar una voz cansada. Un alma triste.

La piloto Flaum se toma su tiempo para responder, y luego solo da un reconocimiento de que Sax va a ser recogido.

—¡Funcionó! —exclama Nobaa cuando el intercomunicador se corta—. ¡Te creyeron!

—Soy demasiado valioso para matarme de inmediato —sisea Sax—. Como mínimo, creen que tengo información para dar. O estoy siendo honesto, lo que significa que me interrogarán y, probablemente, me eliminarán por ser desleal, o estoy mintiendo, en cuyo caso me eliminarán por ser un traidor.

—Ninguna de esas opciones suena como el resultado que queremos.

—Ninguna de esas es el resultado que obtendrán —dice Sax—. Solo recuerda tu papel; sal, obtén acceso y despeja un camino para el *Mobius*. Si no podemos iniciar una pelea a gran escala, entonces tenemos que bajar a Solis y encontrar a Bas.

—¡Por supuesto! Será fácil. Puedo hackear... —Sax deja de escuchar las tonterías de Nobaa y deja que sus ojos vuelvan a la ventana.

Hay un estremecimiento cuando algo se engancha al módulo de escape y redirige su trayectoria. Después de un momento, la gran nave Oratus aparece a la vista, un óvalo monstruoso erizado de antenas y cubierto de bahías de acoplamiento brillantes. Se dirigen hacia ella.

Al menos, eso es lo que Sax llega a pensar por un momento, hasta que una de las dos fragatas se interpone frente a la ventanilla, con su bahía de acoplamiento acercándose grande y cercana. Demasiado cerca para fallar ahora.

Van a la nave equivocada.

A través de la ventanilla, Sax observa cómo el módulo

de escape se asienta en la bahía vacía de la fragata. Los suelos transparentes de color azul negruzco se funden con paredes amarillentas por el tiempo y luces blancas para crear una apariencia estéril típica de los Vincere.

—¿Por qué está tan vacío? —dice Nobaa—. ¿Nos tienen tanto miedo?

—Creen que esto podría ser una bomba —responde Sax—. Suicida o de otro tipo.

—¿Los Oratus hacen eso? Pensé que erais demasiado valiosos.

Es extraño pensarse a sí mismo como una especie de mercancía, pero Sax supone que, sí, hay un precio para él y para todos los demás Oratus. Enviar a uno de una especie limitada en una misión de bombardeo contra un objetivo de bajo valor no sería inteligente. No sería rentable.

Por otro lado, el Coro no se ocupa de las ganancias. La galaxia que han construido sirve como un mecanismo para apoyar sus experimentos, sus ambiciones. No les importaría cuántos Oratus tengan que destruirse a sí mismos mientras el Coro salga adelante.

Sax y Nobaa son separados en el momento en que el módulo llega a la fragata. Rígidos Flaum y Whelk conducen a Sax a través de la bahía de acoplamiento hacia el puente; Sax ha estado en muchas de estas fragatas estériles antes y sabe adónde se dirige. Lo que no entiende hasta que está caminando por los pasillos, flanqueado por mineros a ambos lados, delante y detrás, es lo anodinas que son estas naves. La *Estación Scrapper*, la Espira de Astre y, sobre todo, el *Mobius* rebosan de evidencia de vida; paredes manchadas, superficies melladas, basura esparcida y proyectos a medio terminar. Historias contadas en el ambiente.

Aquí, sin embargo, los Vincere mantienen las cosas limpias y libres del pasado. Sax no puede decir qué vidas se han compartido en estos pasillos, y el brillo plateado de las paredes no cuenta historias. Incluso sus conductos de ventilación solo captan los olores más suaves de las criaturas que lo rodean: comida insípida y muchas duchas significan que sus captores son prácticamente inodoros.

Antes, Sax habría pensado que estas cosas significaban perfección y orden, rasgos esenciales para una fuerza militar. Ahora le recuerda el objetivo final del Coro: un universo que ellos controlan.

El disgusto debe notarse en su postura, porque cuando Sax es llevado al pequeño puente y se encuentra cara a cara con la comandante Oratus de la nave, una de brillantes escamas doradas que se presenta como Rav, lo segundo que dice es:

—No parece que pertenezcas aquí.

—Viví en estas naves durante mucho tiempo. —Ya no son su hogar, sin embargo.

Rav no lleva las cicatrices de una larga guerra; sus escamas son demasiado perfectas, sus garras no están dobladas y son afiladas. Sax sospecha que nunca ha estado en la línea de frente, relegada a puestos de mando en lugares apartados como este. La pregunta es, ¿por qué?

—No se supone que deba interrogarte —sisea Rav, lanzando una mirada hacia el Flaum que maneja el conjunto de comunicaciones Q-Net del puente—. Están enviando un transporte para recogerte. Aparentemente, te van a despedazar, mental y físicamente, para encontrar qué está mal contigo.

—¿Ellos? —Sax hace la pregunta conociendo la respuesta.

—El Coro.

—¿Qué ves frente a ti, Rav? —dice Sax, tratando de pensar como Bas—. ¿Una cosa dañada y rota, u otro Oratus?

Rav inclina la cabeza, mostrando ligeramente los dientes. —Veo a un traidor.

—¿A qué? ¿Al Coro? ¿Porque elijo hacer algo que no sea su voluntad?

—Porque eliges ser tú mismo —Rav gesticula con su garra delantera alrededor del puente, señalando al par de Whelk que están de pie —tanto como un Whelk puede estar de pie sin piernas— detrás de él con sus mineros listos —. El Vincere necesita soldados leales, o si no, ¿cómo podemos mantener la galaxia a salvo? ¿Qué sucede si cada Oratus toma tu camino, si se les da a los Sevora el control libre para extenderse por todos los planetas habitados?

—¿Así que elegir pensar por mí mismo significa que estoy dejando que los Sevora ganen?

Rav fija su mirada en Sax. —Sí. —Luego mira más allá de él—. Lleven al traidor a su habitación. Manténganlo allí hasta que llegue el transporte.

La fragata no está equipada para mucho en cuanto a transporte de prisioneros, mucho menos uno del tamaño de Sax. Así que, en su lugar, meten al Oratus en una cabina cuadrada y vacía sin mucho en su interior excepto un largo banco a la derecha. Uno que podría haber estado cubierto con un cojín pero que, para Sax, está duro y desnudo.

Hay una pantalla que ocupa una pared frente al banco, una que podría usarse para mostrar paisajes relajantes, ver entretenimiento o una docena de otras cosas, pero que, para Sax, permanece negra y muerta.

Sin embargo, cuando la puerta se cierra detrás de él, Sax se relaja. No se había dado cuenta de lo tenso que sería enfrentarse a su propio bando, lidiar con las miradas acusadoras de soldados y personal de bajo rango que, antes, habrían estado legítimamente preocupados por convertirse en su próxima comida. Ahora, Sax no es algo que temer, es algo que despreciar.

La puerta de la cabina está al ras con la pared detrás de él, y el panel que la controla ha sido anulado desde otro lugar. Sax presiona un par de botones solo para ver qué podría suceder y cada uno recibe su intento con un zumbido indignado. La pantalla hace lo mismo cuando Sax experimenta un segundo después.

Así que esperan que se siente y espere. Que se cocine, tal vez, en sus propias decisiones.

En cambio, Sax busca las cámaras. Encuentra una apresuradamente sujeta a una pared sobre la puerta, observándolo desde su protuberancia negra.

¿Qué harían si Sax la ataca? ¿Abrirían la puerta, con mineros en mano, e intentarían aturdirlo lo suficiente para reparar la cosa? ¿O lo dejarían sentado, esperando que Sax no haga nada imprudente mientras no pueden verlo?

Sax abre la boca hacia la cámara, se agacha y salta, golpeando con una garra delantera y destrozando la cámara de la pared. Tan pronto como Sax aterriza, araña el panel de la puerta con sus garras, derribándolo de su percha y enviándolo chispeando al suelo. Un par de golpes fuertes con su cola y la pantalla de la pared está cubierta de grietas, lo que tiene que hacer que cualquier cámara que mire a través del cristal sea un asunto distorsionado.

—¿Por qué? —La voz de Rav gruñe a través de un intercomunicador en el techo un segundo después—. ¿Cuál es el punto, Sax?

Sax siente una pequeña satisfacción al saber que están usando el sistema de alerta de la fragata para hablar con él —el intercomunicador privado de la cabina estaba en el panel de la puerta. Sax no puede exactamente responderle a Rav aquí, pero al menos sabe que está frustrada.

—No vas a salir de esa habitación —continúa Rav—. Estoy ordenando que se duplique la guardia exterior. El transporte del Coro ya ha saltado al sistema, así que tu destrucción sin sentido no te conseguirá nada.

Pero es satisfactorio.

Y ahora sabe que están ciegos.

# CAPÍTULO 15

# LO QUE YACE DEBAJO

LOS HUESOS de color perla opaco alfombran el suelo, y al principio quiero entrar en pánico, apartar el dolor y correr. Los huesos no son humanos. Al menos no todos. Incluso el que acabo de pisar es más largo que mi propia pierna. Grueso, con un nudo en cada extremo.

—T'Oli, ¿sabes de quién son estos huesos? —logro preguntar.

—Dado el tamaño, parece plausible que pertenezcan a otros Fassoth —dice T'Oli—. A menos que tu planeta tenga otros depredadores grandes con predilección por entornos oscuros y húmedos.

El Ooblot se adelanta, rodando sobre los huesos y adentrándose más en la caverna, alrededor de esos pilares cubiertos de azul. Realmente no intento seguirle el ritmo, en su lugar me concentro en mi torpe andar, tratando de no caer en lo que sería una pesadilla.

—Pero si los huesos están aquí, ¿no significa que vuelve para comer? —pregunto.

A la derecha, mientras paso junto al primer pilar, veo la gran esfera de un cráneo Fassoth, casi perfectamente intacto salvo por una grieta en la sien superior derecha. Solo adivino que es un Fassoth porque no hay agujeros para los ojos ni las orejas, ni una boca.

—No sé mucho sobre cómo viven los Fassoth, Kaishi —responde T'Oli desde adelante—. Pero tu pensamiento parece probable.

—Lo que significa que no deberíamos estar aquí.

Dos opciones, entonces. O damos la vuelta, con la esperanza de que Viera y los demás hayan tomado un camino diferente y que hayan matado al Fassoth que nos perseguía, o seguimos avanzando por este camino. Con la esperanza de que el Fassoth o lo que sea que vive aquí no decida volver. O no esté esperando detrás del siguiente pilar.

Los huesos se hacen menos abundantes a medida que avanzamos, donde un pequeño arroyo se hace notar con su burbujeo. Cae en cascada por la pared izquierda, llenando una pequeña poza antes de desaparecer por alguna grieta invisible en las rocas. Puedo imaginar esto como una casa Damantum: el osario sería el comedor, el arroyo marcaría la cocina.

Lo que significa que nos acercamos al dormitorio.

Más allá del arroyo, los crecimientos fungosos disminuyen a medida que la caverna se cierra en un callejón sin salida. Un cierre suave y redondeado cuyo suelo está cubierto de pelos blancos y suaves. T'Oli me está esperando allí, sus tallos oculares escaneando el área.

—No puedo encontrar otra salida —dice el Ooblot mientras me acerco, con la mano derecha en la pared.

—Así que elegimos el camino equivocado.

—Depende de lo que consideres equivocado —responde T'Oli—. No encontramos al Fassoth, así que, en cierto modo, elegimos el correcto.

—Lo que no entiendo es que dijiste que encontraste la

guarida del Fassoth al otro lado de la poza. Y no puedo imaginar a Diego y los demás instalándose tan cerca de dos de estas cosas —echo un vistazo hacia los pilares azules—. Es demasiado peligroso.

—Un día entero de caminata es distancia suficiente, y los Fassoth serían cautelosos al atacar a un grupo grande —dice T'Oli—. Simplemente pueden haberse escondido mientras Diego y los demás pasaban.

—Aun así no explica las dos guaridas.

—¿Las familias humanas se mantienen cerca unas de otras? —pregunta T'Oli.

—Generalmente —respondo—. ¿Por qué?

Cuando termino de responder, se oye un claro crujido desde arriba en la caverna. El sonido de muchos pies gruesos golpeando la roca y dirigiéndose hacia aquí.

—Los Fassoth son iguales.

Me presiono contra la pared trasera de la guarida. T'Oli comienza a deslizarse sobre mí, para formar su armadura de nuevo. No es que la protección del Ooblot me salvara la última vez.

De todas las formas en que pensé que podría morir, atrapada en una cueva con una bestia monstruosa no estaba en la lista hasta este momento. Me había imaginado envejeciendo en mi aldea, posiblemente muriendo por una enfermedad o la lanza de un cazador. Tal vez siendo sacrificada a Ignos.

¿Pero esto? No.

Así que cuando aparece el Fassoth, mientras hurga entre los huesos, apartando algunos y, usando una de sus ocho patas, manipulando otros, intento pensar. Trato de considerar alguna salida.

El Fassoth no parece tener prisa por llegar a mí, así que observo cómo se mueve. Parece más grande que el que emergió de la poza, y hay huecos en su pelaje blanco donde se notan cicatrices. Algunos de los huesos que deja tienen grietas, o tienen surcos cortados en su superficie lisa, como si el Fassoth de alguna manera estuviera chupando la médula a través de sus pies.

Lo que no veo, sin embargo, es una debilidad. Una forma de rodear a la criatura y salir de la caverna. Especialmente cuando moverme más rápido que, oh, un lento caminar me haría desmayarme por el dolor.

Así que cuando el Fassoth finalmente termina con su inventario del tesoro de huesos y se acerca hacia mí, tanteo a mis pies en busca de una roca suelta. Pienso que, si no hay otra opción, voy a morir con una breve y lamentable pelea. T'Oli se estremece contra mí, pero no dice nada.

No es como si el Ooblot tuviera que preocuparse: sobrevivirá a esto. T'Oli puede volverse completamente de piedra y estará bien. Tal vez T'Oli pueda llevarse mis huesos cuando el Fassoth haya terminado conmigo, llevárselos a Viera y los demás para que lo sepan.

El Fassoth, tan cerca ahora, mete una pata en la poza del arroyo. Puedo oler su hedor sudoroso, escuchar su respiración espesa. No ha hecho ningún movimiento hacia mí, sin embargo. Ningún gesto agresivo mientras me mantengo pegada a la pared.

Sin ojos. El pensamiento me golpea con fuerza. Sin ojos y sin orejas visibles. El Fassoth podría no saber que estoy aquí. No he hecho ningún sonido, no me he movido.

Solo que ahora la criatura se está alejando de la poza, hacia mí y su cama de pelo blanco. Si se acerca tanto, podría ser capaz de escuchar mi respiración, o el latido acelerado de mi corazón.

Así que lanzo la roca. La arrojo con fuerza a través de la caverna hacia el lado izquierdo, donde golpea un pilar y cae entre un montón de huesos. El Fassoth se sacude inmediatamente, sigue la roca mientras vuela y luego se desplaza hacia donde cae.

Entonces estalla.

He visto a los juar —grandes felinos depredadores— hacer lo mismo, pero el Fassoth es más grande. Tiene más patas. El Fassoth que vi por primera vez utilizado por los Lunare estaba domesticado, controlado. Este salta por el aire, con las patas agitándose, y se estrella contra los huesos, esparciéndolos por todas partes.

—Ve —susurra T'Oli suavemente.

Y lo hago. Me impulso desde la pared y corro. Hacia la derecha.

Apenas doy dos pasos antes de que un dolor punzante me paralice el costado del pecho. Es como si ya no pudiera sentir mis piernas, no puedo concentrarme, no puedo dar el siguiente paso y termino cayendo. Me sumerjo en el extremo del arroyo, y el agua helada de la cueva empapa mi ropa y mi cuerpo.

Al menos adormece el dolor.

El Fassoth no se deja engañar. Veo a la criatura dar la vuelta hacia mí y, cuando la roca que lancé deja de moverse, el Fassoth comienza a acercarse sigilosamente. Me arrastro, intentando avanzar, tratando de poner mis piernas debajo de mí, pero están medio congeladas por el agua y estoy medio aturdida de todos modos.

No puedo huir de esta cosa.

Lo que significa que tengo que luchar contra ella.

—T'Oli —digo, haciendo que el Fassoth se sobresalte y levante su cabeza sin ojos hacia mí—. ¿Puedes formar una punta? ¿En mi mano izquierda?

T'Oli, para su mérito, no hace preguntas. El Ooblot simplemente actúa. Se desliza lejos de mí, desintegrando mi armadura y moviéndose, en cambio, a lo largo de mi brazo izquierdo y sobre mi muñeca, luego, construyéndose sobre sí mismo, T'Oli extiende mi mano hasta que termina en una lanza de roca dura.

Los dos tallos oculares del Ooblot se doblan a lo largo de mi brazo, volviéndose para mirarme.

—Sí, así —le digo a la mirada.

El Fassoth se acerca retumbando, parándose sobre mí. Levanta su pata delantera derecha y allí, entre las garras, veo cómo come. Cómo sobrevive. Entre esos puntos mortales, hay una boca. Una hendidura llena de dientes irregulares y rotos.

—Aléjate de mí —gruño, y golpeo hacia arriba con mi brazo izquierdo, directamente en esa boca.

La presión, la fuerza del golpe, se propaga a lo largo de la forma de T'Oli, hasta mi brazo y a lo largo de mi cuerpo mientras el Fassoth se echa hacia atrás por el impacto. No hay rugido, ni grito de ira como esperaría de cualquier otra cosa que recibiera tal herida. Solo el arrastre de tierra y huesos, solo el *goteo goteo* del arroyo.

La vida o la muerte determinadas en silencio.

—Nunca antes había sido un arma, y no estoy seguro de que me guste —dice T'Oli descongelando una pequeña porción de sí mismo cerca de mi codo—. Bastante brutal.

—Bienvenido a la vida del resto de nosotros. —Aprovecho los segundos ganados con el golpe, mientras el Fassoth recalcula sobre su presa, para ponerme de pie.

Me apoyo contra la pared, con el arroyo corriendo justo frente a mí, y observo cómo el Fassoth rodea el pilar, cuidando de mantener su pata herida levantada del suelo. Yo, sin embargo, mantengo mi lanza de Ooblot levantada frente a mí, lista.

—¿Conoces alguna forma de asustar a estas cosas? —le pregunto a T'Oli.

—Son entrenables —dice T'Oli—. Si tienes las herramientas adecuadas y los atrapas jóvenes.

—Gracias. —Me deslizo a lo largo del arroyo, hacia el osario y la entrada de la caverna.

No es que crea que tenga alguna posibilidad de huir del monstruo, pero si puedo apartarlo, hacerlo dudar, eso podría ser suficiente para escapar.

El Fassoth, por su parte, parece estar contento esperando. Me sigue el ritmo, moviéndose por el centro de la caverna. Al principio me pregunto qué está haciendo, pero luego recuerdo la pelea con el juar, en los Fosos de Damantum. El Fassoth es un depredador, yo soy su presa, y quiere entenderme.

Bueno, no es el único que está aprendiendo.

Cuando mi bota roza el primer hueso, me agacho, ignoro el dolor en mi costado y lo recojo con mi mano derecha. Lo lanzo de vuelta a través de la cueva, hacia la pared cerca de la piel. Choca, cae al suelo, y efectivamente el Fassoth gira su cabeza en esa dirección.

Me quedo perfectamente quieta. Ni siquiera respiro. Y en un segundo, el Fassoth da un par de pasos hacia el hueso lanzado.

Lanzo otro hueso. Luego un tercero, sin dar otro paso. Cuando el último rebota con un golpe hueco, el Fassoth no puede resistirse más y se lanza hacia mi trampa.

Y ahora lo tengo.

Es una carrera torpe y tambaleante, pero es la única que tengo. T'Oli ondea en el aire —atado a mi brazo izquierdo— mientras esparzo huesos con cada paso. Con la derecha, recojo y lanzo uno tras otro, arrojándolos al azar por toda la caverna.

Ruido estridente por todas partes, y espero que confunda a la bestia.

Por un momento creo que está funcionando. Oigo al Fassoth saltar tras el último hueso que lanzo, oigo a la bestia rebotar contra un pilar y veo cambiar la luz cuando los hongos azules salen volando. Pero aparentemente el Fassoth no es tan fácil de engañar como pensaba; al segundo siguiente se oyen garras entrechocando corriendo detrás de mí.

—¡Ahora! —dice T'Oli, con sus tallos oculares asomándose por encima de mi hombro, detrás de mí.

Me giro, balanceando mi brazo izquierdo en un amplio tajo. T'Oli logra endurecerse hasta formar un filo de navaja, y el corte atraviesa la parte frontal de la cabeza del Fassoth. El tajo deja una línea roja brillante en el pelaje, y el Fassoth se echa hacia atrás.

Lo que no hace, sin embargo, es huir.

En cambio, arremete hacia adelante, incluso mientras oriento a T'Oli de modo que la carga le cueste al Fassoth otro corte. La bestia me embiste, empujándome hacia atrás y derribándome. El mundo se difumina mientras mis nervios se sobrecargan con el impacto, y estoy agradecida, porque ahora no puedo ver realmente cómo la pata dentada del Fassoth desciende hacia mi cara.

Siento un destello frío desde mi brazo izquierdo. Cuando la pata del Fassoth se estrella, T'Oli se desliza frente a ella. El Ooblot atrapa el golpe, envolviéndose alrededor de la pata del Fassoth. La criatura detiene su ataque y retrocede tambaleándose, probablemente preguntándose por qué su pata delantera derecha está cubierta de roca dura.

Mi cabeza se apoya contra el suelo de piedra —ya no puedo mantenerla erguida— mientras el Fassoth comienza a golpear frenéticamente, azotando su pata delantera contra el suelo, golpeándola contra los pilares y las paredes para tratar de quitarse a T'Oli de encima.

Quiero ayudar. Quiero encontrar alguna forma de rescatar a T'Oli. Pero no puedo moverme, y mi cabeza está estallando de dolor.

Así que hago lo único que puedo.

Grito.

El sonido sorprende a todos; al Fassoth, que hace una pausa en su loca golpiza al Ooblot para volverse hacia mí, a T'Oli, cuyos tallos oculares de roca se vuelven hacia mí, e incluso a mí misma, ya que no pensé que me quedara tanto aire en los pulmones magullados.

Supongo que el miedo puede hacer cosas asombrosas.

T'Oli es el primero en recuperarse, trepando por la pata del Fassoth. Me incorporo mientras el Ooblot se dirige hacia el monstruoso cuello del Fassoth. La bestia, sin embargo, no se deja engañar y rueda. Los huesos vuelan por todas partes mientras el Fassoth se retuerce sobre su espalda antes de continuar erguido. Cuando la criatura de pelaje blanco se levanta de nuevo, T'Oli no se ve por ninguna parte.

Levántate, Kaishi. No vas a morir tirada en el suelo.

No lo logro realmente. Lo mejor que consigo es tropezar contra la pared, cerca de la salida de la caverna. Intento lanzar otra roca, y esta vez realmente golpeo al Fassoth, que ignora completamente mis esfuerzos.

La bestia gruñe hacia mí —todavía favoreciendo ese pie derecho que corté— y empiezo a rezar. No hay nada más que hacer. No tengo a dónde huir. Así que invoco a Ignos y le pido, si no su ayuda, al menos su valor.

No escucho respuesta.

El Fassoth levanta su pata izquierda, e intento agacharme, pero me atrapa con sus garras y me arroja al suelo. La pata aterriza en mi espalda, cortándome, y me hundo en el dolor.

Voy hacia ti, Malo.

—A ella no.

Un estallido —imposiblemente fuerte— sacude la caverna después de esas palabras.

La pata del Fassoth salta de mí cuando suena un segundo estallido. Luego un tercero y un cuarto en rápida sucesión. Froto mi cara contra el suelo para mirar hacia arriba y veo al Fassoth retrocediendo mientras un disparo tras otro se hunde en la criatura.

Viera aparece a la vista, con una pistola en cada mano, desatando un estallido tras otro hasta que ambas armas hacen clic al quedarse vacías. Enfunda la izquierda, luego mete la mano en su bolsillo y saca un puñado de balas. Comienza a recargar la pistola en su mano derecha. El Fassoth, por su parte, se mueve tratando de mantener los pilares entre él y la Lunare.

—¿Sigues viva, Emperatriz? —dice Viera sin mirar atrás hacia mí.

—Por el momento.

—Intenta que siga así. —Viera cierra el tambor de un golpe—. Vee, tú te encargas de ella.

—Como ordenes. —El siseo viene de encima de mí, y me retuerzo más para ver al Oratus, sangrando por muchos de sus propios cortes, sin un par de garras en su garra delantera derecha, y sosteniendo dos antorchas, de pie sobre mí.

Viera comienza una danza con el Fassoth, manteniendo la distancia mientras recarga lentamente su segunda pistola, llevando ambas armas de vuelta a punto. Hace suficiente ruido, pateando rocas y huesos para mantener al Fassoth enfocado en ella, pero la criatura ya no es tan imprudente. Su pelaje está florecido de rojo y se mueve lentamente.

Al menos, eso es lo que pienso hasta que el Fassoth se lanza hacia adelante, escabulléndose sobre sus cuatro patas traseras mientras levanta sus extremidades delanteras para golpear hacia Viera.

Grito. Vee sisea.

Viera aprieta los gatillos. Ambas pistolas funcionan de nuevo. Una tras otra. Cuatro estallidos, cinco estallidos, sus destellos ardientes chispeando sobre el resplandor azul. Veo su rostro, su expresión decidida y sombría bajo su cabello blanco y enmarañado.

Y luego desaparece, sepultada bajo un Fassoth inmóvil que se desploma sobre ella.

—¡Ve! ¡Ayúdala! —logro croar, aunque Vee ya se está moviendo.

El Oratus se pone manos a la obra, presionando con sus patas, con sus garras, y entonces Viera está ahí, arrastrándose desde debajo de la bestia y cubierta con los resultados de su trabajo. Está tan golpeada y maltratada como todos nosotros, pero Viera es capaz de ponerse de pie. Capaz de caminar hacia mí y, después de guardar sus pistolas, ayudarme a levantarme.

Señalo, entonces, hacia el lugar donde el Fassoth aplastó a T'Oli contra el suelo, y Vee va a revisar. Recupera la losa de piedra del Ooblot. Aún intacto, los tallos oculares de T'Oli están aplanados contra la superficie de su cuerpo. Ninguno de nosotros sabe si T'Oli está vivo, así que Vee acomoda la piedra Ooblot entre sus garras medias.

—Llevaré a T'Oli hasta que esté listo —sisea Vee.

—¿Y Diego? —pregunto.

—El primero se lo llevó —responde Viera, palmea las pistolas—. De ahí vinieron estas.

—¿Cómo?

—No corrió lo suficientemente rápido. —Viera lanza

una mirada a Vee—. Luego mantuvo su atención el tiempo suficiente para que yo lo eliminara. Afortunadamente, Diego era un poco paranoico, así que trajo un montón de munición.

Perder a Diego es un duro golpe. No porque tenga algún aprecio por el hombre —generalmente era un idiota con todos nosotros— sino porque ahora estamos perdidos aquí abajo. No tenemos guía ni forma de convencer a ningún Lunare que encontremos de que somos amigables.

—¿Qué hay de ti? —pregunta Viera—. ¿Qué tan mal estás herida?

En lugar de enumerar mis lesiones, suelto una risa desganada. —Sobreviviré. Aunque puede que necesite costillas nuevas.

Viera asiente. —Entonces deberíamos volver. Tendrán suministros médicos en la puerta de enlace.

—No. —Casi me caigo, pero Viera me sostiene—. Seguimos adelante. Ya hemos perdido demasiado tiempo.

Pero retrocedemos un poco, hasta nuestro campamento abandonado, donde está el resto del equipo y otros suministros. Me siento tentada de volver a la piscina, pero en su lugar me quedo quieta mientras Viera envuelve ropa cortada alrededor de mis costillas. Intenta mantenerlas en su lugar. No ayuda mucho, pero aprecio el gesto. El esfuerzo.

—No te rendiste —le digo a Viera mientras termina de vendarme.

Vee parece que ya está dormido, con T'Oli aún acunado en sus garras.

—Luchamos a través del espacio, a través de otros mundos, Kaishi —dice Viera, usando su antorcha para encender el hogar de la fogata, lleno de hongos secos y otros crecimientos aleatorios—. Morir ahora por un Fassoth sería una forma estúpida de irse.

—Estuvimos cerca.

—Pero estamos vivos. —Viera se aleja del pequeño fuego—. Ese grito, sabes. Eso fue lo que nos permitió encontrarte.

—Estaba tratando de asustarlo. Por T'Oli. —Cuento mi versión de la pelea.

—¿Usaste a T'Oli como lanza? —pregunta Viera cuando termino—. Ingenioso.

—No sé si a T'Oli le gustó, pero no teníamos muchas opciones.

—Podrías haber elegido morir —dice Viera—. Pero no te rendiste.

Capto el sentimiento. Ofrezco una sonrisa. —No. Aunque creo que ahora podría desmayarme.

—Hazlo. Yo vigilaré.

Una parte de mí quiere ofrecerse a hacer lo mismo. O decirle a Viera que me despierte en un rato para tomar su lugar, pero la verdad es que no puedo obligarme a decir las palabras. Mi cuerpo exige dormir, y tan pronto como mi cabeza toca la estera, me desvanezco.

Nuestro progreso es dolorosamente lento, pero el puré nutritivo es satisfactorio y tenemos mucho. T'Oli despierta para la segunda noche, más o menos igual que siempre, aunque el Ooblot menciona que no desea convertirse en mi lanza en el futuro.

Al principio temo que nos quedaremos perdidos en los túneles para siempre, pero parece que Diego exageró la dificultad; los Lunare no tallaron una docena de rutas a través de la Tierra. Solo hay un camino principal y varias pequeñas desviaciones, la mayoría conducen a piscinas o pequeños escondites de almacenamiento con suministros de emergencia.

Evitamos cualquier túnel liso, cualquier cosa que no lleve las marcas reveladoras de los picos Lunare y su tosco tallado. No vienen más Fassoths a cazarnos, aunque también estamos callados, manteniéndonos en suaves murmullos mientras nos movemos para que los retumbos naturales de la cueva tiendan a ser más fuertes que nosotros.

Mis costillas dañadas nunca se desvanecen, pero la familiaridad hace que el dolor sea manejable y gradualmente aumento mi ritmo. Sin embargo, todos estamos heridos, así que la velocidad nunca es una preocupación seria. De todos modos, no seremos de mucha ayuda para la humanidad si morimos en el camino.

Viera, más que yo, Vee o T'Oli, toma la delantera mientras avanzamos. Sostiene una pistola en una mano, una antorcha en la otra, y camina con una confianza que no había visto antes. Tal vez porque Viera siente que este es, más que para cualquiera de nosotros, su hogar. Tal vez porque sabe que nadie más está dispuesto a asumir la carga de líder en este momento.

Ciertamente estoy contenta de dejársela a ella.

Especialmente cuando, al final del tercer día, tropezamos con un pequeño pueblo, construido alrededor de un lago que se habría considerado diminuto si estuviéramos en la jungla. Nuestro túnel nos escupe sobre el lago, donde un sendero artificial nos conduce a través del agua hacia una docena de casas y algunos edificios acompañantes.

Nunca antes había visto hogares lunares, y estos están construidos desde el suelo hasta el techo, con las estructuras fundiéndose con la roca en ambos extremos.

—Son soporte y refugio —dice Viera cuando le pregunto por qué—. Tenemos que excavar la mayoría de estas áreas, así que los edificios ayudan a evitar que el techo se derrumbe.

También hay otros pilares dispersos, incluyendo algunos que se proyectan desde el lago, elevándose para estrellarse contra la parte superior de la caverna. Me recuerdan a los árboles, de cierta manera, solo que de roca gris profunda en lugar de madera.

Los primeros lunares en notarnos son un par de pescadores, lanzando sus redes al lago. No puedo imaginar qué tipo de peces llegan hasta aquí, y cómo logran reproducirse si lo hacen, pero hay una cesta tejida entre los dos hombres, así que supongo que deben pescar algo.

Sin embargo, cuando nos ven, recogen su red rápidamente y el más cercano alcanza una pistola enfundada en su cinturón, manteniendo su mano sobre ella mientras nos acercamos. Espero pánico cuando note a Vee, pero los ojos del hombre solo se ensanchan un poco. Su compañero toma el equipo y se aleja rápidamente, dejando a su amigo atrás.

—Ustedes vinieron del otro lado —dice el hombre una vez que estamos a distancia de conversación.

—Así es —dice Viera, luego asiente hacia nosotros—. Estamos cansados y heridos. ¿Hay algún lugar para quedarnos aquí?

—¿Crees que simplemente van a entrar con esa cosa? —el hombre asiente hacia Vee.

—Sí. Lo haremos.

—Viera —interrumpo. Estoy demasiado cansada para otra pelea—. Por favor, no sé tu nombre, ni tu hogar, pero hemos recorrido un largo camino y solo necesitamos un lugar para descansar. No pretendemos hacerles daño.

—Eso es lo que ellos también dijeron —responde el hombre—. Los que estamos combatiendo hacia el oeste. Dijeron que venían sin nada que ocultar, sin razón para lastimar. No duró mucho. ¿Cómo sé que no están con ellos?

Viera suspira a mi lado, aparta un mechón suelto con el dorso de su muñeca. —¿Qué yace debajo?

Estoy a punto de preguntar de qué está hablando cuando el hombre entrecierra los ojos hacia ella. —Nuestro verdadero yo.

—¿Por qué vamos? —continúa Viera.

—Para encontrar lo que debemos.

—¿Y a quién llevamos?

—A todos los que nos llevan. —El hombre relaja su agarre en la pistola, sacude la cabeza—. Ha pasado mucho tiempo desde que escuché esa.

Estoy mirando de un lado a otro entre los dos, y noto que Viera lleva una pequeña sonrisa.

—Ha pasado mucho tiempo desde que la dije —responde Viera—. Es bueno saber que los viejos versos no han sido olvidados.

—Todavía no. No por todos nosotros. —El hombre parece vernos por primera vez, solo que ahora, en lugar de sospecha, nos da una mirada constante de confianza—. Vayan a la casa común. Tendrán espacio para ustedes. Los refugiados aún no han llegado tan lejos. Díganles que hablaron con Anjo.

# CAPÍTULO 16

# PLANTARSE

DEJAR a Sax solo en una habitación diseñada para descansar y no, digamos, mantener cautiva a un arma peligrosa, conduce a malos resultados; Sax toma impulso, salta hacia la puerta y llega al techo, sus garras enganchándose en las rejillas del conducto de ventilación. De una patada, Sax clava sus garras en las placas plateadas del techo, perforando el fino metal con sus afilados pies.

Con sus garras delanteras, Sax arranca la rejilla de ventilación y la envía al suelo con un estruendo. El conducto detrás no es ni de lejos lo suficientemente grande para Sax, al principio, pero cuando el Oratus mira a través del agujero que acaba de hacer, queda claro que el pequeño conducto se interseca con el mucho más grande que alimenta esta parte de la nave con dulce y delicioso aire. Lo que es vital para la tripulación va a traerles una sorpresa muy fatal.

Sax desgarra los lados del pequeño conducto para ensanchar el camino, apartando corrientes de cables. Encoge sus garras medias cerca de sus conductos de ventilación en el pecho mientras comienza a trepar, estirando sus garras y cola detrás de él para crear una forma lo más delgada posible.

Si Bas lo viera ahora, medio atascado en este lío de metal, se reiría hasta no poder más. Sax apenas puede reprimir un siseo propio ante la situación: jamás habría pensado que estaría arrastrándose por las entrañas de una nave Vincere.

Pero se retuerce de todos modos, porque saber que las circunstancias son ridículas no ayuda a Sax a salir de ellas. Es un avance centímetro a centímetro, con las garras delanteras de Sax despejando el camino. Tiene que probar cada tubería, cada sección de cable para ver si cede, para no dañar o romper algo que pueda derramar líquido caliente o chispas eléctricas ardientes sobre él.

—¿Sax? ¿Qué estás haciendo ahí dentro? —esta vez es una voz Flaum; probablemente Rav tiene cosas mejores que hacer que cuidar a un prisionero—. Estamos escuchando mucho ruido.

Sax no intenta responder. Si irrumpen ahora, sabrán dónde está en un momento, y tendrán rayos aturdidores disparando a su cola al siguiente. Y si Sax llega a esa nave Chorus, nunca volverá a ver a Bas.

Así que Sax acelera el paso. Se arrastra hacia el conducto amplio. Deja muchas marcas de garras en la nave a su alrededor, y la fragata le deja un montón de pequeños cortes en las escamas mientras su cuerpo se dobla y deforma.

No hay advertencia cuando la puerta de su cabina se abre. Solo un pitido y un empujón —parece que destruir el panel de la puerta no ayudó— y hay media docena de pasos cuando los guardias Vincere corren debajo de Sax hacia la habitación.

—¡Sax! —grita uno de ellos, como si llamarlo por su

nombre fuera a hacer que Sax saliera de detrás de una cortina, riendo y declarando que todo era una broma.

Lo que Sax hace en su lugar es terminar de abrirse paso hacia el ventilado conducto principal, donde el aire cálido pasa rápidamente y un infinito corredor plateado se extiende tanto a su izquierda como a su derecha. Tiene que tomar una decisión ahora, ya que los Flaum han realizado el mínimo trabajo de detective para averiguar adónde ha ido Sax e intentan trepar por los conductos.

El problema es que los Flaum son criaturas pequeñas y Sax duda que hayan traído una escalera con ellos.

¿Qué dirección?

Solo hay una cosa en esta nave que realmente importa, solo una forma en que Sax puede acercarse a completar su misión original: Rav. Sax apuesta a que todavía está en el puente, así que hacia allá se dirige.

Sax no tiene un mapa, no tiene una forma fácil de saber el diseño de la fragata, pero conoce las naves Vincere y sabe, también, que el calor que mantiene cálida la nave proviene del banco de baterías cerca de sus motores principales. El puente, mantenido lejos de esos mismos motores —un medio para mantener al comandante en el punto más alejado del área con más probabilidades de estallar en una muerte ardiente por un mal funcionamiento o un disparo bien colocado— está en el extremo opuesto.

El Oratus sigue esa brisa cálida y trepa por el sistema de conductos. Aquí es lo suficientemente amplio para Sax, aunque es lo bastante bajo como para que tenga que seguir arrastrándose. Pequeñas y medianas ramificaciones salpican su camino mientras Sax avanza, y logra ignorar casi todas hasta que, rebotando en las paredes, llega una voz que hace que Sax se estremezca.

—¡Están usando sistemas antiguos! Podría hacerlo

mejor, si me dan solo unos minutos —Nobaa está hablando con alguien—. El Oratus me usó como rehén. Amo a los Vincere. ¡Los amo, chicos!

Viene de la derecha de Sax; una ramificación estrecha que aun así es más grande que la que destrozó para llegar aquí. Navegable. Pero ¿vale la pena arriesgar su misión por Nobaa?

No.

Sax se vuelve hacia su camino, está a punto de seguir, cuando el más mínimo destello de un flash se abre paso hacia el conducto. Seguido de un grito de pánico.

—¡No pueden matarme! ¡Eso no es justo! —grita Nobaa.

—¿Por qué no? Esta no es una nave de prisioneros, y no tienes nada para negociar —dice una voz Flaum—. Si se corre la voz de que más Oratus se están volviendo traidores, eso no sería bueno para nosotros. Otros podrían tener la misma idea. Rav nos dijo que no vas a salir de aquí, y tengo otras cosas que hacer. Haz las paces contigo mismo, Teven.

Sax se abre paso a través del conducto antes de pensar realmente en lo que está haciendo. Tan pronto como llega a la rejilla que mira hacia la habitación más grande —aparentemente hecha para evaluaciones médicas— donde Nobaa está acorralado contra la pared, Sax usa su cabeza para golpear la rejilla hacia abajo. La rejilla metálica se estrella contra el Flaum que apunta su minero a Nobaa y, con sus garras delanteras abriendo un agujero más grande, Sax se aprieta a través y aterriza sobre el captor.

Sax arranca el minero, levanta y lanza al Flaum contra las paredes de la habitación. El guardia de pelaje rojo golpea la pared con fuerza y se desploma en el suelo.

—¡Me has rescatado!

Sax toma una respiración profunda. Mira hacia atrás hacia el conducto, luego a Nobaa. Tal vez...

—Vamos —comienza Sax, moviéndose hacia Nobaa. Calcula que puede lanzar al teven hacia arriba y Nobaa podrá impulsarse el resto del camino.

—¡No, espera! —El caparazón de Nobaa ahora luce extraño, cubierto de ganchos y cinturones vacíos—. Necesito mis cosas.

—Tus cosas no importan.

—¿Quieres sobrevivir a esto? —replica Nobaa—. Entonces necesito mi equipo para que podamos tomar esta nave de la manera correcta.

La idea de Nobaa sobre la manera correcta es mucho más complicada que la de Sax; por un lado, según lo entiende Sax, ni siquiera hay necesidad de cortar y desgarrar a ningún flaum.

—Si realmente quieres asesinar algunas cosas, estoy seguro de que tendrás la oportunidad —dice Nobaa mientras Sax abre la puerta de la sala médica donde habían estado reteniendo al teven—. Esta nave está llena de gente.

La fragata no tiene una bahía médica extensa, solo una docena de habitaciones, la mayoría más pequeñas que en la que estaba Nobaa. Están agrupadas alrededor de una única estación de monitoreo actualmente ocupada por un robot que, después de un escaneo rápido desde el otro lado de la habitación que declara que Nobaa y Sax están en buen estado de salud, los ignora.

—Es bastante pequeña, ¿no? —dice Nobaa—. Para una nave de este tamaño.

—No hay muchos combates espaciales que te dejen vivo —responde Sax—. Es mejor dar las habitaciones a más armas, más energía, que a camas que no te servirán de nada.

Nobaa no tiene respuesta para eso más que un tic en sus brazos mientras gira su caparazón para echar un buen vistazo al lugar.

—¿Dónde está tu equipo? —sisea Sax después de un momento—. Nos encontrarán pronto.

—No lo sé —dice Nobaa—. Pensé que estaría aquí fuera. Se llevaron todo después de traerme a bordo.

Esta fragata no tiene celdas, así que probablemente tampoco tenga un lugar designado para el equipo de un cautivo. Lo que significa que habrían arrojado los aparatos electrónicos de Nobaa en el mismo lugar que el resto de la basura general que el personal de mantenimiento de la fragata podría necesitar. O está cerca de la bahía de acoplamiento, esperando que el transporte del Coro lo lleve de vuelta con ellos.

Sax le lanza estas opciones a Nobaa, quien no tiene ninguna sugerencia.

—No eres de ayuda —sisea Sax al teven.

Antes de que Nobaa pueda describir adecuadamente cuán herido está por el insulto, se escucha un grito desde fuera de la bahía médica. Las alarmas suenan repentinamente, el tono más áspero indica que todos deben buscar refugio inmediato. El robot actúa en consecuencia: se pone en marcha y calmadamente pide a todos en la bahía médica que sellen sus puertas.

Sax da un par de zancadas largas y llega a la entrada de la bahía médica, una puerta corrediza doble que conduce a otro corredor en el que Sax puede ver a muchos flaum y whelk armados dirigiéndose hacia ellos. Sax golpea el panel para cerrar la bahía médica, lo que, hasta donde puede decir, les comprará un segundo de tiempo.

—¡Necesitamos una salida! —sisea Sax a Nobaa.

—¡Me hablas como si conociera este lugar! ¿No era esta una de tus naves?

Lo era, pero las bahías médicas no eran un espacio que Sax frecuentara. Eso es lo que las máscaras —y su talento natural— lo mantenían alejado. El oratus recorre con la mirada el espacio y se fija en lo único que podría marcar la diferencia.

—Toma el minero, cómprame tiempo —sisea Sax a Nobaa, pasándole el minero del guardia flaum al teven, quien, al menos, sostiene el arma como si supiera usarla.

—¿No deberías ser tú el que pelee?

—Ojalá lo fuera. —Sax pasa rápidamente junto al teven, dirigiéndose a las terminales que el robot dejó vacantes.

Hay varias de ellas, mostrando barras y números que, Sax supone, tienen que ver con los ocupantes de algunas de las habitaciones. Lo que está buscando, sin embargo, es un canal al puente, y lo encuentra en la terminal derecha. Toca el icono con su garra media derecha.

—Rav —dice Sax tan pronto como la terminal emite un pitido indicando que se ha establecido una conexión—. Retira a tus fuerzas.

Se oye una risa siseante al otro lado. —Eres mejor de lo que pensaba, Sax, pero el transporte del Coro está atracando ahora. Entrégate. No dañes más al Vincere de lo que ya lo has hecho.

Rav no cayó la primera vez que Sax hizo su propuesta. Se negó a interpretar el papel de traidora con él, se negó a volverse contra sus propias tropas o intentar convencerlas de que se unieran a la causa de Sax.

—Te van a matar —sisea Sax—. A todos ustedes. A todos nosotros. Lo he visto, Rav.

Detrás de él, alrededor de la pared, la puerta de la bahía médica se abre con dificultad. Nobaa, de pie cerca de Sax y usando la esquina, inmediatamente dispara un par de brillantes rayos azules aturdidores. Los aturdidores inteligentes usan menos energía que los disparos mortales, y todos los que no maten serán una razón menos para que Rav los desprecie.

—Los amigga están haciendo mejores versiones de nosotros, tal como nosotros lo fuimos para los vyphen. Luego seremos reemplazados. Pero Rav, no podemos reproducirnos. No somos una especie natural. Cuando decidan que hemos terminado, habremos terminado.

—¿Y crees que luchando contra el Coro podemos vivir de alguna manera?

—¡Si tomamos Solis, sí! ¡Ahí es donde están los criaderos. Donde los oratus pueden sobrevivir!

Se oye un fuerte siseo al otro lado de la línea. Nobaa dispara unos cuantos rayos más, y Sax ve un par de disparos de respuesta quemar de azul la pared lejana más allá de ellos.

—¿Rav? —pregunta Sax.

—Incluso si te creyera —dice Rav—. Incluso si hubiera una posibilidad de que pudieras tener razón, entonces ¿qué? El Coro nos destruiría a todos antes de permitir que tu plan tuviera éxito.

—Han estado tratando de destruirme durante un tiempo, Rav, y todavía estoy aquí.

Hay otro destello azul y Nobaa cae hacia atrás desde la esquina, sus pequeñas extremidades se deslizan inertes hacia el suelo, el minero a su lado.

A Sax se le acaba el tiempo.

No puede esperar a Rav. Sax se agacha, agarra el minero caído de Nobaa con una garra media y al teven con la otra. La bahía médica forma un anillo alrededor de este banco de terminales, con la única puerta abierta directamente detrás de Sax, a través de la pared trasera de una sala de suministros.

—¡Oratus! ¡Ríndete! —Es la voz ágil y severa de un

soldado flaum—. ¡No hay razón para que tengas que morir aquí!

Sax mira a la izquierda, a la derecha. Solo habitaciones de pacientes. Y arriba hay un techo plano: no hay tiempo para arrastrarse por un conducto de ventilación aunque quisiera.

—¡Vamos a rodearte para atraparte en diez segundos!

Eso significa que Sax realmente tiene cinco. Ve su respuesta en uno: el robot médico, moviéndose de una habitación a otra y ahora pasando junto a ellos por la derecha. Sax levanta el minero y usa su garra delantera izquierda para ajustar la potencia del minero, llevándola al máximo. Se gira y apunta al suministro de energía del robot, alojado en su base, entre las bolas metálicas que permiten que la máquina se desplace.

Dispara.

El brillante rayo rojo golpea a un robot que nunca estuvo destinado al combate. El calor atraviesa la carcasa del robot, golpea la gran fuente de alimentación y la sobrecarga. Como Sax está preparado, porque ha clavado sus garras en el suelo y tiene su cola apoyada contra el mismo, la explosión no lo lanza volando.

Sin embargo, salpica sus ojos con calor, quema sus garras y hace que todas las luces de la bahía médica emitan un profundo resplandor amarillo de advertencia. Las alarmas —alarmas reales— comienzan a sonar como monstruos aullantes mientras el humo sale de una docena de pequeños incendios, humo que es rápidamente desviado hacia las rejillas de ventilación a medida que los sistemas de la fragata se encargan de preservarse.

Sax actúa ahora para mantenerlos a él y a Nobaa con vida. Gira por la esquina a la derecha, sus garras retumbando. El escuadrón que viene a capturarlo está en desorden, esparcido por la entrada. Algunos intentan ayudar a otros, muchos más yacen inmóviles.

Sax espera no haber matado a ninguno, o al menos no a muchos. Cada muerte perjudica su causa aquí.

De vuelta en el corredor principal, Sax se aleja del puente y corre. Hay mucha gente allí, mecánicos y médicos corriendo hacia la explosión y muchos más empujando para alejarse de ella.

Nadie se molesta en enfrentarse a Sax, que se yergue sobre la mayoría de ellos y usa sus garras delanteras y cola para apartar a cualquiera que no note al Oratus abriéndose paso.

Señales iluminadas aparecen en las intersecciones, indicando lo que hay en cada dirección. Sax pasa por una cafetería, un centro de fitness y una sección de simuladores antes de llegar a lo que está buscando: la carga. La fragata no va a transportar mercancías, pero hay una buena posibilidad de que el equipo de Nobaa haya terminado allí.

El Teven aún no está consciente y Sax no tiene idea de cuánto tiempo le tomará a una criatura pequeña como Nobaa despertar de un fuerte aturdimiento, lo que significa que incluso si Sax encuentra las cosas del Teven, requerirá esconderse en la fragata durante mucho tiempo.

Tiempo que Sax no tiene.

Sax sisea para liberar parte de su ira, atrayendo muchas miradas asustadas y un par de chillidos de la multitud, que aumenta su distancia de Sax como prioridad en sus rutas a través de la nave. Es un problema, ya que Sax se está alejando de las consecuencias de la explosión, y el pánico no lo sigue tan lejos.

Mientras Sax se acerca a la popa de la fragata y sus enormes motores, busca un lugar para soltar el peso muerto en sus garras medias; Nobaa no está ayudando a Sax inconsciente y hay una buena posibilidad de que el Teven sea disparado colgando inerte en medio de un gran objetivo.

Y el cuerpo de Nobaa es demasiado pequeño para servir como un buen escudo.

En esto, los constantes anuncios por altavoz que rastrean el progreso de Sax y ordenan a todo el personal no combatiente mantenerse fuera del camino del Oratus sirven como ventaja. Los pasillos están despejados, las habitaciones vacías, y nadie aborda a Sax mientras irrumpe en un cuarto de almacenamiento y mete al Teven en un armario de comida. Nobaa no se mezcla exactamente con las cajas, pero tampoco es probable que lo hagan pedazos allí.

De vuelta en el corredor principal que va del puente a la popa, Sax recibe más disparos de otro grupo de guardias Flaum y Whelk. El fuego no se acerca tanto a alcanzar a Sax, y los rayos son de un tenue azul, de baja potencia. La razón es clara: hay mucho equipo valioso en la fragata, y a Sax se le están acabando los lugares a donde ir. ¿Por qué arriesgarse a causar daños cuando de todos modos tendrán al Oratus atrapado pronto?

Pronto, sin embargo, no es ahora.

Sax aprovecha la oportunidad para saltar y correr por el corredor hacia los motores, pasando todo tipo de luces brillantes y puertas que se cierran mostrando caminos hacia cafeterías, camarotes y bahías de mantenimiento. A medida que el Oratus se mueve, las luces blancas cristalinas cambian a espectros rojos, sumándose al constante zumbido de advertencia para esconderse.

El corredor termina en una amplia entrada cerrada y sellada a los motores. Son gruesos escudos plateados, destinados a amortiguar e incluso bloquear cualquier explosión si los grandes propulsores de la fragata deciden acabar en una muerte ardiente. Significa que a Sax se le ha acabado el espacio.

Hay un solo panel cerca de las puertas, uno que Sax usa para llamar al único lugar que puede. Para actuar sobre la idea que se ha formado en su mente mientras sus garras han arañado y rasguñado hasta llegar tan lejos.

Sax toca para llamar al puente y hay un pitido cuando el Oratus al otro lado de la línea responde.

—Rav —sisea Sax—. No tienes que confiar en mí.

—¿No tengo que confiar en ti? Eso lo hace fácil.

—Confía en Evva en su lugar. Es una Oratus de cuatro letras. Una comandante Vincere. Ha abandonado su puesto. ¿Por qué?

—¿Porque está loca? ¿Una traidora?

—Porque aprendió la verdad, Rav.

Los soldados Flaum y Whelk lo han alcanzado. Están desplegados a lo largo del corredor, con los mineros levantados. Sax sigue hablando, porque tan pronto como se detenga, no tendrá otra oportunidad.

—¿Que los Amigga son todos malvados, y que todos estamos siendo utilizados como tontos?

—Exactamente.

Hay un pesado silencio al otro lado de la línea. Sax mantiene sus ojos en los guardias de Rav. ¿Por qué no han disparado aún? Sax no ha oído a Rav dar una orden para que no lo hagan.

—Sax, incluso si quisiera creerte, incluso si quisiera que los Oratus se levantaran y tomaran su destino en sus propias manos —dice Rav—. Hay un problema.

—¿Qué problema?

—El Coro ya ha ganado. Lo siento, Sax.

La línea se corta. Sax mira de nuevo a los guardias, levantando sus garras. Dispararán en un segundo, pero si no lo hacen, Sax no va a esperar. Tensa sus garras, mira a la derecha, donde un conjunto de tuberías más bajas proporcionaría agarre para un salto hacia el lado de la línea Flaum. Golpear allí y limitar su campo de visión y tal vez, tal vez en el caos habría una posibilidad de supervivencia.

Pero Sax no tiene la oportunidad de actuar, porque hay un siseo agudo desde detrás de la línea, una orden que hace que los guardias se separen —los Flaum se mueven rápidamente, los Whelk se deslizan por el suelo— para mostrar algo que Sax no creía que fuera real. Algo que nunca ha visto antes.

Los Amigga crearon a los Oratus para ser armas. Cultivaron y diseñaron la especie para tomar las riendas de la guerra. Eso, sin embargo, era una visión estrecha de lo que los Oratus podían ser capaces. Había habido muchos rumores, lagunas en los nuevos Oratus que se unían a los Vincere, que sugerían que las incubadoras en Solis se estaban utilizando para propósitos menos claros, menos relacionados con mantener el orden en la galaxia y más con limpiar lo que a los Amigga no les gustaba.

Sus escamas no son de un solo color. En su lugar, tiemblan y cambian mientras el Oratus se mueve, sus superficies reflejando las luces rojas y negras, el resplandor de las docenas de mineros listos para disparar, de modo que su dueño aparece menos como un objeto físico y más como una línea ondulante, una mancha que difumina la realidad.

—¿Te enviaron a ti? —logra decir Sax, que es todo lo que puede pensar en decir ante una leyenda cobrada vida frente a sus ojos.

Se supone que los Oratus espejados no existen. Todos asumían que eran un cuento contado en las sombras, el precio a pagar si uno consideraba desobedecer las órdenes del Coro. Si uno alguna vez se volvía contra los Vincere.

Sin embargo, Sax y Bas nunca habían visto uno. No habían oído hablar de uno. ¿Cómo podían temer lo que no parecía real?

—Sus cargos son claros —habla el Oratus, y hasta su voz es un reflejo de sí mismo, distorsionada y escalofriante—. Es usted un traidor a los Vincere, a los Amigga y a su propia especie.

Sax se mueve hacia la izquierda, observando cómo la figura borrosa va en dirección opuesta. Sax debe mantener cierta distancia, darse medio segundo para adaptarse cuando el Oratus espejo decida atacar.

—¿Confiaría usted en los Amigga antes que en uno de los suyos? —responde Sax—. ¿Quién está traicionando realmente a su especie?

El Oratus espejo no responde. Al menos, no con palabras. Salta hacia arriba, lo suficientemente alto como para alcanzar el techo y engancharse a un conducto de ventilación con sus garras delanteras. El Oratus se balancea hacia adelante, con líneas rojas jugando sobre sus escamas entre los reflejos más oscuros de los Flaum y Whelk que observan, y se lanza sobre Sax con sus garras.

Sax se zambulle hacia adelante, recogiendo su cola mientras rueda y sintiendo el cambio en el aire sobre él. Sax gira al salir de la voltereta, acabando sobre sus seis garras y zarpas, agazapado y listo por si el Oratus espejo realiza un ataque rápido.

—¿Cuál es su plan? —pregunta en cambio el Oratus espejo, manteniéndose sobre sus zarpas.

Sax se da cuenta de que sus ojos también son espejos, probablemente cubiertos por una máscara que ayuda con la proyección de imágenes.

—¿Mi plan? —sisea Sax en respuesta—. ¿Me lo pregunta ahora?

—Me ahorrará tiempo —dice el Oratus—. Dígamelo, y puedo concederle una muerte rápida ahora, en lugar de una lenta más tarde.

Si hay algo que Sax no puede soportar, es la burla. Se levanta, igualando al Oratus espejo sobre sus zarpas.

—Nuestro plan es acabar con la tiranía que los Amigga tienen sobre esta galaxia —sisea Sax—. Empezando por el Coro.

—Entonces tenían razón —el Oratus espejo suelta una risa siseante—. He recibido más informes de los que pueda imaginar, Sax. He eliminado todo tipo de traidores al Coro. Desde funcionarios incompetentes hasta oficiales Vincere de alto rango. Incluso otros Amigga considerados un riesgo. Pero nunca, nunca me he encontrado con nadie con ambiciones tan elevadas.

Eso no es lo que Sax espera oír. Piensa que el Oratus espejo tiene una máscara que está grabando todo, y tan pronto como obtenga la información que necesita, el Oratus simplemente hará una señal a los guardias que reducirán a Sax a cenizas con una ráfaga de fuego minero. Todo esto es solo un espectáculo.

Entonces, ¿por qué el Oratus espejo se molesta en tener una conversación real?

—He arriesgado mi vida muchas veces por mucho menos —Sax elige un camino—. Ya era hora de que me arriesgara por algo más grande.

# CAPÍTULO 17

# NOCHES DE BAR

EL CENTRO común al que Anjo nos dirige es prácticamente la única parte bulliciosa del pueblo que puedo ver. Está situado frente a lo que debe ser la plaza del pueblo; un círculo de tierra compactada con una gran estalagmita que se eleva desde el centro. Al igual que nuestros Niveles en la jungla, la estalagmita está cubierta de dibujos y diversos tintes.

Uno destaca: una versión en blanco y negro de un Fassoth, con sus muchas patas persiguiendo lo que parece ser una manada de Lunare. Incluso el simple dibujo me produce un escalofrío y aparto la mirada hacia los cálidos fuegos que brillan en las ventanas de la casa común.

—Hace mucho tiempo que no vemos civilización humana —me dice Viera.

—¿No dijiste que solo había pasado una temporada?

—Se siente mucho más largo que eso.

Asiento. Aunque estos pueblos cavernosos son muy diferentes de las aldeas Solare y Charre, hay mucho en ellos que resulta familiar; el suave murmullo de las voces humanas en lugar de los siseos y traqueteos de las otras especies que me han rodeado, los simples olores de la comida cocinándose en lugar de la pureza rancia del puré de nutrientes, y la suciedad destartalada, las imperfecciones de todo lo que nos rodea.

La humanidad, me doy cuenta, no es una perfección mecánica. No está refinada y recubierta con el brillo de un eterno ajuste. Somos toscos, pero fuertes. A veces estúpidos, pero lo intentamos.

—Es bueno estar de vuelta —digo finalmente mientras nos dirigimos a las puertas de la casa común.

En lugar de los portales de madera de Damantum o los escudos de tela colgante de las aldeas Solare, estas puertas parecen láminas de piedra ligera, montadas sobre bisagras en los laterales. La abertura en sí es cuadrada, y en los bordes, la escritura Lunare indica que cualquiera que busque comida o compañía, la encontrará aquí.

—¿Seremos bienvenidos dentro? —nos pregunta T'Oli.

—No tengo ni idea —responde Viera—. Mantente callado y creo que estarás bien.

—Tengo poca experiencia en combate humano. —T'Oli se retuerce y sube a los hombros de Vee—. ¿Qué debo hacer?

—Déjamelo a mí. —Viera se vuelve hacia la puerta de piedra, la empuja, y entramos en una oleada de calor y risas.

El suelo de la casa común está dominado por un conjunto de seis mesas de piedra, cada una lo suficientemente grande como para sentar a diez o más personas, dispuestas por toda la sala principal. En el centro, un gran hogar de piedra negra arde con carbón brillante, con la chimenea subiendo y desapareciendo en el techo. Detrás hay un largo mostrador bordeado de taburetes de piedra toscamente esculpidos, en los que se sientan varios trabajadores Lunare.

Bebidas y comida —carnes cocinadas y vegetales de raíz asados, por el olor— pasan girando junto a nosotros mientras un par de camareros mantienen alimentada y ebria a la pequeña multitud. El lugar está, como mucho, medio lleno. Pero se siente como mucho más que eso cuando todos se vuelven para mirarnos. Incluso el único músico, un hombre que toca un simple tambor cerca del fuego, detiene su ritmo y se queda mirando.

Hasta Viera parece paralizada por la respuesta, como si nunca hubiera sido el blanco de tantas miradas inquisitivas y sospechosas antes.

Yo sí lo he sido.

—Hola —comienzo—. No somos sus enemigos. —Supongo que es una forma segura de empezar—. Venimos del otro lado y estamos buscando volver a casa. Un hombre llamado Anjo nos guió aquí y dijo que seríamos bienvenidos por la noche.

—Tú, tal vez —grita alguien desde detrás del mostrador—. ¡Pero ellos no!

Encuentro al hombre, y es un cocinero cubierto de grasa mirando fijamente a Vee y T'Oli. También noto que no hay muchas sorpresas en los rostros de los invitados. No están atónitos por la presencia de una criatura alta, golpeada pero escamada y con garras, parada en su puerta. Interesante.

—Están aquí para ayudar a luchar contra los otros. —No estoy segura de si la palabra "Sevora" tiene algún significado aquí, pero tengo que intentarlo de todos modos—. Quieren luchar contra los Sevora tanto como ustedes. Tanto como yo.

—¿Y quién eres tú? —esta vez es el músico quien pregunta, mientras el cocinero al fondo se resigna a un ceño fruncido malhumorado—. ¿Por qué deberíamos escuchar lo que tienes que decir?

—Porque lo perdí todo para estar aquí —respondo—. Porque tengo todo que ganar ayudándoles. Porque solía ser la Emperatriz de los Charre, y ahora no soy más que una mujer herida que sabe lo que tenemos que hacer para sobrevivir.

Ahora los rostros se vuelven unos hacia otros, se murmuran preguntas, y siento que el foco se vuelve brillante sobre mí. Así que pienso en cuando me paré por primera vez en el Vaos con Jakkan, en donde el sumo sacerdote me enseñó cómo venderme a una población.

Especialmente una que teme a una fuerza hostil que avanza.

—Tienen preguntas. Tienen miedos. —Tomo un respiro profundo. Padre dijo que la cadencia lo era todo—. Tienen todo el derecho de no escuchar, de no confiar en nosotros. Pero si escuchan lo que tenemos que decir, tal vez entenderán. Tal vez verán que pretendemos ayudar, no dañar.

Las palabras fluyen a partir de ahí. Me paro más allá de la entrada y cuento historias, hablo sobre *Cobalt*, los Oratus y los Sevora. Cada vez que veo que la audiencia empieza a perder interés mientras términos poco familiares e ideas extrañas pasan sobre ellos, vuelvo a los llamamientos directos. A la idea de que la humanidad debe mantenerse unida contra amenazas masivas. Contra cosas que no les importa si nosotros, como especie, vivimos o morimos.

Cuando tengo la garganta seca y siento que ya no puedo hablar más, es el músico quien me trae una jarra de barro llena de un líquido amargo. Casi lo escupo después del primer sorbo, pero me obligo a tragarlo. Cerveza, creo, y recuerdo la advertencia de Malo sobre los pimientos Charre; debes ser capaz de comer y beber lo que ellos comen y beben si quieres su ayuda. Si quieres que te vean como uno de ellos.

Al final, no sé si he convencido a alguien, pero las miradas son ahora más curiosas que de precaución. Uno de los camareros, un chico joven que parece fascinado con Vee, nos dirige a una mesa vacía, y ahí es donde nos sentamos, por fin. Si no totalmente aceptados, al menos no nos están atacando.

—Buen trabajo —dice Viera mientras nos sentamos—. Pensé que tendría que disparar al menos a tres de ellos antes de que nos dejaran en paz.

—Este lugar no parece tan extraño —comenta T'Oli mientras nos acomodamos—. Aunque ha pasado mucho tiempo desde que disfruté de este tipo de bebida.

—¿Qué tipo de bebida? —le pregunto al Ooblot, que se enrosca en un taburete y endurece su mitad inferior para que sus tallos oculares y un pequeño charco se derramen sobre la mesa.

—La que estás sosteniendo. ¿Podría darle un sorbo?

Miro la jarra. Miro el charco de T'Oli. —¿Cómo?

—Como cualquier otra cosa —gorjea T'Oli—. Viértela sobre mí.

Levanto la jarra, la inclino un poco para que la cerveza llegue al borde, y luego dejo que caiga un poco. Espero que golpee al Ooblot y se disperse por todas partes, pero en su lugar la cerveza simplemente se disuelve en la piel de T'Oli, dejando una tenue mancha ámbar contra el blanco.

—No está mal —dice T'Oli—. Aunque podría usar agua más limpia. Ingredientes más puros.

—Estás bebiendo cerveza en una cueva —dice Viera—. ¿Qué más quieres?

Por la manera en que los tallos oculares de T'Oli se vuelven para mirar a Viera con sincera claridad, sé que el Ooblot está a punto de responder literalmente a la pregunta de la Lunare. Intento detener ese desastre antes de que comience.

—Vee, ¿qué opinas? —pregunto.

El Oratus no ha dejado de mover la cabeza desde que entramos aquí. Está vigilando algo, y tengo curiosidad por saber qué.

—Hay miedo aquí —sisea Vee—. Es un olor fuerte. —Vee se vuelve hacia mí, pone sus cuatro garras sobre la mesa —. No deberíamos quedarnos.

—¿Qué, por qué? —pregunta Viera—. ¿Después del discurso de Kaishi? No van a hacernos daño.

—Míralos —sisea Vee en respuesta—. Están desesperados. No conozco la densidad de vuestros asentamientos humanos, pero ¿esto parece una gran concentración para un lugar tan pequeño?

—¿Lo es? —pregunto, echando otro vistazo. Claro, hay unas veinte personas aquí, y tal vez una docena de casas en todo el pueblo. Ese número no parece demasiado extraño.

—Tiene razón —dice Viera, y su voz tiene ahora un tono diferente—. Míralos. No son lugareños.

No puedo distinguirlo. La mayoría lleva el mismo tipo de ropa suelta y botas. Algunos tienen pañuelos, otros llevan pistolas enfundadas en las caderas. Todos están sucios, y nosotros también. No hay un aspecto obvio que pueda identificar.

—¿No lo veo? —digo finalmente.

Viera está a punto de hablar cuando el chico se acerca de nuevo, pregunta si queremos algo de beber. Viera pide una ronda, y cuando estoy a punto de preguntar cómo vamos a pagar eso, saca una pequeña bolsa de piedras de su bolsillo.

—Diego ya no necesitaba esto —dice Viera ante mi mirada, y ahora que el chico se ha ido, asiente hacia el cocinero—. ¿Ves cómo actúa? ¿Cómo el resto de su personal mantiene los ojos sobre todos?

Me encojo de hombros. —¿Sí? ¿Y?

—Significa que no conocen bien a esta gente —sisea Vee—. En un lugar pequeño como este, cada persona debería ser conocida. Esto debería ser cómodo. En cambio, todos están nerviosos.

—¿Por qué lo estarían? —dice T'Oli después de que el chico deposita un juego de cuatro jarras frente a nosotros—. Tienen comida, refugio y bebidas.

Estoy pensando. ¿Qué haría que un pueblo Charre estuviera tan preocupado? ¿Qué alteraría un pueblo normal de Solare?

La respuesta viene caminando hacia nosotros después de que recibimos nuestras bebidas, una mujer ruda flanqueada por siete hombres.

—Me llamo Celice —dice la mujer y me sorprende lo ronca y profunda que es su voz—. ¿Ustedes son del lado equivocado de las montañas?

Siento que Viera mueve su mano derecha hacia su pistola, y yo aprieto mi agarre en la jarra de cerveza. Está llena, pero la jarra en sí es dura. Si tuviera que lanzarla, probablemente podría hacer algún daño. Pero por ahora, intento no iniciar una pelea.

Especialmente porque todavía estoy muy adolorida, y ninguno de nosotros se siente listo para intercambiar puñetazos con este grupo.

—Más lejos que eso —respondo—. Venimos de allá, del espacio, de más allá del cielo.

Celice no parece en absoluto desconcertada por eso. —Eso es lo que dijeron ellos también. ¿Saben lo que está pasando del otro lado?

—Lo hemos adivinado.

Vee, por su parte, no se ha movido excepto para ayudar a T'Oli a verter más cerveza sobre sí mismo. El Oratus parece despreocupado por Celice y su grupo. Lo cual, si yo fuera una bestia escamosa mortal, probablemente tampoco me preocuparía demasiado.

—Es peor de lo que puedan estar pensando. —Celice se inclina, planta sus manos con las palmas hacia abajo sobre la mesa—. No me sorprendería si Avril ya ha perdido los primeros túneles, incluso con todos sus amigos Charre y Solare luchando de su lado.

—Estamos tratando de llegar allí. Lo que sabemos podría ayudarles.

—Si tuvieran miles más con ustedes, como ese —Celice asiente hacia Vee—, tal vez. De lo contrario, todo lo que están haciendo es marchar hacia el suicidio.

—¿Cuál es tu punto? —interviene Viera—. No viniste aquí para advertirnos que nos alejemos.

—No —responde Celice—. No lo hice. Dejamos el frente por órdenes. Mantener una cadena abierta de control Lunare a través de las montañas, para que pudiéramos retirarnos completamente si fuera necesario. Que es donde ustedes entran.

—¿Qué quieres decir?

—Queremos volver —dice Celice—. La lucha está allí. El enemigo está allí. Estamos cansados de estar sentados en este lugar, esperando. Ustedes van a ser nuestra razón. Nuestra manera de volver a casa.

Parpadeo. ¿Eso es todo? ¿Quieren escoltarnos?

—¿Seguro? —digo—. Está bien.

Celice dirige sus ojos a Viera, quien se encoge de hombros. —Lo que diga Kaishi.

Celice asiente, se levanta de la mesa. —Entonces nos

iremos mañana. Será mejor que vean al médico del pueblo también. Todos se ven un poco maltratados.

No se equivoca. Después de que T'Oli y Viera terminan sus bebidas —yo dejo languidecer la mía—, los cuatro nos organizamos para conseguir una habitación en la casa común y nos dirigimos hacia la única especie de clínica que tiene este pueblo, que no es más que una casa con una pareja mayor en su interior.

Lo que sí tienen son suministros. Vendas y cataplasmas para nuestras heridas, que lavan y vendan. Ungüentos para nuestros pies ampollados y jabones para nuestro cabello sucio. Pasta arenosa para nuestros dientes para evitar que se caigan. Después, nos dirigimos a la casa de baños y su manantial, afortunadamente libre de Fassoth.

Cuando por fin me quedo dormida esa noche, en una cama de heno junto a Viera, con T'Oli desparramado en el suelo y Vee acurrucado sobre nuestras esteras en la esquina, es el primer descanso real que he tenido en muchísimo tiempo.

Celice y tres de sus guardias nos encuentran por la mañana. Deja al resto de sus fuerzas atrás como guarnición, y pasamos los siguientes días aventurándonos por túneles mucho mejor iluminados, señalizados y marcados que antes. Son lo suficientemente anchos para trenes de carros, para que todos caminemos uno al lado del otro, e incluso, ocasionalmente, tienen arte tallado y pinturas en los laterales.

Me descubro deseando ver el cielo, que Ignos brille, pero lo más cercano que tenemos son los conductos de ventilación periódicos, a través de los cuales, si escucho con atención, puedo oír el silbido del viento muy por encima.

Celice nos da un relato sombrío de la guerra mientras avanzamos. Los Sevora aparecieron no hace mucho en los cielos sobre nosotros, pareciendo al principio manchas negras en lo alto. Luego llegaron lanzaderas repletas de criaturas que nadie había visto antes.

Aquí, Celice se detiene un segundo para agradecerme.

—¿Por qué? —pregunto—. Ni siquiera estaba aquí.

—Porque nos mostraste lo que se avecinaba —responde Celice—. Trajiste a los primeros, como él, aquí.

Había olvidado que Sax y Bas visitaron a los Lunare buscándome. Habían expuesto la Tierra a las nuevas amenazas del espacio.

—No estábamos del todo desprevenidos —continúa Celice—. Avril tenía planes de contingencia. Ya estábamos invadiendo la jungla, a punto de asaltar a los propios Charre...

—Espera —digo mientras caminamos bajo un techo resplandeciente que brilla en magenta—. ¿Estabais atacando a los Charre?

—Por supuesto —dice Celice, como si tal movimiento fuera obvio—. Tú te habías ido. Su general líder, desaparecida. Estaban en desorden. ¿Qué mejor momento?

Quiero lanzar algunos insultos, escupir un poco de fuego por la crueldad de aprovecharse de la gente, pero entonces recuerdo a los Sevora en mi propia cabeza. Ignos, constantemente diciéndome cuándo presionar a otros, usarlos y torcer sus objetivos para que se ajustaran a mis propios fines. Yo había hecho eso, por eso me convertí en Emperatriz en primer lugar.

—Así que llegan los Sevora y ¿qué, huís? —digo finalmente.

—Les ofrecimos refugio —dice Celice—. Damantum es demasiado abierto, especialmente para un ataque desde arriba. Los Charre no son estúpidos: escuchan a sus sacerdotes y vienen corriendo, junto con las tribus Solare que hemos tomado.

—Qué caritativo —dice Viera—. Eso no es propio de Avril.

—Cuando te enfrentas a la aniquilación —responde Celice—, cada cuerpo cuenta. Aquellos que podían empuñar armas las recibieron, a otros los enviamos profundamente a los túneles para asegurar rutas como esta. Puede que no te guste Avril, Viera, pero ella quiere que la humanidad sobreviva tanto como tú.

»Y fue bueno que lo hiciera, porque no aguantamos mucho en el exterior. No hay nada que podamos hacer contra sus... voladores. Los que vienen del cielo y nos envían muerte ardiente. Hemos estado en las montañas desde entonces, esperando, resistiendo y confiando en un milagro.

La expresión de Celice al decir esto muestra que no cree que nosotros lo seamos.

No puedo estar en desacuerdo con ella. Un Oratus herido, un Ooblot y un par de humanos maltrechos no van a cambiar el rumbo de esta lucha. Al menos, no sin algo de ayuda.

# CAPÍTULO 18

# SED DE SANGRE

**SAX CARGA** al terminar las palabras. Sus garras arañan el suelo metálico y se lanza contra el Oratus reflejado, que no lo ve venir.

Al menos, eso es lo que Sax piensa durante la fracción de segundo antes de que el Oratus reflejado se mueva ligeramente, sus escamas borrosas y destellantes desviando la trayectoria de Sax, haciendo que sus garras resbalen sobre las escamas en lugar de cortar profundamente. El Oratus reflejado aprovecha cuando Sax pasa volando, acuchillándolo con sus garras delanteras.

Sin embargo, el cuerpo de Oratus es todo un arma, y Sax azota su cola mientras cae, la coloca debajo de las garras del enemigo y lo barre de sus pies. El impulso de Sax lo lleva contra la pared lejana, y el Oratus gris se agarra, gira y se voltea con sus garras medias antes de saltar de nuevo hacia su objetivo caído. Sax aterriza sobre el Oratus reflejado, arañando con sus garras, mordiendo, y recibiendo el mismo trato a cambio. Un dolor punzante y cortante atraviesa a Sax, siente que los músculos de sus brazos y conductos se desgarran, pero a Sax no le importa: ahora está en plena sed de sangre. Todo es energía roja y cruda. Sax va a morir, así que va a darlo todo por esto.

¿Y eso qué es?

Por primera vez en su vida, un pensamiento detiene a Sax, y el Oratus reflejado aprovecha, empuja sus garras bajo Sax y lo patea lejos. Sax sale disparado del suelo y rueda contra la pared izquierda. Siente que su energía se desvanece, su sangre se acumula en el suelo y todo en lo que puede pensar es que se ha entregado por nada. Si muere aquí, su misión termina. Perderlo todo en una pelea con una criatura que, incluso si gana, haría que los Flaum quemaran a Sax donde está.

Sax ya no puede morir por nada. Tiene una causa.

—Sorprendente, pero estúpido —sisea el Oratus reflejado, y ahora hay un sonido de borboteo en su voz. Sax debe haber arañado profundamente las cuerdas vocales del Oratus—. No necesitabas lastimarte de esa manera. Ahora tendré que arreglarte para que te maten de nuevo.

Sax mira fijamente al Oratus reflejado, siente el frío suelo metálico contra su cabeza. Quiere responder, pero el acto de abrir la boca se siente como levantar una nave del suelo. En su lugar, Sax piensa en Bas. Qué está haciendo, dónde está. Si siquiera sigue viva.

El Oratus reflejado se difumina hacia Sax, lo mira fijamente desde arriba. —Por última vez, dime tu plan. ¿Por qué estás aquí?

—Ya te lo dije —logra croar Sax—. El Coro debe ser detenido.

El Oratus reflejado toma su garra derecha, presiona la garganta de Sax, y él puede sentir las garras empujando hacia adentro. —Eso no es suficiente.

—Eso es todo lo que vas a obtener.

El Oratus reflejado empuja más con su garra, pero a Sax

no le importa. ¿Qué es más dolor comparado con lo que ya ha soportado?

—Pensé que lo tomarías prisionero —este siseo proviene de alguien fuerte y nuevo. Rav—. ¿Qué crees que hará por la moral asesinar a un Oratus en mi nave? Necesitan escucharme, no pensar que podría ser una traidora.

—No me importan tus sensibilidades —sisea de vuelta el Oratus reflejado—. Esta criatura *es* un traidor. Deberías estar orgullosa de haber facilitado su captura.

—Entonces llévatelo —responde Rav—. No permitiré que lo maten en mi nave.

El Oratus reflejado duda, luego levanta su garra del cuello de Sax. —Bien. Ayúdame a arrastrarlo a la mía.

Sax no puede verla, pero siente que Rav lo mira. —No creo que tu prisionero vaya a vivir lo suficiente para un salto. Lo curaremos primero.

El Oratus reflejado resopla, pero no se niega.

Rav ordena a un par de Flaum que ayuden a Sax a ponerse de pie. Otros tres mantienen sus mineros apuntados hacia él, aunque Sax no va a ir a ninguna parte, y todos lo saben. Sax también lo sabe; se está concentrando en respirar, en mantenerse de pie y en no darle más satisfacción al Oratus reflejado. Lo llevan por los pasillos, lejos de los motores y de la última idea de Sax. La bahía médica está arruinada, así que en su lugar arrojan a Sax en un camarote vacío, donde un Flaum venda las heridas de Sax y le inyecta apenas suficiente Estimulante para mantenerlo con vida.

Durante todo este tiempo, el Oratus reflejado observa a Sax. Todo el tiempo, el Oratus reflejado habla. Le cuenta a Sax sobre los diversos tratamientos horribles que recibirá a manos del Coro. Al final, cuando ha concluido cualquier número de opciones sobre cómo Sax podría encontrar su espantoso final, y cuando Sax ha sido recompuesto, el Oratus reflejado se inclina muy cerca.

—No te estoy diciendo esto para asustarte —sisea el Oratus reflejado—. Te lo estoy diciendo porque mereces saber las formas en que terminarás.

A partir de ahí, con Sax apenas despierto, lo llevan a la bahía de atraque, flotando en el transporte. Un par de pilotos del Coro, Flaum de pelaje rojo que llevan armaduras especiales y parches con una sola aguja blanca sobresaliendo del espacio negro, comienzan los procedimientos de lanzamiento. Sax está asegurado en un asiento en la parte trasera. El Oratus reflejado se sienta frente a él, dándole a Sax una interminable mirada sin vida.

Al menos hasta que el transporte no arranca. Al menos hasta que sus microreactores no se encienden.

Sax logra esbozar una débil sonrisa dentuda.

El Oratus reflejado destila desprecio hacia Sax y su sonrisa. Debido a las escamas refractantes, Sax solo distingue el contorno de la mueca de desprecio, que se profundiza en un ceño fruncido de labios muertos mientras el transporte no se eleva.

—¿Qué está pasando? —el Oratus espejado proyecta su voz hacia los dos Flaum en la cabina, que están ocupados chillándose entre sí.

—Se ha cortado la energía —responde el Flaum de la derecha—. Todas las lecturas son negativas. No recibo nada de los motores.

—Parece que te quedarás aquí un rato más —dice Sax—. Menos mal que te hiciste amigo de todos en esta fragata.

—No son mis amigos. Son sirvientes, como yo. Todos nosotros, incluso tú, debemos doblegarnos ante la voluntad del Coro.

—¿Eso es lo que te dices a ti mismo? —dice Sax—. ¿Todo

esto es la voluntad de un montón de burbujas en una torre? Podrías destrozar a cualquiera de ellos en un minuto. ¿Por qué acatar sus órdenes?

El Oratus espejado exhala un pesado suspiro por sus conductos y se pone de pie, sus escamas cambiando para igualar la luz amarilla en el interior de la lanzadera. —Porque creo en algo llamado lealtad. En devolver el favor a mis creadores por darme la vida.

—Esa fue su elección —dice Sax—. Tú deberías tomar la tuya.

El Oratus espejado no responde, en su lugar se dirige al panel que controla la rampa de abordaje. Con una garra, abre la puerta del transporte y, después de darle a la rampa un momento de ventaja, desciende, dejando a Sax a bordo y cautivo.

Pero solo por un momento.

Los dos Flaum continúan su parloteo rápido, con el de la izquierda eventualmente saltando de la silla del piloto y dirigiéndose hacia Sax. El Flaum se acerca a él, manteniéndose bien lejos de las garras de Sax mientras se dirige a la puerta, cuando hay un destello brillante y la criatura de pelaje rojo cae al suelo.

Sax sisea sorprendido, viendo al otro Flaum sosteniendo un minero de bolsillo que ha sacado de algún lugar. Ese Flaum se precipita rápidamente por la lanzadera y golpea el panel de la puerta de abordaje, recogiendo la rampa y cerrando la puerta de golpe. Un momento después, tras desatar a Sax de la red, el Flaum de pelaje rojo retrocede detrás de su antiguo colega, apuntando el minero hacia Sax, aunque sus manos temblorosas muestran más miedo cauteloso que malicia.

—¿Qué? —logra preguntar Sax.

—El Coro tiene menos amigos de lo que crees —dice el

Flaum—. La Resistencia tiene más aliados de los que conoces.

—¿Y los motores?

—Descubrirá que funcionan. —El Flaum mira hacia la puerta—. Deberíamos irnos.

—No —dice Sax—. Tengo un amigo en la nave. No lo voy a abandonar. Y tengo una idea; abre un canal con Rav.

Sax sintió un cambio en la última conversación que tuvo con la comandante de la fragata, y va a apostar todo a que otro empujón podría inclinarla a su lado. Con la fragata, Rav sería capaz de forzar una manera para que Sax bajara a Solis, para encontrar a Bas.

El Flaum le lanza a Sax una mirada de reojo con los ojos muy abiertos, una mirada que Sax reconoce bien por su propia experiencia. Se está preguntando si está loco, si cometió un terrible error al elegir ayudarlo en lugar de simplemente seguir órdenes. Pero Sax sigue siendo un Oratus, y su cuerpo dañado es más que capaz de manejar a la bola de pelo, así que bastante rápido el Flaum decide que una oportunidad de vida es mejor que una muerte rápida y segura. Se retiran a la cabina y el Flaum abre un canal.

—¿Por qué no te has ido? —la voz de Rav se escucha rasposa—. Tienes vía libre. La bahía está abierta.

—Ha habido un cambio de planes —dice Sax.

Silencio absoluto del otro lado. Un silencio que finalmente se rompe con el fuerte golpe de algo estrellándose contra el exterior del transporte. El arañazo de garras cavando en el casco.

—Se ha dado cuenta —dice el Flaum, su voz apagándose en el tono de los condenados—. Esta nave no está hecha para el combate; no tardará en abrirse paso.

—¿Qué estás haciendo? —vuelve la voz de Rav—. ¿Qué le pasó al Oratus?

—Está abriéndose paso en su propia nave —responde Sax—. Te agradecería que lo detuvieras. —Luego, al piloto Flaum—: Enciende los motores.

—¿Por qué?

—Hazlo —ordena Sax—. ¿Rav?

Rav suelta una risa sombría y desesperada. —¿Quieres que lo detenga? ¿Cómo?

—Dile a tus Flaum que él es el verdadero traidor. Que su raza, al igual que la nuestra, depende de detener a este Oratus.

Se escucha un chillido desgarrador desde fuera, y Sax se gira para ver la luz brillante de la bahía de atraque filtrándose a través de un largo corte. En un segundo, el Oratus espejado abrirá un agujero lo suficientemente grande para sí mismo y Sax no está en condiciones de pelear. Un rápido escaneo de la lanzadera muestra que no hay mineros aquí tampoco, salvo el pequeño que el piloto Flaum agarra con fuerza en sus manos. Un arma tan pequeña, a menos que se dispare perfectamente, no haría más que irritar al Oratus espejado.

Los dientes y garras de Sax tendrán que bastar.

—Última oportunidad, Rav. Última oportunidad para elegir a tu propia especie. —Sax está algo orgulloso de eso, piensa que Bas también estaría orgullosa de él. Aquí está, hablando como alguien que sabe algo más allá de los caminos de la guerra.

O tal vez Bas ha influido en él durante todo este tiempo.

Sax ve un par de garras, sus bordes visibles como líneas negras contra la piel gris plateada del interior de la lanzadera. Se cierran sobre el corte y rasgan, pelando el casco como si fuera simple papel. Con su entrada creada, el Oratus espejado se introduce dentro.

—Parece que hemos perdido energía, ¿eh? —gruñe el

Oratus al piloto Flaum, apenas dedicando una mirada a su compañero caído en el suelo de la lanzadera—. Parece que Sax no es el único traidor con el que está lidiando el Coro.

Sax extiende sus garras remendadas y vendadas. —Tal vez sea un traidor para el Coro, pero al menos estoy luchando por algo.

—Pero morirás por nada —dice el Oratus espejado, avanzando pesadamente hacia Sax.

Sin embargo, Sax no se siente con ganas de morir aún, así que cuando el Oratus espejado se acerca acechante, Sax, usando su cola, golpea la palanca de vuelo detrás de él, enviando el transporte hacia adelante, con sus micropropulsores muy vivos.

El Oratus espejado se da cuenta de lo que está a punto de suceder, se da cuenta de que no tiene tiempo de ponerse a cubierto, y tampoco lo tienen Sax ni el Flaum. El transporte se estrella contra la parte trasera de la bahía de atraque, el impacto lanzando a Sax hacia atrás, contra el parabrisas que se desmorona en la parte delantera del transporte mientras el cristal estalla a su alrededor. El Oratus espejado completa el choque una fracción de segundo después, embistiendo y pasando por encima de Sax mientras caen, con la nave, al suelo de la bahía.

El impacto hace que la cabeza de Sax dé vueltas, el universo se divide y se oscurece incluso mientras los chillidos del metal que se desgarra y los chasquidos chispeantes de los cables que se rompen llenan todo el espacio auditivo disponible que Sax tiene. Aterriza sobre los escombros, el techo de la lanzadera crujiendo cerca pero sin colapsar, con el olor a energía que se filtra ozonizando el aire. El humo sale de las baterías destrozadas demasiado cerca de los almacenes de alimentos y las telas inflamables que recubren los sofás en la mitad trasera del transporte.

La consciencia no abandona a Sax por completo, sin embargo. El instinto sobrevive y lo empuja hacia arriba. Está herido, su garra delantera izquierda y su cola, tan recientemente quemadas, vuelven a mostrar las señales de llamas demasiado calientes y cercanas.

Sax se tambalea lejos del naufragio a través del mismo agujero que crearon las garras de su enemigo, pero no logra dar más que unos pocos pasos antes de que surja el jadeo agotado que está esperando.

El Oratus reflejado se libera, inclinándose y estrellándose contra la pared derecha que protege la cabina de la lanzadera. La losa se quiebra sobre los escombros, levantando una lluvia de humo y polvo al caer, que enmarca al Oratus en la evidencia de su propia fuga. Las escamas espejadas de la criatura ya no brillan, su matriz reflectante ahora es un negro maltratado, cubierto de suciedad, aceite y grasa. Productos químicos gotean de su cola, mientras que largas cicatrices en su pecho muestran que aterrizó con fuerza sobre las baterías expuestas que alimentan los micropropulsores del transporte.

Ahora es una cosa oscura y rota. Se tambalea hacia Sax, sus ojos verdes turbulentos son lo único brillante que le queda.

Hubo un momento, un tiempo en que el Oratus reflejado habría llevado a Sax de vuelta al Coro. Entregado a Sax a sus señores Amigga: Sax sería preparado para el juicio, para la sentencia y la eventual condenación. Pero este ya ha superado el punto de la razón. Solo hay venganza, ojos llenos de ira y rabia. Cosas que Sax conoce. Cosas que entiende.

El Oratus reflejado está más allá de la conversación y salta hacia Sax, volando por el aire con demasiada fuerza. No hay manera de que la criatura pudiera estar tan herida y ser capaz de volar tan alto, hasta que Sax se da cuenta de que el Oratus debe haber estado usando una máscara. Una sin duda dañada por las garras de Sax, una que dio su última protección en el accidente. Haciendo lo suficiente para mantener a su portador vivo y letal.

Sax no puede luchar contra eso, así que no lo hace.

En su lugar, va en la dirección opuesta. Se lanza bajo la carga del Oratus reflejado y corre de vuelta hacia el transporte destrozado. El sonido de garras sobre metal le dice a Sax que el Oratus ha aterrizado, pero él se está enfocando en una cosa que sobresale de ese infierno; un largo fragmento de metal quemado que, momentos antes, se erguía como la barra superior que sostenía el parabrisas de la cabina. El accidente lo arrancó, pero la mitad de la barra sobresale del fuego como una lanza.

Sax recibe la primera quemadura en sus garras delanteras mientras se arrastra hacia el naufragio cuando siente un fuerte tirón en su cola. Una punzada ligera cuando las garras atraviesan sus escamas, y luego Sax está siendo azotado, lanzado por el aire. Es demasiado pesado para volar lejos, y Sax golpea el suelo con fuerza y rueda sobre sus hombros heridos. Logra detenerse y mira hacia atrás, hacia el Oratus reflejado que se acerca, esa forma negra cicatrizada se ve aún más horrible bajo las brillantes luces de la bahía.

—Nunca ganarás —sisea Sax mientras el Oratus se acerca—. Me matarás, son los Amigga quienes obtienen la victoria. Estás lastimando a tu propia especie. ·

—¿Crees que me importa? —El Oratus intenta una patada a la cara de Sax, pero la delata con una tensión ondulante de sus fuertes piernas.

Sax saca sus garras delanteras, atrapa el talón —a costa de otro corte en su garra izquierda, pero a estas alturas hay demasiados para contar— y tira del Oratus hacia adelante. Aquí el agarre afilado de las garras incrustadas en el metal termina lastimando al Oratus reflejado, porque su talón trasero no cede y no permite que Sax haga tropezar a la criatura. En cambio, se mantiene firme mientras Sax tira de la pierna del Oratus hacia adelante. El hueso se rompe por encima del crepitar constante del carguero en llamas, y el Oratus reflejado ruge mientras Sax usa la pierna tironeada como palanca para girar sobre sí mismo y golpear al Oratus reflejado en la cara con su cola.

El impacto y el brusco tirón que sigue permite al Oratus reflejado liberarse, y Sax está bastante satisfecho de ver al enemigo caer en una profunda cojera. Una emoción que muere rápidamente cuando el Oratus se gira y envía su propia cola estrellándose contra la cabeza de Sax. El impacto caleidoscopio la bahía y envía a Sax deslizándose por el suelo hasta que se detiene contra un conjunto de contenedores de combustible vacíos. Son cilindros voluminosos, viejos y probablemente accesorios permanentes de esta fragata hasta que Rav logre conseguir una asignación en algún lugar habitado.

Ahora mismo, sin embargo, son lo que Sax necesita para ponerse de pie. Para dar al Oratus reflejado una última mirada nivelada. Si va a morir aquí, en esta ruina de una bahía, desangrándose por una docena de cortes profundos, lo hará de pie.

—Haces que nuestra raza se sienta orgullosa —sisea el Oratus reflejado mientras cojea hacia él.

—Y tú traicionas a la tuya —Sax mantiene su cola envuelta alrededor del contenedor de combustible gastado; sus piernas están mayormente entumecidas y Sax está seguro de que colapsaría sin él.

—Todos elegimos a nuestros amos —responde el Oratus reflejado.

Se acerca a Sax, y Sax no puede evitar intentar, con sus garras delanteras y medias, dar un zarpazo, pero el Oratus reflejado las atrapa todas. Gira y rompe cada una de las muñecas de Sax por turno, dejando sus garras rotas y flácidas. El dolor es inmenso, pero Sax deja que todo fluya hacia el gigantesco agujero negro que se ha formado en su mente; un vacío calmo e interminable que crece a medida que el agarre de Sax sobre la vida se vuelve más y más tenue.

—Yo niego a los tuyos —logra sisear Sax.

El Oratus reflejado se acerca. Luego, con un repentino tirón, las cuatro garras se hunden profundamente en las ventilaciones de Sax. El Oratus reflejado se acerca con una mueca mientras ataca, el aire caliente de sus propias ventilaciones soplando contra Sax. Quien responde de la única manera que puede.

Muerde.

Un rápido y dardeante chasquido que hace que los dientes de Sax rodeen la garganta del Oratus reflejado. Sax desgarra las escamas, apuñala por debajo y saborea cada parte de la grasa quemada y la sustancia más cálida y suave debajo. Cada onza de fuerza que Sax tiene va entonces a sus mandíbulas, cavando más duro y más profundo.

Sax no cree que vaya a vivir, pero tampoco lo hará esta cosa.

El Oratus reflejado entra en un frenesí, desgarrando y apuñalando con sus garras. Cada corte se lleva más de Sax. Su visión se vuelve manchada y oscura, pierde la sensación en sus piernas, su cola. Mantiene toda su energía en sus mandíbulas.

Más apretado, más fuerte.

Por tanto tiempo como pueda.

CELICE NO PIERDE tiempo ni palabras. Se mueve con un propósito furioso que nos impulsa al resto. Hasta ahora, veía a los Sevora y su invasión como algo abstracto, una amenaza a la que nos enfrentaríamos eventualmente, pero Celice encarna sus efectos; quiere luchar, ganar, salvar su hogar.

Yo también.

Después del primer día de viaje, que termina en otra aldea, más grande que la anterior, vemos las señales equivocadas. La casa común de esta está más abarrotada, y no solo de soldados. Los carros abarrotan las calles, y los Lunare con ellos, acurrucados en tiendas improvisadas y mantas. Otros parten de regreso por donde vinimos, murmurando sobre escapar y salvarse.

—Esto no va bien —me dice Viera mientras continuamos a la mañana siguiente.

—Pensé que podríamos tener una oportunidad —respondo—. Esperaba que si los Sevora no pudieran tomarnos como anfitriones, nos dejarían en paz.

—No fuiste emperatriz el tiempo suficiente para aprender que los imperios matan lo que temen.

—Sigo siendo la Emperatriz, Viera. Solo he perdido mi imperio.

—¿Crees que podemos recuperarlo? —Viera lanza la pregunta sin un ápice de sarcasmo y con mucho cansancio.

—No crees que vayamos a ganar, ¿verdad? —respondo—. ¿Piensas que este es el fin de la humanidad?

Viera palmea las pistolas en su cinturón. —Tengo un par de estas. Eso es todo, Kaishi. Avril quizás tenga algunos trucos también, pero nada mucho mejor. Los Sevora tienen naves que vienen del cielo y nos incineran antes de que siquiera las veamos. ¿Cómo ganas esa batalla?

Es un problema que he estado meditando mientras recorríamos las cuevas. Uno del que también he estado hablando con T'Oli y con Vee. Todos llegamos a una solución. Una respuesta.

—Necesitamos ayuda. —Asiento hacia Celice y sus hombres, que apartan a otro grupo de refugiados para dejarnos pasar—. Van a luchar hasta el final, y no merecen hacerlo solos.

—Kaishi, no somos la ayuda que necesitan.

—No. ¿Recuerdas a Sax? ¿A Bas? Odian a los Sevora. Dijeron que hay todo un ejército de ellos. Vee dice lo mismo.

—¿Así que quieres llamar a diferentes monstruos para que luchen contra los que ya están aquí?

—Es eso, o morimos —digo.

No tiene respuesta para eso, y seguimos avanzando. Los túneles se funden entre sí, y mi corazón duele por no ver el cielo durante tanto tiempo. El flujo de gente que huye se espesa hasta convertirse en un torrente. Se apartan de Vee y T'Oli, y algunos se molestan en lanzarles insultos, aunque un destello de dientes del Oratus los calla rápidamente.

Por la noche, los cuatro intercambiamos estrategias.

Formas en las que podríamos contactar con los Vincere, la fuerza que Vee dice que podría ayudarnos. T'Oli dice que enviar el mensaje es simple, siempre que consigamos una lanzadera. Lo cual, por supuesto, es la parte difícil.

Hasta que llegamos a la capital Lunare, Marilo, en toda su vastedad, y todo cambia.

Se puede leer mucho en la expresión de una persona, pero obtengo más información de la forma en que los refugiados están corriendo ahora, de cómo arrastran a sus hijos con poco más atado a sus espaldas. Los carros han desaparecido en su mayoría —los que sí avanzan pesadamente, tirados por Fassoth domesticados, están llenos de gente con mirada vacía— y en lugar de los murmullos bajos de los perdidos, las cavernas resuenan con los gritos de los aterrorizados, los asustados.

Celice empieza a maldecir para sí misma a medida que nos acercamos a la abertura que da al enorme lago subterráneo de Marilo.

La vista desde el borde del túnel proporciona toda la razón que Celice necesita para sus improperios. Toda la gloria forjada en la oscuridad de los Lunare se extiende ante nosotros, y la mitad, o más, está envuelta en llamas brillantes. Rayos de láser rojo ardiente se derraman de varias naves que flotan sobre la ciudad cerca del techo de la caverna, pero ni siquiera eso mantiene mi atención por mucho tiempo.

Porque puedo ver el cielo. Y es de un azul claro.

De alguna manera, de alguna forma terrible, se ha tallado un agujero gigante en la montaña bajo la cual se asentaron los Lunare. Es irregular, con cortes afilados en la roca, y algunos de los bordes aún brillan con un naranja fundido.

A través de esta apertura se vierten lanzaderas, descargando lo que parecen, desde esta distancia, Flaum. Las tropas desaparecen en la ciudad, desvaneciéndose en el humo o detrás de los edificios.

—¿Cómo aterrizan? —logra decir Celice mientras observamos otra docena zambullirse en su hogar.

—Oh, tienen botas magnéticas —dice T'Oli—. Lanzarán una o dos plataformas de aterrizaje, y luego es como saltar a una cama suave. Rebotan y están listos para partir. Bastante eficiente, en realidad.

—Cállate, T'Oli —digo—. Celice, ¿dónde está el ejército? Pensé que habías dicho que Avril había reunido una fuerza masiva.

—Vinieron por detrás —Viera señala el agujero—. Apuesto a que no querían lidiar con abrirse paso a través de la fuerza de Avril, así que crearon su propia puerta trasera.

Estoy a punto de hacer otra pregunta —específicamente, qué hacemos ahora— cuando Vee pasa como un rayo junto a nosotros. El Oratus se abre su propio camino a través de la población que huye simplemente con su presencia; nadie quiere interponerse en su camino.

—¿Qué estás haciendo? —le grito.

—¡Cazando! —es el siseo que recibo como respuesta, y luego desaparece.

—No se puede mantener a un Oratus lejos de su propósito —dice T'Oli—. Literalmente, no se puede. Está programado en su ADN.

—No sé qué significa eso, pero tenemos que ayudarlo —dice Celice, y luego me mira—. Dijiste que eres la Emperatriz Charre, ¿no? Muchos de estos también son tu gente. Espero que encuentres una manera de salvarlos.

Entonces Celice y sus hombres, sacando sus pistolas, avanzan tras Vee.

—Entrar ahí solo conseguirá que nos maten —dice Viera.

—Quedarnos aquí también nos matará, solo que más lentamente. —Miro el agujero de nuevo.

Las lanzaderas parecen estar entrando, descendiendo lo suficiente para soltar su complemento de Flaum, y luego acelerando de vuelta hacia arriba y fuera del agujero.

—Si subimos a ese edificio de allá —digo, señalando lo que parece ser una torre de ladrillo que se alza sobre el lago —, tal vez podamos subir a una de esas lanzaderas.

—¿Subir? ¿Cómo? —pregunta Viera—. ¿Quieres que saltemos sobre ellas?

—Tengo una idea —miro a T'Oli—. ¿Estás listo?

—Siempre, Kaishi. Un Ooblot nunca carece de energía.

Entonces nosotros también corremos hacia la ciudad. O más bien, caminamos rápido. Mis costillas aún duelen bastante si intento algo más rápido que un trote, pero la multitud de gente que va en dirección contraria hace que avancemos lentamente de todos modos.

Solo espero que lleguemos a tiempo.

Un destello rojo estalla en el suelo frente a mí mientras me detengo en seco, mis talones resbalando en la calle empedrada que conduce a la ciudad. A ese disparo le siguen otros, trazando una línea a través del camino y subiendo por el costado del edificio a mi derecha. Al principio los disparos solo derriten la piedra, pero luego uno golpea algo más y el interior estalla en fuego y humo negro.

—Vamos, Kaishi, sal de lo descubierto —dice Viera, tirando de mí hacia un lado, bajo el toldo de lo que parece ser una panadería.

—Tenemos que llegar allí —señalo hacia adelante, no exactamente al centro de la ciudad, sino al edificio alto y arqueado que es lo suficientemente alto—. Eso no va a suceder si nos escondemos.

—Hay un punto medio entre hacerte vaporizar y llegar a donde necesitas ir —responde Viera.

Nos deslizamos hacia el último trozo del desteñido toldo verde. Hay tres edificios más —el del medio mayormente una ruina derretida— antes de llegar a la siguiente calle transversal. El humo se eleva y se extiende, nublando el área y haciendo que mis pulmones piquen, pero tomo una respiración profunda de todos modos y me lanzo a correr.

—¡Vamos! —digo, como si tuviera idea de cuándo van a disparar los Flaum—. ¡Usa el humo como cobertura!

Viera y yo nos pegamos a las paredes, moviéndonos detrás de las fuentes eructantes de humo negro. T'Oli se ha envuelto alrededor de mí, proporcionando armadura y algo de apoyo para mis costillas. Cada vez que paso por debajo de una ventana en llamas, el calor me baña el cabello y las cenizas me soplan en la cara, pero sigo adelante. Detenerse significa la muerte.

Frente a nosotros, un hombre se lanza desde otro edificio, sosteniendo lo que parecen ser libros en sus brazos. Nos dirige una mirada enloquecida, comienza a moverse en nuestra dirección, y luego desaparece en otro destello rojo. No queda nada de él salvo unas cuantas páginas ardientes flotando hacia el suelo.

Pero no puedo detenerme. Tengo que seguir moviéndome. El horror por una muerte significa que fracasaré en detener miles más.

Llegamos a la calle transversal cuando un par de Flaum doblan la esquina frente a nosotros, uno cubriendo la calle, el otro girando hacia nosotros. Llevando la insignia Sevora de Nasiya en su armadura, su pelaje marrón-negro se eriza. Se mueven con los mineros levantados, pero con un paso tranquilo. Es una masacre, y lo saben.

Así que Viera dispara primero. Le da al Flaum que lidera entre los ojos, haciendo que su compañero gire hacia nosotros.

Demasiado lento.

Ya estoy corriendo, y me impulso con mi pie derecho hacia la izquierda, luego reboto en la pared del edificio mientras el Flaum intenta seguirme. Embisto a la criatura más pequeña y la derribo mientras T'Oli fluye por mi mano derecha, convirtiéndose en una punta afilada que me permite terminar el trabajo.

Para cuando me pongo de pie, Viera ya está sosteniendo el minero del primer Flaum, jugando con sus gatillos. Asiente hacia el otro.

—Hagamos la pelea un poco más justa —dice.

No puedo más que estar de acuerdo.

Nos deslizamos por más callejones destrozados, pasando mercados en llamas y edificios que se derrumban. No hay, afortunadamente, muchos cuerpos; Avril debe haber comenzado a evacuar la ciudad antes de que comenzara la incursión. Los Sevora, sin embargo, no parecen importarles; los Flaum gastan mucha energía disparando a todo y a todos.

Los Sevora quieren destruirnos. No conquistar, no tomar el control, sino obliterar.

Así que cuando llegamos al edificio alto, estoy cubierta de hollín, mis pulmones arden por respirar tanto humo, pero todavía tengo el minero Flaum en mis manos, y todavía está listo para disparar. Viera está justo detrás de mí, y me pregunto si mi respiración suena tan mal como la suya. O tal vez es solo el continuo rugido de explosiones, los gritos dispersos y el zumbido de los motores de las lanzaderas.

Nuestro objetivo se eleva frente a nosotros, y pienso que debe ser algún tipo de edificio gubernamental, o un templo como el Vaos, solo que alto y cuadrado hasta que se afina en una aguja plana en la cima. El frente —las partes que no están ennegrecidas por el fuego láser, de todos modos— es una malla de diseños entrelazados. Piedras preciosas están intercaladas en el patrón, uniéndose en el nexo de varios surcos.

—Lo llamaría hermoso si fuera en cualquier otro momento —le digo a Viera mientras nos agachamos en la sombra de una pared medio destrozada.

—El Siamante —dice Viera—. Donde comienza y termina el comercio Lunare.

—¿Confinan su comercio a un solo edificio?

—Los grandes tratos —Viera asiente hacia el Siamante —. Cualquier parte que quiera establecerse aquí tiene que presentar su caso aquí, frente al gobierno y otros grandes jugadores Lunare.

—Lo hacían, de todos modos —respondo.

—Estuve ahí una vez —susurra Viera—. Por una tribu Solare que quería suministrar jade.

No deberíamos estar hablando de esto ahora. Deberíamos estar corriendo a través de la calle, entrando al Siamante y encontrando nuestro camino hacia arriba, una forma de tomar una de estas lanzaderas y detener esta locura. Y sin embargo, justo aquí en esta ciudad en ruinas, quiero escuchar más.

—¿Lo hicieron? —pregunto—. ¿Ayudamos a los Lunare?

—Sí —dice Viera—. Aprobamos el trato. Les dimos a esa tribu mucho vidrio negro para sus armas y sus ceremonias. No es que les ayudara; los Charre los aniquilaron poco después.

—Siempre somos los objetivos —me pongo de pie—. Vamos. Sigamos.

Miro hacia arriba, busco una lanzadera y no veo ninguna. No hay Flaum en esta calle; están avanzando desde el centro de la ciudad ahora, estableciendo su frente. Luego, no tengo duda, todos estos edificios arderán.

Pero el avance de los Sevora significa que podemos correr sobre los adoquines hacia las anchas puertas de piedra, tirar de los anillos atornillados al alto portal gris y abrir nuestro camino. Una vez que Viera se desliza, cierro la puerta detrás de nosotros, sellándonos dentro del Siamante.

Los sonidos retumban a través de la amplia sala, un espacio con filas de bancos acolchados a ambos lados de un rectángulo central dominado por un par de escritorios. Al fondo, apoyada contra la pared trasera, hay una sola silla tipo trono con un grueso estante delante. Puedo imaginar a cien Lunare discutiendo aquí, gritándose unos a otros sobre el precio de los zafiros o quién tiene derecho a minar una montaña en particular.

Lo que no tengo que imaginar son los tres Flaum arriba, deambulando por uno de los miradores. Están cazando, al menos a juzgar por sus ojos escrutadores, por los ocasionales gritos humanos seguidos poco después por un brillante destello rojo.

Al sonido de la puerta cerrándose, esos Flaum se giran y ven a su nueva presa.

—¡Sepárense! —grita Viera y yo salto hacia el lado derecho.

Un par de paredes a ambos lados de la puerta contienen escaleras que conducen hacia arriba, y Viera va a la opuesta a mí. Los escalones son cortos, de piedra marmórea desgastada por largos años de botas a las que las mías añaden sus huellas. Sobre mí, los patrones acanalados —ausentes de gemas— continúan sus meandros en el techo.

—¿Tenías pensado dejar a Viera con los Flaum? —me pregunta T'Oli mientras subo las escaleras de un salto.

—¿Dejarla? —resoplo—. Esto es estrategia.

—Una bastante conveniente.

Llego al segundo piso e ignoro los escalones que continúan, optando por agacharme y moverme entre las largas filas de bancos duros. Al otro lado, veo polvo y rocas volando mientras Viera se enfrasca en un intercambio de disparos con los Flaum. Todo su trío está apostado alrededor del hueco de la escalera, disparando a mi amiga.

Ninguno mira hacia mí.

Apoyo los brazos en un banco, apunto y aprieto el gatillo. No hay retroceso, ni sonido más allá del leve siseo del gas minero ionizándose y lanzándose con un poder ardiente. Un poder que surca la cámara y golpea la pared sobre los Flaum. Mi ataque sorpresa solo les ducha con guijarros.

—Buen tiro —dice T'Oli mientras me lanzo lejos de unos rápidos disparos de respuesta.

—¡Nunca había disparado uno tan grande!

—Te sugiero que lo intentes de nuevo.

—Gracias —intento pensar como si estuviera en la jungla, evitando cazadores enemigos.

La clave es nunca estar donde creen que estás, lo que significa o moverte, o hacerles creer que te estás moviendo.

—T'Oli, ve tres bancos más allá. Haz algo de ruido —indico a mi izquierda, con la espalda contra el banco.

El Ooblot fluye fuera de mí, lanza su cuerpo líquido y un par de tallos por el suelo hasta alcanzar la distancia que le pedí, y entonces T'Oli procede a golpear su cuerpo de un lado a otro. El Ooblot suena como si algo estuviera golpeando los bancos de piedra con un mazo gigante.

Pero atrae el fuego. Lo que me permite girarme, levantar el minero, y ver que aún hay un solo Flaum inmovilizando a Viera mientras los otros dos, que se han espaciado, disparan contra mi amigo Ooblot.

Se siente vagamente incorrecto disparar a alguien por la espalda, pero de todos modos le disparo al Flaum, y esta vez mi tiro alcanza a la criatura controlada por los Sevora en el hombro, haciendo que suelte su arma y aúlle una maldición aguda. Una que se corta medio segundo después por mi segundo disparo, ajustado y letal.

Me agacho de nuevo tras el banco, que se hace más pequeño a medida que el otro Flaum arranca un trozo tras otro. Cuando siento que la pieza que cubre mi espalda se desintegra, me lanzo hacia T'Oli mientras el Ooblot se dirige hacia mí, expandiéndose para actuar, de nuevo, como mi única defensa.

Entonces asomo la cabeza, giro el minero, y veo a Viera coronar el hueco de la escalera mientras los dos Flaum centran sus armas en mí. T'Oli se desliza sobre mi rostro mientras me agacho de nuevo, mientras un calor intenso sigue a los láseres que pasan rozando.

—¿T'Oli? —digo mientras el Ooblot se desprende de mí, enroscándose en el suelo.

—He estado mejor —el cuerpo de T'Oli, incluso endurecido, está ennegrecido de una manera que no había visto antes. Como si la piel rocosa se hubiera fundido—. Esto, esto va a llevar un tiempo.

—Quédate abajo —digo, me arrastro un metro hasta el siguiente banco e intento otro asomo.

Resulta que no necesito hacerlo. Resulta que Viera ha reducido a los Flaum a ruinas humeantes. Resulta que tenemos un camino despejado hacia la cima.

Después de confirmar que los Flaum están caídos,

seguimos subiendo y pasamos junto a unos grupos de Lunare acurrucados que, al ver nuestros mineros, se encogen.

Quiero decirles que corran, pero viendo que el Siamante aún se mantiene en pie, probablemente sea mejor que se queden escondidos aquí. Así que eso es lo que les digo; que se agazapen, se escondan y esperen un rescate. Viera les dice que cojan los mineros de los Flaum caídos abajo y, con unos pocos movimientos de sus dedos, les muestra a los humanos cómo dispararlos.

—Así es como empieza una resistencia —me dice Viera cuando terminamos, mientras subimos los escalones a solas.

—¿Una docena de comerciantes asustados?

—Una docena de desesperados.

—¿Cómo lo sabes? —pregunto—. Siempre has estado con los Lunare. Parte de la nación más fuerte de la Tierra.

—Aplastamos estas insurrecciones todo el tiempo —Viera no parece en absoluto preocupada por esto—. Un pueblo decide que quiere gobernarse a sí mismo en lugar de aceptar el último decreto. Algún dueño de mina no quiere pagar impuestos. Es fácil iniciar una rebelión, difícil hacerla durar.

—El Amanecer de la Claridad sobrevivió escondiéndose —interviene T'Oli—. Permaneciendo en las sombras, esperando el momento adecuado.

—La paciencia ayuda —Viera llega al rellano superior, donde las escaleras izquierda y derecha se encuentran muy por encima de la puerta principal del Siamante, y asiente hacia el techo—. Esa es nuestra salida. No habrá mucha cobertura allí arriba, así que este es el momento de hacer un plan.

—No hay mucho que planear —miro a T'Oli—. Puedes pilotar una de esas lanzaderas, ¿verdad?

—No en estas condiciones —T'Oli gira sus tallos oculares para mirar la parte duramente chamuscada de sí mismo—. Necesito ser lo suficientemente flexible para alcanzar todas las palancas, los interruptores. No puedo hacerlo así.

—Lo que significa que eres tú —me dice Viera—. ¿Crees que puedes hacerlo?

—No tenemos elección —respondo—. Si no enviamos ese mensaje, entonces todos estaremos muertos de todos modos.

El resto de los movimientos son simples; salir, esperar a que una lanzadera descienda para dejar el siguiente grupo de Flaum, y lanzarnos sobre ella. Abrirnos paso a quemaduras y apoderarnos de la nave.

Viera lidera el camino hacia el techo, y lo primero que noto cuando abre de golpe la delgada puerta de pizarra es cuánto más oscuro, cuánto más espeso es el humo aquí arriba. Es como si estuviera de pie en medio de un incendio; Viera y yo empezamos a toser de inmediato, y noto que T'Oli cierra sus grandes ojos.

Incluso en esa negrura cenicienta, no es difícil seguir las lanzaderas. Sus motores emiten un resplandor azul claro, y el sonido sibilante se eleva por encima de los gritos dispersos y el crujido-estallido de los edificios que se derrumban. Destellos rojos parpadean en la distancia, estallidos apagados que atraviesan la oscuridad como relámpagos lejanos. Trato de no pensar en lo que significa cada destello, otra vida apagada por los Sevora.

—Allí, bajo la aguja —agito la mano y me doy cuenta de que es inútil: apenas puedo distinguir mi propia mano, y la aguja solo es visible porque se eleva por encima de la mayor parte del humo.

Nos reunimos en el borde, con los pies balanceándose en el saliente de piedra, y esperamos.

Las lanzaderas Sevora se parecen, bueno, a los propios Sevora. Óvalos alargados, con lo que parece un parabrisas envolvente en la parte delantera. Una serie de bahías se abren a lo largo de la parte inferior de la lanzadera, de las cuales se extienden tentáculos en forma de escalera, y los Flaum caen de estos, sus botas magnéticas destellando al aterrizar.

Vemos a un par dejar una nueva escuadra de doce y comenzar su viaje de regreso antes de decidir que la siguiente es el objetivo. Hasta ahora, la parte superior de cada lanzadera parece una armadura sellada, impenetrable. Lo que significa que los tentáculos y sus bahías abiertas son la única opción.

—Se retraen lo suficientemente despacio —dice Viera mientras la última lanzadera pasa volando junto al Siamante y se eleva hacia el cielo—. Si lo calculamos bien...

—Pero si lo calculamos mal, acabaremos estrellándonos contra el suelo —digo—. No hay recuperación.

—¿El fracaso significa la muerte? Parece que ya hemos estado aquí antes.

—¿T'Oli? —miro al Ooblot, una masa en el suelo junto a mí—. ¿Algún consejo?

—No falles.

—Siempre inspirador, T'Oli. Siempre.

El rugido de otro transbordador que se acerca disipa mi sarcasmo. Es hora de rastrear nuestro transporte para salir de aquí. T'Oli también escucha la señal y se desliza por mi espalda, posándose cerca de mis hombros. Noto que T'Oli ya no está jugando a ser armadura; aparentemente, recibir un disparo le ha quitado su instinto protector.

Supongo que esta vez tendré que esquivar yo misma.

El transbordador pasa flotando junto a nosotros, con los Flaum de pie en sus perchas, y después de que se dejan caer en la calle, el transbordador hace una rotación lenta.

—Más fácil que ese túnel de alcantarilla en Vimelia —le digo a Viera—. Más fácil que los árboles de casa.

—¡Solo salta, Kaishi! —Viera repite sus propias palabras, impulsándose desde el borde mientras el transbordador se eleva hacia nosotras.

Me sorprende lo poco que vacilo, lo rápido que me impulso y vuelo por el aire. La velocidad con la que caigo hacia ese transbordador en ascenso y su conjunto de tentáculos retráctiles. Apenas pasa un segundo antes de que golpee la barra metálica lisa y sus piezas transversales. Mis rodillas chocan contra una, mis manos se extienden y agarran.

Mi mano izquierda resbala —el impulso es demasiado— y mi muñeca derecha arde mientras todo mi peso tira de ella, mientras mis piernas cuelgan hacia la ciudad que se empequeñece debajo de nosotras. Entonces siento algo frío formarse alrededor de mi mano derecha. T'Oli, arremolinándose alrededor de mi brazo y sellándome al peldaño. El Ooblot me da la oportunidad de subir los pies, de situarme incluso mientras el tentáculo se retrae hacia la bahía.

La pequeña puerta se cierra de golpe detrás de mí, y estoy dentro.

Globos de color amarillo limón cobran vida cuando todas las puertas se cierran, y veo a Viera, con el minero ya colgando de su correa sobre su espalda y en sus manos. Lo levanta hacia mí cuando la miro.

—Viera... —empiezo cuando ella dispara.

El rayo rojo pasa sobre mi hombro y escucho un grito chirriante, luego un golpe seco.

—¡Buen tiro! —gorjea T'Oli desde mi hombro, donde

actualmente se está reformando—. Pensé que ese definitivamente os atraparía a las dos.

Sacudo mi hombro izquierdo para acercar mi minero mientras presiono mi espalda contra la pared exterior del transbordador. Lo único detrás de Viera es el extremo escaso de la bahía de la tripulación, que no consiste en nada más que asideros colgantes. Los Flaum no viajan cómodamente hacia sus asaltos.

Sin embargo, hacia la cabina, hay más que las ruinas humeantes del piloto. Viera y yo pasamos por encima del Sevora caído hacia una vista espectacular de la cordillera mientras el transbordador sale de la caverna y se dirige hacia los cielos.

Marrones y grises se extienden debajo de nosotras, fusionándose eventualmente en verdes y azules cuando las montañas se encuentran con las selvas que conozco tan bien. En algún lugar a través de ese horizonte está Damantum, o al menos, lo que queda de él.

Hay un banco de terminales frente a la red que ocupaban los Flaum, con una sola palanca de vuelo bloqueada en su posición de piloto automático.

—¿A dónde crees que va? —me atrevo a preguntar, moviéndome para tener una mejor vista de las pantallas.

—A ningún lugar donde queramos estar —responde Viera.

T'Oli se lanza desde mí mientras continuamos nuestro vuelo. El Ooblot se esparce sobre el terminal, cazando y buscando hasta que T'Oli encuentra algo que le gusta. Agitando su piel color crema, T'Oli nos llama hacia lo que parece ser un terminal polvoriento de pantalla pequeña con un amplio conjunto de teclas con letras.

—Esto es lo que estamos buscando —dice T'Oli—. Es un transmisor de emergencia. Enviará una señal que puede ser captada por la Q-Net de la Amigga. Entonces vendrán a buscarnos.

—Nada de eso tiene sentido para mí —digo, y confirmo que Viera está igualmente confundida.

—La luz y el sonido solo pueden viajar tan rápido —T'Oli está usando su voz de maestro con nosotras ahora, y tanto Viera como yo miramos por el parabrisas para ver qué tan cerca estamos de una nave Sevora. Aún no hay ninguna visible—. Si enviáramos un mensaje desde aquí hacia, digamos, un planeta habitado, podríamos estar muertas desde hace mucho tiempo antes de que siquiera lo recibieran. La Amigga sabía que podría haber necesidad de hablar a través de vastas distancias rápidamente, así que desarrollaron la Q-Net.

—Vale, T'Oli —interrumpe Viera—. Todo esto es fascinante, pero vamos a tener que cambiar de planes aquí. Hay un gran barco Sevora allá arriba ahora, y nos dirigimos directamente hacia él.

—Agarra la palanca de vuelo y aléjate —responde T'Oli, como si esta fuera la solución más obvia—. Les va a llevar algún tiempo darse cuenta de que en realidad estamos huyendo.

—En ello. —Me acomodo en la red, pongo mis manos en la palanca de vuelo y la sacudo para sacarla de la posición de piloto automático.

Inmediatamente el transbordador se balancea mientras lo dirijo hacia abajo y lejos de la nave Sevora y el espacio negro. De vuelta hacia las montañas, hacia la selva muy abajo.

—La Q-Net está compuesta por pequeños satélites dispersos por toda la galaxia. —T'Oli continúa mientras intento averiguar dónde están todos los botones.

Algunos son similares al transbordador Amigga que

volamos hasta aquí, pero los Sevora cambian otras cosas, y se necesitan algunas conjeturas al azar, que resultan en unos cuantos tirones repentinos y un medio giro antes de que sienta que tengo una buena idea de cómo vuela esta cosa.

—Y así es como funcionan las computadoras cuánticas. —La voz de T'Oli se desvanece de nuevo en mi concentración mientras mis preocupaciones sobre estrellar nuestra nave disminuyen—. Esencialmente, si podemos enviar un mensaje a la Q-Net, se enterarán de él casi instantáneamente en el Coro, y dado que saltar pliega una nave a través del espacio-tiempo, la Amigga podría traer una fuerza Vincere aquí rápidamente.

—Suena genial —dice Viera—. Kaishi, ¿hay armas en esta nave?

—Mi minero está justo ahí. —Señalo mi arma, tirada en el suelo junto a mí—. ¿Por qué?

—Porque creo que se han dado cuenta de que ya no somos amistosos.

Un par de las terminales han empezado a parpadear en rojo, pero no es hasta que un par de rayos iluminados de azul pasan por encima que me doy cuenta de que Viera habla en serio. Inmediatamente giro el transbordador en otro giro, nivelándolo sobre las montañas, y la nave se estremece y gime mientras hago el movimiento. Casi tan fuerte como Viera, que está maldiciendo como una loca mientras la hago rebotar por el interior.

—Cuidado con esa resistencia del viento —dice T'Oli—. No estás en el espacio. Un giro demasiado brusco y este transbordador se partirá como un árbol en un tornado.

—¿Puedes enviar ese mensaje de una vez?

—Oh. Primero tengo que encontrar un satélite Q-Net. Podría llevar un tiempo.

—No tenemos eso. Date prisa. —Me arriesgo a mirar

atrás —las maldiciones de Viera se están alejando— y noto que está de vuelta en las bahías.

—¡Abre las puertas, Kaishi! —grita Viera—. ¡Si este bote no tiene armas, tendremos que improvisar!

Como si supiera cómo hacer eso. Afortunadamente, sin embargo, los Sevora no son completamente obtusos cuando se trata de los iconos en sus transbordadores. Toco el terminal que tiene seis cuadrados brillantes, cada uno con una pequeña línea descendente, y el grito feliz de Viera llega hasta mí.

—¡Ahora solo necesitas acercarnos a uno de ellos! —dice Viera.

¿Acercarnos a uno? El transbordador se sacude repentinamente, y el terminal a mi derecha, que mostraba lo que creo que era la energía de la batería, estalla en una lluvia de chispas. Hago un quiebro brusco, enviando nuestra nave ovalada hacia la derecha y hacia abajo, más cerca de esas montañas. Sigo mirando hacia arriba a través del parabrisas, pero no puedo ver nada, solo cielo azul y algunas nubes.

—¡Te están siguiendo! —grita Viera—. ¿Puedes darnos la vuelta?

—Yo no intentaría eso, Kaishi —dice T'Oli, pero es demasiado tarde.

Tiro hacia atrás de la palanca de vuelo cuando T'Oli da la advertencia, y la lanzadera Sevora vira hacia atrás, reemplazando montañas y tierra por horizonte, cielo y luego montañas de nuevo, solo que al otro lado del parabrisas.

Por primera vez, veo lo que nos persigue: un par de naves rocosas de tres puntas cuyos extremos brillan de un rojo intenso contra el suave azul del hogar. Cazas, los llamó Ignos.

Bueno, les daré batalla.

CAPÍTULO 20
## UN LARGO PASEO

SOLIS SE CIERNE contra las estrellas. Sax observa a través de sus propios ojos, a través de la pantalla que cuelga del techo. Un espeso fluido verde-púrpura lo rodea, cubriendo sus escamas. Algunas de su gris natural, otras de un color decididamente más metálico. Los parches cubren su cuerpo, lo desfiguran como una infección. Cada uno es producto de una cirugía improvisada, de los limitados recursos de la fragata.

Aunque, después de todo, los Oratus son una creación antinatural. Un producto de la ingeniería. Quizás este sea el único curso que tiene sentido.

A Sax no le importaría tanto si los parches no le picaran. Supuestamente el fluido, además de ayudar a sus nervios y a la reparación de sus músculos, también está suprimiendo la reacción de su cuerpo a las nuevas adiciones. Debe permanecer en el baño hasta que el médico Flaum —el único oficial médico de la fragata— y sus robots determinen que las células de Sax no cometerán un genocidio contra sus nuevos hermanos.

Está vivo.

El pensamiento vuelve una y otra vez como los latidos de su corazón. Sax se maravilla ante ello.

—El Coro ha preguntado si llegó su transporte —dice Rav mientras la puerta de la celda de Sax se abre.

Detrás del Oratus rojo-dorado, Sax puede ver mechones de pelo Flaum y las puntas de mineros a ambos lados de la puerta. Puede que Rav le haya mantenido con vida, pero no confía del todo en él.

—¿Qué les dijiste?

—Que nunca apareció —dice Rav, de pie sobre Sax.

Hay mucho contenido en esa declaración; por un lado, convierte a Rav y a su tripulación en traidores. Serán atacados y eliminados por los Vincere, y con otra fragata y la enorme nave que alberga a los Oratus en órbita alrededor de Solis, decir que una nave que cualquiera de ellos podría haber visto no llegó es un riesgo enorme.

Los ojos de Sax deben decir lo que está pensando, porque Rav asiente hacia la puerta y los Flaum que la custodian. —Ya hablé con mi tripulación y estuvieron de acuerdo. He pedido reunirme con los capitanes de las otras dos naves que están aquí, y vendrán antes de comunicarse con el Coro.

—¿Cómo lograste eso? —Sax está atónito, aunque quizás no debería estarlo; la lealtad al Coro ya no parece ser tan fuerte.

—Mostrándoles las grabaciones —responde Rav—. Tu pelea, las palabras que dijiste. Todos tenemos tripulaciones, Sax. Cientos que dependen de nosotros para tomar las decisiones correctas. Si avanzamos ciegamente y dejamos que el Coro decida si nuestras especies sobreviven, entonces merecemos morir. Es hora de que los Amigga compartan su control de la galaxia.

Los Oratus están entrenados para trabajar en parejas,

como máximo en grupos de cuatro para cumplir misiones. No se espera que compartan un vínculo común con su especie o con alguien fuera de su cadena de mando inmediata. Sax solo se ha preocupado por sí mismo, por Bas y por derrotar al siguiente enemigo.

Y sin embargo, ahora tiene un enfoque más amplio. Hay un objetivo más grande ahí fuera, más grande que destruir la siguiente nave o incluso salvar a Bas de su misión en Solis.

Su misión.

—Necesito bajar al planeta —dice Sax.

—¿Por qué?

—Mi pareja está en una misión que no debería tener éxito. No si hay una posibilidad de que los Oratus puedan volverse contra el Coro.

—No estás lo suficientemente bien —sisea Rav—. Todavía no. Dime qué está haciendo ella, y haré que la detengan.

¿Confía Sax en ella aquí? ¿Tiene otra opción?

—¿No le harás daño? —dice Sax.

—¿Por qué lo haríamos? —Rav extiende su garra media izquierda, sumergiéndola en el caldo curativo, y agarra la derecha de Sax—. Te lo juro, Sax, estamos juntos en esto. Cada Oratus que tenemos es valioso. Dime dónde encontrarla, y la traeré de vuelta.

Sax sopesa las opciones y decide confiar en esta Oratus. Rav ha reparado su cuerpo y no lo está enviando de vuelta al Coro. Debe estar de su lado. Así que habla, le cuenta a Rav lo que sabe, y la comandante de la fragata declara que revisará los registros de las naves que han llegado recientemente a Solis, encontrará la pequeña nave en la que llegó Bas y la rastreará.

—Ahora, cúrate —dice Rav—. Te necesitaré cuando

vengan los otros capitanes para que puedas convencerlos de unirse a nuestra causa.

Rav, sin embargo, aún no ha terminado. —Hay alguien más que quiere hablar contigo. Alguien que encontramos vagando por un pasillo, que tú escondiste.

Sax no necesita ver al pequeño Teven entrando en la habitación para saber que es Nobaa. Rav se hace a un lado para dejar que el Teven se acerque al borde del baño, y Nobaa inmediatamente comienza a agitar sus delgados brazos desde su caparazón hacia los parches metálicos de Sax.

—Ambos saben, también —dice Rav—, que me deben bastante por destruir la mayor parte de mi bahía médica.

—Supongo que tendrás que ayudarnos, entonces —dice Sax—. Porque no tenemos dinero ni poder.

Rav no se ríe. —Tienes tus garras. Este pequeño tiene su mente. Me quedaré con eso.

Con un movimiento de su cola, Rav sale de la habitación, aunque la puerta permanece abierta. Sin duda, los Flaum que montan guardia le contarán todo lo que se diga en la habitación, pero a estas alturas a Sax no le importa. Está demasiado cansado, demasiado cambiado como para preocuparse por guardar secretos.

—¿Te gustan? —pregunta Nobaa después de haber mirado cada uno de los parches metálicos en el pecho y las piernas de Sax—. Fue mi idea.

—¿Tu idea?

—Pensaron que estabas muerto. Con la bahía médica destruida, no tenían suficientes suministros para curarte y reparar el músculo —Nobaa saca una pequeña mano de un agujero cerca de la parte superior de su caparazón y la agita alrededor de la habitación—. ¡Pero hay mucho metal!

Agarramos algo de chatarra, la esterilizamos y usamos el equipo de ingeniería para armarla.

—¿Funcionará?

—Si tengo razón, ¡serás incluso más fuerte que antes! —Nobaa suelta una risita—. Reforzamos los parches, así que puedes recibir más golpes. Incluso deberían detener un disparo de minero, al menos el primero. Pero, ¿quieres saber la mejor parte?

Sax cierra los ojos brevemente. Nobaa es tan agotador.

—¡Tus garras, Sax! Estaban todas rotas y quemadas, así que las reemplazamos.

¿Sus garras? Sax no lo había notado. Ahora mira y, en lugar del blanco opaco y sucio que solían ser, las posesiones más preciadas de Sax son ahora del plateado brillante de un material pulido y artificial. Sax no puede evitarlo, intenta lanzarse sobre Nobaa, un mordisco rápido que no llega porque, bueno, Sax apenas puede moverse.

El Teven retrocede de todos modos, sus ojos acobardados en los agujeros del caparazón y sus manos agitándose en el aire. —¡Lo sé! ¡Lo sé! No es fácil de aceptar, pero tienes que creerme, son más fuertes así.

—Esas eran mías —logra sisear Sax—. Desde el nacimiento.

—Sí, pero estas son mejores. Nunca se romperán, Sax. Quiero decir, a menos que intentes con una combinación de...

—Nobaa. Basta. —La futilidad y la creciente resignación drenan la ira de Sax hasta dejarla en un hervor—. Vete. Ahora. O encontraré la manera de salir de este baño y devorarte.

—¡Claro, claro! —Nobaa se aleja bamboleándose—. Solo, ¡confía en mí, Sax!

Todo lo que el Oratus puede hacer es mirar fijamente

hasta que el Teven sale de la habitación y la puerta se cierra tras él. Sax, a solas con sus garras fabricadas y parches de piel metálica, se dice a sí mismo que este es el precio de la guerra. Que estos son los sacrificios necesarios para que su especie sobreviva.

Lo que más se asienta en su mente, sin embargo, es quién le arrebató el control de su cuerpo.

El Coro.

La próxima vez que Sax despierta, se siente aplastado por mil ladrillos. Curarse sin las cremas adecuadas, sin los baños correctos con verdaderos líquidos de reparación molecular en lugar de estabilizadores, es un error que Sax se niega a cometer de nuevo.

Ahora, sin embargo, el tiempo pasa y Bas está en peligro o a punto de hacer un movimiento que podría acabar con los futuros Oratus para siempre. Sax no tiene el lujo de esperar más. Rav no ha dicho si encontró a Bas o no.

La puerta de su habitación está cerrada, y aunque Sax probablemente podría pedir ayuda, no lo va a hacer. No ahora. Empieza primero con sus garras y su cola, presionándolas a través del espeso fluido hacia el fondo de la bañera. El movimiento viene con dolores y molestias, así que Sax los entierra bajo una avalancha de frustración y determinación.

Un Oratus está hecho para moverse, no para quedarse sentado.

Cuando golpea el fondo de la bañera, Sax se empuja hacia atrás. Su cabeza golpea la pared primero, lo suficientemente fuerte para sacudirlo, pero no para lastimarlo. Sax sigue empujando, presionando con sus garras y nadando con su cola hasta que, con su cuello y espalda usando la pared como apoyo, logra ponerse de pie.

La sustancia pegajosa gotea de sus brazos y se aleja de sus respiraderos. Sus nuevas garras metálicas brillan bajo la luz blanca de la habitación. Sax se contiene de mirar su propio cuerpo, las tiras de escamas cortadas y reemplazadas por bandas de metal entretejido.

En su lugar, se concentra en su pierna derecha. El levantamiento es lento, como si Sax estuviera empujando un cuerpo diez veces su tamaño, y sus músculos rápidamente arden como fuego de neón. Hay un punto, un momento singular donde el dolor se intensifica y siente como si su pierna pudiera desgarrarse, cuando Sax podría rendirse, cuando el fresco alivio del fracaso está justo ahí.

Cae. Presiona con su cola y pierna izquierda y se lanza sobre el borde y fuera de la bañera, aterrizando en el duro suelo. El impacto hace que los dientes de Sax tiemblen, estremece sus brazos de arriba a abajo, y Sax siente las placas metálicas, su piel envolviéndolas y agitándose mientras las mueve. Sin embargo, ninguna de ellas se desprende. El trabajo de Nobaa resiste.

La puerta se abre un momento después, dos Flaum de pie allí, con sus mineros listos. Miran largamente a Sax, antes de que el líder, un proyecto de retazos de oro y marrón, hable: —¿Oímos un rugido?

—¿Un rugido? —logra sisear Sax, y ante su mirada, el Oratus se da cuenta de que es posible que haya bramado cuando golpeó el suelo—. Un accidente.

—¿Necesitas ayuda? —pregunta el Flaum—. ¿Para volver a la bañera?

—No —dice Sax—. A ambas cosas.

Con sus garras delanteras, Sax rueda sobre su pecho y se arrastra el resto del camino fuera de la bañera, lo que eventualmente requiere que todas sus extremidades trabajen juntas para ponerse de pie, ya que la habitación es demasiado estrecha para que Sax se acueste en el suelo.

Los dos Flaum se quedan justo donde están, con los mineros aún listos.

—¿Qué estás tratando de hacer? —pregunta el dorado.

—Voy al puente —dice Sax.

—No, no lo harás —responde el Flaum—. Las órdenes son mantenerte aquí hasta que estés curado y, eh, no te ves bien.

Sax da un paso hacia los Flaum, manteniendo sus garras derechas contra la pared como apoyo. Sus músculos están débiles, sus respiraderos cansados, y un leve dolor punzante ha comenzado alrededor de las placas metálicas en su cuerpo. Todo esto es intrascendente. Todo esto es apartado.

—Haré lo que me plazca —sisea Sax, su boca quedando abierta una fracción de segundo demasiado larga ya que la energía para cerrarla no llega lo suficientemente rápido. Un gran salpicón de saliva se escapa de su boca y golpea el suelo, los Flaum prestándole mucha atención—. Pueden elegir morir o quitarse de en medio.

Los Flaum optan por un paquete combinado en su lugar, retrocediendo fuera de la habitación y haciendo una llamada a Rav.

—Eres un terco —la voz de Rav suena por el intercomunicador momentos después, cuando Sax está a punto de alcanzar la puerta de la habitación.

—Ya lo sabías. —Sax sigue moviéndose, mantiene sus ojos en el siguiente paso.

El corredor aquí no es una arteria principal; es estrecho, y las paredes exteriores se vuelven translúcidas mientras varias especies pasan caminando. El espacio negro y las estrellas que lo salpican cubren la vista, con el borde de Solis visible a la derecha, su luz reflejada arrojando rayos brumosos. Los dos guardias Flaum establecen un perímetro, haciendo señas a cualquier miembro de la tripulación que pase y asegurándose de que se mantengan fuera del alcance de las garras de Sax.

No es que a Sax le importe. Es un paso a la vez, y ahora se apoya en sus garras izquierdas y se inclina sobre la pared interior.

—¿Qué estás tratando de probar? —pregunta Rav por el siguiente intercomunicador—. Solo te lastimarás.

—Ya terminé de descansar, Rav. —Sax está a punto de alcanzar la siguiente puerta cuando uno de los guardias se precipita frente a él, pasa una tarjeta por el panel y la bloquea, lo que permite a Sax usar la puerta como muleta un momento después—. Me has traído de vuelta, y ahora voy a encontrar a mi par.

—¿Aunque te mate?

—¿Qué mejor cosa por la que vivir?

Sax sigue moviéndose, y se da cuenta de que está atrayendo miradas. Miembros de la tripulación y soldados, Flaum, Whelk, Teven y más que se agrupan para ver a este Oratus herido y desparejado luchar paso a paso hacia el puente.

Para Sax, cada movimiento trae consigo dolor, pero no es nada comparado con lo que gana, lo que lo mantiene en movimiento. Bas está en Solis, y cuando llegue al puente, hará que Rav obtenga su reunión, consiga su apoyo, y luego irá a la superficie del planeta.

Cuando las grandes puertas del puente se deslizan para abrirse, Sax casi se cae dentro. Solo gracias al puro peso de su cola, Sax logra mantenerse en pie. No quiere hacerlo, se sisea a sí mismo que se mantenga de pie, pero Rav se adelanta para ayudarlo de todos modos. Si antes, durante sus conversaciones, Rav lo miraba con desconfianza o preocupación calculada, ahora solo hay respeto abierto.

—Lo lograste —dice Rav lentamente.

—Tenía que hacerlo.

—¿Tenías que hacerlo? —pregunta Rav, su cola moviéndose detrás de Sax, y él nota que la mayoría de su horda de seguidores se dispersa de vuelta a la nave—. Te llevaste a la mayoría de mi tripulación de sus puestos. Causaste todo tipo de interrupciones, incluso a ti mismo.

—Estoy listo, Rav —sisea Sax—. Para cuando traigas a tus comandantes aquí, estaré listo. Llámalos.

Sax, sin embargo, no está mirando a Rav mientras habla. Está mirando fijamente por encima del puente, a través de las gigantescas pantallas, al mundo que brilla frente a ellos.

—Quiero ir a casa.

# CAPÍTULO 21

# RIESGOS ASUMIDOS

AL ACERCARSE LOS CAZAS, puedo ver que no tienen parabrisas. Son como rocas voladoras, todas moteadas y con ángulos afilados.

—Más protección de esa manera —dice el Ooblot cuando pregunto por qué.

Pero ahí termina la conversación, ya que lanzo la lanzadera en un giro completo, dándole a Viera la oportunidad de jugar al tiro al blanco con su minero. Escupe fuego rojo hacia un caza mientras este pasa como un cohete, y un par de los disparos muerden el costado de la nave sin ningún efecto aparente.

—Buen disparo —le ofrezco de todos modos.

—Por lo que sirvió —grita Viera en respuesta—. No sé si esto va a funcionar, Kaishi.

Somos más grandes, ellos más rápidos. Dos de ellos, uno de nosotros, y no estoy segura de cuánto tiempo va a aguantar la lanzadera los golpes sin desplomarse en pedazos. Tenemos que cambiar las reglas del juego.

Así que me lanzo hacia ese gran agujero en el suelo, de vuelta hacia Marilo en toda su ruina. Los cazas ya están dando la vuelta para seguirme, pero su giro lleva tiempo y logro pasar gritando junto a un par de lanzaderas Flaum que descienden antes de que mis perseguidores se orienten.

Luego nos sumergimos en el humo, entre las rocas y dentro de la enorme caverna.

—Yo reduciría la velocidad —dice T'Oli—. A esta velocidad, es probable que nos convirtamos todos en papilla.

—Trabajando en ello. —Estoy tirando hacia atrás de la palanca de vuelo, deslizando la velocidad en el terminal de control.

—¿Sabes que no puedo enviar el mensaje a la Q-Net desde aquí dentro?

—Algunas cosas tienen que esperar, T'Oli —respondo—. Tampoco podrás enviar el mensaje si nos hacen volar en pedazos.

Con la velocidad reducida, guío la lanzadera fuera de la ciudad, pasando sobre el lago, donde, una vez que el humo se despeja, puedo ver escuadrones de Sevora Flaum persiguiendo a los refugiados por el camino que recorrimos no hace mucho. Están disparando a los humanos que huyen, y la visión enciende un fuego en mi interior.

—Viera, vamos a hacer un ataque rasante —le grito—. Estate lista por el lado derecho.

Hago girar la lanzadera a baja altura, tratando de no hacer una mueca cuando los humanos se lanzan al suelo y se encogen cuando pasamos cerca. Si pudiera gritarles que sigan corriendo, lo haría. Más frustración para alimentar mi fuego.

Adelante, caminando por el ancho camino de roca dividido a ambos lados por el gran lago, filas de Sevora avanzan con mineros en alto, rociando fuego rojo sobre los humanos. Ninguno, aún, parece pensar que somos algo más que apoyo.

—Prepárate —grito una advertencia, aunque dudo que Viera la necesite.

Llevo la lanzadera hacia la derecha, luego la giro mientras pasamos sobre el agua, volteando el lado de Viera hacia los Flaum. Reduzco la velocidad de los motores, de modo que estamos suspendidos mientras pasamos sobre el puente. Viera, con nuestro momento de sorpresa, se pone manos a la obra. Un flujo constante de destellos rojos sale de su minero, arremetiendo contra las apretadas tropas Flaum que, hasta este momento, probablemente no habían enfrentado ningún contraataque.

Lo toman exactamente de la misma manera que los Lunare recibieron el ataque sorpresa de Malo hace tanto tiempo: con inmovilidad atónita. El minero de Viera agota su energía rápidamente, y ella lo deja caer para tomar el mío, y solo en esa breve pausa los primeros Sevora comienzan a contraatacar, empezando a enviar unos cuantos disparos apresurados en nuestra dirección mientras otros se dan cuenta de que están en un espacio reducido sin cobertura.

El pánico que se apodera de ellos no es una ventaja.

Cuando el segundo minero se queda sin energía, la mayoría de las fuerzas Sevora en el puente están arruinadas, y las que no lo están huyen de vuelta hacia la ciudad.

Justo a tiempo para que esos cazas nos encuentren de nuevo, mientras estamos suspendidos en el aire.

Los dos cazas se dirigen hacia nosotros, emergiendo del humo. Vuelan con cautela en el espacio reducido. Hago una rápida consideración; somos demasiado lentos, demasiado grandes para escapar de ellos, y Viera no tiene poder de fuego. Si avanzo y nos estrellamos en el lago, no hacemos nada. Pero si nos quedamos aquí, ¿la lanzadera se estrellará contra el puente de roca y tal vez lo destruya o, si no, servirá como obstáculo para los Flaum que persiguen?

Un refugiado más podría vivir otro día.

—T'Oli, ha sido un honor —digo mientras los dos cazas se acercan a nosotros—. Me alegro de haber conocido a un Ooblot.

—Y yo estoy feliz de conocer a una humana —responde T'Oli, transformándose en piedra dura.

Los cazas lanzan su primera salva, un trío de rayos carmesí que se estrellan contra la lanzadera y envían relámpagos por los terminales. Entrecierro los ojos y bloqueo las chispas con mi mano, sintiendo su calor en la palma. En cualquier momento ahora.

Estoy esperando el rugido crepitante de una explosión, pero lo que obtengo en su lugar es un fuerte estallido. No, una cascada de profundos crujidos retumbando en el aire, y algo golpea con fuerza al caza de la izquierda. La nave Sevora se tambalea hacia adelante mientras su parte trasera se hunde, y la nave se hunde en el lago. Al segundo caza no le va mucho mejor, ya que los estallidos continúan y un par de grandes bolas de metal redondeadas golpean sus costados, enviando al caza girando hacia la pared de la caverna, donde se arruga y se desliza al agua.

—¿De dónde salieron esos? —Estoy eufórica, confundida, todo junto.

—¡Avril ha vuelto a casa! —grita Viera desde atrás—. ¡Y trajo ayuda!

Recuerdo que controlo la lanzadera, así que uso la palanca de vuelo para girarnos, levantarnos del suelo, para que podamos ver. Entrando en la caverna desde el lado opuesto, apenas visibles a través del humo, hay soldados Lunare y Charre. Avanzando con ellos, algunos ya abriéndose paso en la parte trasera del puente, están esos barcos terrestres, tirados por Fassoth encadenados, con sus cañones rugiendo.

Los Lunare han hecho modificaciones desde la última vez que luchamos contra ellos; los cañones ya no están fijos solo a los lados, sino que se sientan en plataformas elevadas, dando a los Lunare que los manejan la opción de girar esos cañones, incluso para apuntarlos hacia arriba, donde ahora están disparando a las lanzaderas Flaum. Los disparos de pistolas y armas largas se mezclan con los destellos rojos del láser Sevora.

—¿Por qué no nos han disparado? —pregunta T'Oli—. No es que me queje, pero parecemos el enemigo, ¿no?

Me estoy preguntando lo mismo, hasta que oigo vítores provenientes de detrás de nosotros, a través de la bahía abierta de Viera.

—Los refugiados —digo—. Si fallan, podrían romper el puente o golpear a su propia gente. Avril está tomando una decisión segura.

—Entonces será mejor que te quedes justo aquí —responde T'Oli.

—¡Viera, ve! —le grito a mi amiga—. Diles que somos amistosos. Luego T'Oli y yo despegaremos y entregaremos el mensaje.

Viera no duda, y me alegro, porque incluso si los Lunare logran una pequeña victoria aquí, solo durará hasta que los Sevora se cansen de luchar, hasta que decidan simplemente inmolar todo. Estas cavernas, la jungla y todas las tierras Charre podrían terminar como las cenizas que vuelan al otro lado, y no permitiré que eso suceda. Cuanto más rápido enviemos ese mensaje, más rápido obtendremos ayuda aquí, y más de mi mundo salvaremos.

—¿Qué tan alto necesitamos ir para este mensaje? —le pregunto al Ooblot—. ¿Todo el camino hasta el espacio?

—Casi había establecido un enlace antes de que abandonáramos el cielo —responde T'Oli—. Justo fuera del agujero debería ser suficiente. Lo cual es bueno, porque no creo que esta lanzadera vuele mucho más tiempo.

—¿Qué quieres decir?

T'Oli señala las terminales rotas, cortocircuitadas por el fuego láser del caza. En las pantallas que aún funcionan, muchos gráficos y medidores parpadean en rojo con barras cerca de sus líneas inferiores. Aprendo cuáles significan energía, cuáles blindaje y cuáles soporte vital, y cómo todos están cerca del fallo.

—¿Así que no crees que los Sevora la recuperarán cuando hayamos terminado con ella?

—Como chatarra, tal vez —dice T'Oli.

Me acomodo en la red, observando la ciudad ardiente y rota. Los Sevora no están enviando más lanzaderas a través del agujero —después de perder tres, abandonaron esa táctica—, lo que significa que los Lunare eventualmente deberían triunfar. Con el espacio que nos dará, estoy pensando que realmente podríamos enviar este mensaje.

—¿Qué significa eso, Kaishi? —susurra la voz de Malo en mi cabeza—. ¿Qué crees que harán los Vincere cuando vengan? ¿Crees que el ejército de los Amigga te salvará?

Parpadeo. Miro mi muñeca. El Cache.

—T'Oli, dame un momento. —Miro fijamente el brazalete, veo ese destello verde y me sumerjo en su interminable biblioteca.

Lo que estoy buscando son especies, las dejadas por los Amigga, las destruidas y salvadas. Lo que encuentro es complicado; este es un Cache Sevora, y los parásitos no lo saben todo, así que obtengo entradas medio formadas sobre criaturas extrañas, algunas que los Sevora podrían haber albergado por un tiempo antes de ser eliminadas y nunca más encontradas.

Un par destacan. Aquellas que los Sevora infectaron y se propagaron rápidamente, hasta que, según el Cache, la mayoría de la población se había convertido en huéspedes. Estas, una vez que los Amigga las encontraron, fueron eliminadas. Convertidas en cenizas.

Así que los Amigga no tienen miedo de quemar una especie que está perdida. No es genial, pero entiendo el punto. Si algo es útil para tu enemigo, se lo quitas. Lo que es peor, sin embargo, es que los Amigga ni siquiera intentan salvarlos. Los registros de los Sevora muestran un ataque orbital, quemando el planeta hasta la destrucción, incluyendo aquellas pequeñas facciones que aún no habían sido esclavizadas.

¿Es eso lo que nos harían a nosotros?

La señal para continuar no viene de Viera regresando a la lanzadera, sino de Vee saltando sobre el puente y subiendo por las puertas de nuestra bahía. Me he sacado del Cache, y el regreso del Oratus me da un bienvenido respiro de las repercusiones del potencial éxito de nuestro plan.

El propio Vee no se ve tan mal después de su expedición de caza; algunas nuevas cicatrices de quemaduras en sus escamas, algunos trozos de pelaje pegados en sus dientes y una cara llena de satisfacción.

—Os traigo el consentimiento de vuestra gente —anuncia Vee mientras se dirige a la cabina—. No os dispararán si voláis.

—¿Traes consentimiento? —Miro más allá de él, echo un vistazo por el parabrisas—. ¿Dónde está Viera?

—Contando vuestra historia —sisea Vee—. No pensó que yo añadiría nada, y dijo que la cantidad de sangre en mis escamas era una distracción. —Cuando nota que lo miro, Vee se ríe—. Me di un chapuzón en el lago para evitarle problemas a tu blando corazón.

—Me alegro de tenerte de vuelta, Vee —dice T'Oli desde la máquina Q-Net—. Debo decir que ha sido arriesgado sin tus habilidades naturales de matar alrededor.

—¿Sí? Debes contármelo.

T'Oli se lanza a relatar nuestra aventura por el Siamante mientras yo levanto la lanzadera hacia el techo de la caverna. Mientras ascendemos, es evidente que algunos de los incendios están siendo apagados. Los destellos rojos han desaparecido, y los grandes barcos están tomando posiciones alrededor de la ciudad, con todos sus cañones apuntando hacia el mismo agujero al que me dirijo volando. Es una exhibición impresionante, aunque inútil.

Nada de lo que me dijo el Cache sugiere que los Sevora, o los Amigga, se molestarán con otra invasión terrestre. A menos que algo cambie, cortarán sus pérdidas y lo volarán todo desde el espacio.

Salimos del agujero, hacia la brillante luz de Ignos. Se acerca el atardecer, y trazos de naranja y púrpura se inclinan en el cielo. Es hermoso, y por un momento me permite ignorar las oscuras naves Sevora que flotan muy por encima.

No me acerco a ellas, en su lugar sigo la sugerencia de T'Oli de estacionar la lanzadera en una meseta desmoronada y cubierta de escarcha no muy lejos del agujero.

—¿Funcionará esto? —le pregunto a T'Oli.

—Perfectamente —responde el Ooblot—. Ya estoy en ello.

—Genial. Voy a salir un momento. Avísame cuando estés listo para regresar.

El suelo está duro y congelado, con algunas hierbas escasas luchando por sobrevivir aquí mientras el viento agita mi cabello. Es frío y cortante, y amo cada segundo de ello. Las montañas se extienden a mi alrededor, salvajes y feroces. Las junglas de mi hogar están detrás de mí, ocultas por el pico. Ignos golpea mi rostro, y su ligero calor lo es todo.

Hogar. Esto es lo que estamos tratando de salvar.

Espero que no lo destruyamos al mismo tiempo.

———

La Tierra está bajo un asalto abrumador, y Kaishi ha llegado para liderar a su gente, justo a tiempo para verlos destruidos.

Continúa la aventura de Kaishi con *El Ascenso Humano*:

# AGRADECIMIENTOS

Esta novela es el resultado de que mi familia y amigos se negaran a dejar morir un sueño. A mi esposa Nicole, por permitirme escribir en las primeras horas de la mañana y asegurarse de que no muriera de hambre. A mis hermanos y padres por sus continuos comentarios, apoyo y entusiasmo.

Y, por supuesto, a ti, el lector, por darme una razón para escribir.

A.R. Knight teje historias en una casa helada en Madison, WI, principalmente propiedad de un par de gatos. Después de verse atrapado en la rutina laboral durante la crisis económica de 2008, se encontró sobrevolando el espacio y viviendo grandes aventuras durante aburridas reuniones.

Con el tiempo, dedicándose a podcasts, guiones, relatos cortos y otras novelas, encontró una historia en la que podía sumergirse y un elenco de personajes tanto entretenidos como llenos de corazón.

A.R. Knight planea saltar a otros mundos y encontrar nuevas historias que contar en los límites infinitos de nuestra imaginación.

¡Gracias, como siempre, por leer!

*Para más información:*
www.blackkeybooks.com

*Para Elmer y Evelyn*